KB251561

희극
**악귀
사수대**

희극 악귀사수대 5

김진욱 코믹 호러 판타지 소설

초판 1쇄 찍은 날 § 2004년 5월 20일
초판 1쇄 펴낸 날 § 2004년 5월 30일

지은이 § 김진욱
펴낸이 § 서경석

편집장 § 문혜영
편집 § 장상수 · 서지현
마케팅 § 정필 · 강양원 · 이선구 · 김규진 · 홍현경

펴낸곳 § 도서출판 청어람
등록번호 § 제1081-1-89호
등록일자 § 1999. 5. 31
어람번호 § 제1-0494호

주소 § 경기도 부천시 원미구 심곡1동 350-1 남성B/D 3F (우) 420-011
전화 § 032-656-4452 팩스 § 032-656-4453
http://www.chungeoram.com
E-mail § eoram99@chollian.net

ⓒ 김진욱, 2003

값 8,000원

ISBN 89-5831-120-7 04810
ISBN 89-5505-789-X (SET)

※ 파본은 본사나 구입하신 서점에서 교환하여 드립니다.
※ 저자와 협의하여 인지를 붙이지 않습니다.

김진욱 코믹 호러 판타지 소설

희극 악귀 사수대

5

완결
결전

도서출판
청어람

목

차

결전

제1화

빵 먹는 아이

고소한 냄새가 집 안 가득 번져 나가고 있었다.

한 반장은 그 냄새를 오랫동안 음미하고 싶었지만 아내가 어떤 냄새든 집 안에 배는 것을 싫어한다는 게 떠올라서 창문을 활짝 열어젖혔다.

그리고 다시 주방으로 들어가 오븐 뚜껑을 열었다. 몇 시간이나 공들여 반죽을 한 덕인지 빵은 언뜻 보기에도 군침이 꿀꺽 넘어갈 만큼 잘 구워져 있었다.

"좋았어. 하핫!"

만족스러운 듯 중얼거리며 구워진 빵이 담긴 철판을 조심스럽게 꺼내 식탁 위에 놓았다. 그리고 다른 모양으로 반죽한 빵이 담긴 철판을 다시 오븐에 집어넣고 타임 스위치를 켠 다음 식탁 위에 놓인 빵 하나를 집어 입 안에 넣었다.

사르르르…….

한 반장은 달콤하게 녹아드는 고소한 빵 맛을 입 안 가득 즐기며 흐뭇한 미소를 지었다.

따르르릉.

순간 울리는 벨소리에 밀가루 범벅이 된 앞치마에 손을 닦으며 전화를 받았다.

"여보세요?"

[여보, 전데요. 어린이집 가는 거 준비 잘하고 있는 거예요?]

병원에 있는 아내의 전화였다. 한 반장은 웃으며 답했다.

"오케이! 빵이 아주 맛있게 됐는걸."

[아이들이 좋아할 거야, 당신 음식 솜씨가 워낙 좋으니까.]

"그거 칭찬이지?"

[그럼요! 늦지 않게 시간 잘 지켜서 가요.]

"걱정 마."

한 반장의 아내는 얼마 전 교통사고로 입원했다.

장을 보기 위해 큰길가의 할인점에 가다가 차에 치인 것이다. 다행히 아주 크게 다치지는 않았지만 병원에서 보름 이상 입원 치료를 받아야 할 정도의 나름대로 큰 부상을 입었다.

한 반장은 수화기를 놓은 뒤 오븐 안에서 익어가는 빵을 바라보며 생각에 잠겼다.

'아내도 저 빵들이 노릇노릇 잘 익는 것처럼 빨리 나아지면 좋을 텐데…….'

삐삐~ 삐~

멍하니 앉아 이런저런 생각에 잠겨 있던 한 반장은 오븐 자동타이머가 내는 소리에 화들짝 놀라 자리에서 일어났다. 이제 다 익은 빵을 챙겨서 어린이집으로 갈 시간이 된 것이다.

한 반장의 둘째 딸 아름이가 다니는 어린이집에는 학부모들이 돌아가면서 간식을 챙기는 날이 정해져 있었다. 물론 귀찮아서 자장면이나 피자를 시켜주는 학부모들도 있지만 한 반장은 자신이 직접 해주고 싶었다. 경찰 생활 틈틈이 취미 삼아 땄지만 제빵 자격증까지 있기에 은근히 자신이 만든 빵 맛을 자랑하고 싶기도 했다.

"하나, 둘⋯ 일곱⋯⋯."

한 반장은 빵을 하나씩 봉지에 집어넣으며 숫자를 헤아렸다.

"잉? 이런 여든네 개? 이런!"

교사들 몫까지 여유있게 만든다고 했는데 공교롭게도 빵의 숫자는 아이들에게 정확히 두 개씩 돌아갈 양밖에 되지 않았다. 다시 한 번 세어보았으나 마찬가지였다. 시간을 보니 벌써 10시가 가까워지고 있었다.

'제길. 다시 구울 시간도 없으니⋯⋯. 에라, 모르겠다.'

한 반장은 빵이 담긴 봉지를 들고 서둘러 문을 나섰다.

"킥킥!"

빵 봉지를 든 한 반장이 어린이집에 들어서자마자 여기저기서 아이들 웃음소리가 튀어나왔다. 어린이집의 젊은 여교사들도 아빠가 간식을 가져오는 것이 익숙하지 않은 듯 손으로 얼굴을 가리고 미소를 짓고 있었다.

"아빠!"

아름이가 아이들 틈에서 소리치며 뛰어나왔다. 한 반장은 아름이를 번쩍 안으며 양손에 들고 있던 빵 봉투를 교사에게 건네주었다. 그 순간 아이들의 눈이 동그래져 빵 봉투를 쳐다보았다. 조금 늦게 가져온 탓인지 모두 배가 고픈 모양이었다.

"자, 나눠 줄 테니 차례대로 줄을 서세요."

예쁘장한 여교사의 말에 아이들은 삐뚤삐뚤하지만 나름대로 질서를 지키며 줄을 섰다.

"자, 아름아~ 너도 가서 줄서야지."

"알았어, 아빠!"

아름이는 한 반장의 품에서 빠져나와 아이들이 서 있는 줄 가운데로 쪼르르 달려갔다. 빵과 우유를 받은 아이들은 각자 자리를 잡고 먹기 시작했다.

"직접 만드신 거라면서요?"

"예? 아, 예……."

아이들을 흐뭇하게 바라보던 한 반장은 갑자기 옆에서 들려오는 소리에 무의식적으로 답하며 돌아보았다. 나이에 어울리지 않게 빨간 원피스를 주로 입는 어린이집의 원장이었다.

30대 후반 정도의 나이에 이런 어린이집을 가지고 있으니 어느 정도 성공한 케이스에 속하는 여자였다.

"어? 그런데… 원장 선생님의 안색이 별로 안 좋으시네요? 살도 많이 빠지신 것 같고……."

괜히 멋쩍어 말을 얼버무리다가 지난번에 봤을 때보다 현저히 달라진 원장의 얼굴을 보며 한 반장은 자신도 모르게 그런 말을 내뱉었다.

"옛? 예… 그런가요?"

순간 원장의 얼굴이 벌게져 당황하더니 아무 말 없이 몸을 돌려 원장실로 다시 들어가 버렸다. 한 반장은 괜한 말을 한 것이 아닐까 민망해져 주위를 두리번거리다가 아직 밀가루가 남아 있는 듯 끈적거리는 손도 씻을 겸 화장실로 향했다.

어린이집 화장실이라서 그런지 변기와 세면대가 고만고만한 위치에 다닥다닥 붙어 있었고 안쪽으로 작은 문이 하나 더 있었다. 남녀 구분 없이 쓰는 화장실이었다. 한 반장은 세면대로 다가가 물을 틀었다.

쏴아아—

물 내려가는 소리를 들으며 세면대를 본 한 반장은 깜짝 놀랐다. 붉은 피가 소용돌이치듯 배수구로 빠져나가고 있었기 때문이다. 미처 보지 못했지만 세면대에 피가 고여 있었던 것 같았다.

"누가 코피라도 흘렸나?"

한 반장은 혼자 손을 씻으며 중얼거리다가 세면대 위에 걸려 있는 거울을 보았다. 그때였다.

컥!

막 나오려고 몸을 돌리는 한 반장의 귀로 이상한 소리가 들렸다. 잠시 멈칫해 귀를 기울였으나 화장실 특유의 정적만 감돌 뿐 아무 소리도 나지 않았다.

'잘못 들었나?'

고개를 갸우뚱거리며 화장실 문고리를 잡으려 할 때였다.

커억… 컥!

이번엔 그 소리가 더욱 뚜렷하게 들려왔다. 목에 뭐가 걸려 기침을 내뱉는 소리였다.

한 반장은 화장실을 살펴보다가 맨 안쪽에 닫혀 있는 문 앞으로 다가갔다. 이상한 소리는 그 안에서 들려온 것 같았다.

"누구 있어요?"

…….

"안에… 누구 있어요?"

캑~ 커어억!

분명히 목에 뭐가 걸려 고통스러워하는 여자 아이의 소리였다. 깜짝 놀란 한 반장은 문을 잡아당겼다. 문은 잠겨져 있지 않아 손쉽게 열렸다. 햇빛이 전혀 들지 않아 어두컴컴한 그 안에서 한 여자 아이가 좌변기 뚜껑을 덮은 채 쪼그리고 앉아 예리한 눈빛으로 한 반장을 노려보고 있었다.

"허억!"

아이의 얼굴을 확인한 한 반장은 자신도 모르게 짧은 비명을 질렀다. 얼음장같이 창백한 얼굴보다도 아이의 정수리 부분 머리카락이 한 움큼이나 빠져 있는 것에 더욱 놀랐던 것이다.

머리카락이 빠진 부분에서는 모공마다 핏방울이 맺혀 있었다.

엉겁결에 뒤로 물러난 한 반장과는 달리 여자 아이는 미동도 하지 않은 채 눈을 부릅뜨고 있었다. 잠시 후 한 반장은 아이의 손에 자신이 만든 빵이 들려 있는 것을 발견하고는 공연히 놀랐다는 생각에 무안해하며 말을 건넸다.

"넌 왜 여기에서 먹니?"

그러나 여자 아이는 빵을 굳게 움켜쥔 손을 뒤로 감출 뿐 아무 말도 하지 않았다.

"누가 빼앗아 먹을까 봐?"

웃으며 말하는 한 반장에게 그 아이는 고개를 저었다. 그리고 천천히 입을 열었다.

나… 피… 피가 자꾸 나서… 닦으려고…….

"피? 어디? 머리?"

한 반장은 아이의 정수리 쪽을 바라보며 물었다. 그러나 어디에도 핏자국은 없었다. 단지 얼굴에 채 마르지 않은 물 자국만 조금 남아 있었다.

캑! 커억!

빵이 목에 걸렸는지 아이가 고개를 숙이며 또 한 번 사레들린 소리를 냈다. 아이의 손을 보니 빵만 들고 있을 뿐 우유는 보이지 않았다. 한 반장은 손을 내밀며 말했다.

"아저씨하고 나가자. 우유하고 같이 먹어야지."

그러나 아이는 고개를 저으며 더 어두운 안쪽으로 파고들었다.

'자폐증이 있나? 그렇다면…….'

TV에서 본 자폐증 환자들의 행동을 머리 속에 그리던 한 반장은 그 아이가 자폐라 단정 지었다. 자폐증이 있는 아이들에겐 섣불리 뭔가를 강요해서는 안 된다는 것을 상식으로 알고 있던 한 반상은 아이에게 미소를 지어 보이며 말을 건넸다.

"잠깐만 기다려, 아저씨가 우유 가져다 줄게."

한 반장은 화장실 문을 열어둔 채 재빨리 교실로 돌아왔다.

"아앙, 앙……."

교실 안에서는 한 아이가 울고 있었다. 그 옆에서는 한 여선생이 난처한 얼굴로 그 아이를 달래고 있었다. 그 선생은 한 반장을 보자 뭔가를 말하고 싶은 표정을 지었으나 원장은 선생의 팔을 잡아당겨 제지시켰다.

"무슨 일이죠?"

영문을 몰라 어리둥절해하는 한 반장의 물음에 아이의 울음소리가 더욱 커졌다.

"아빠, 재민이는 빵이 없어!"

그때 아름이가 톡 튀어나오며 말했다.

"응? 아이들 숫자에 딱 맞게 가져왔는데?"

한 반장의 말이 떨어지기 무섭게 원장이 소리를 질렀다.

"박 선생님! 요 앞 제과점에 가서 빵 두 개만 사 오세요!"

"예……."

"잠깐만요."

한 반장은 나가려는 박 선생을 제지하며 물었다.

"여기 아이들 수가 마흔두 명 아닌가요?"

박 선생이 고개를 끄덕였다.

"그럼 모자랄 리가 없을 텐데… 마흔두 명에 두 개씩, 여든두 개 가져왔는데……."

잠시 어색한 침묵이 흐른 뒤 원장이 박 선생 앞으로 나서며 미소를 지었다.

"착오가 있었겠죠."

"어? 그럴 리가……."

분명히 여든네 개였다. 그건 의심할 수 없는 사실이었다.

분명 빵을 봉지에 넣을 때 하나하나 세어보고 넣었기 때문이다. 그것도 두 번씩이나.

그리고 너무 딱 맞춘 것을 신경 쓰며 오지 않았던가?

"하지만……."

"박 선생님, 거기 서서 뭐 해요? 빨리 빵을 사 와요."

한 반장의 말을 더 들어보지도 않은 채 원장은 다시 박 선생을 몰아 붙였다.

박 선생이 허둥지둥 나가는 것을 본 한 반장은 원장에게 더 말을 하려다가 일단 멈추었다.

빵을 얻지 못한 아이의 울음소리가 계속되고 있는 마당에 그까짓 개수를 따지는 것이 무슨 소용이 있겠냐는 생각이 머리를 스쳤기 때문이다.

"제가 실수했겠죠. 그나저나 우유 남는 거 있으면 하나만 주세요."

"우유도 아이들 숫자에 딱 맞춰 가져온 거라 남는 것이 없는데요."

"어쩐다. 그럼 물이라도 떠가야겠네."

내 말에 원장의 눈빛이 순식간에 달라졌다.

"그게 무슨 말이죠?"

원장의 날카로운 목소리에 한 반장은 움찔하며 더듬거렸다. 마치 범인으로 몰려 취조당하는 것 같았다.

"머리에 상처가 있는 웬 여자 아이가 화장실에서 빵을 먹고 있지 뭐예요. 우유도 없이."

순간 어린이집 안이 조용해졌다. 요란하게 떠들며 빵을 먹고 있던 아이들도 행동을 멈춘 채 한 반장을 바라보았다. 원장 역시 당황해하며 아이들과 한 반장을 번갈아 쳐다보았다. 그리곤 황급히 한 반장의 팔을 잡고는 교실 밖으로 끌고 나가기 시작했다.

"엉엉엉."

그 순간 한 아이가 울음을 터뜨렸다. 그 아이의 울음을 시작으로 일제히 다른 아이들도 울먹거리더니 마침내 교실 안은 아이들의 울음소리로 가득 찼다. '울음은 전염이다' 라는 누군가의 말이 실제라는 것이 확인되는 순간이었다.

"대체 무슨 말이죠?"

밖으로 나온 원장은 한 반장을 똑바로 쳐다보며 물었다.

"그보다 아이들이 왜 저렇게 우는 거죠?"

"대답 먼저 하세요!"

"화장실에 가보면 알 겁니다."

갑자기 험악해진 원장의 표정에 오기가 난 한 반장은 앞장서서 화장실로 향했다. 자폐증이 있는 아이라면 오히려 더 잘 돌보아줘야 할 텐데 간식을 화장실에 가서 먹도록 내버려 두다니⋯⋯. 원장에게 따끔히 한마디 할 생각이었다. 아니, 조사를 더 해봐서 아이들에게 가혹 행위라도 한 것이 밝혀지면 형사의 신분으로 구속이라도 시킬 용의가 있었다.

원장은 긴장된 얼굴로 한 반장의 뒤를 따라왔다. 화장실에 들어서니 그 아이가 있던 안쪽 문은 닫혀 있었다.

"자, 보세요! 아이가 이런 데서 간식을 먹어도 되는 겁니까?"

화가 난 한 반장은 원장에게 보란 듯이 세차게 문을 잡아당겼다.

벌컥!

어두운 화장실 안으로 순식간에 빛이 들어갔다. 그리고 그 안엔⋯

그 안에는 아무도 없었다. 바닥에 빵 부스러기만 떨어져 있을 뿐이었다.

"어?"

"뭐가 있다는 거죠?"

의기양양해진 원장은 한 반장을 노려보며 말을 이었다.

"아름이가 집에 가서 이상한 소리를 한 모양인데 어른이면 어른답게 행동을 해야지 지금 뭐 하시는 겁니까? 아이들 말을 믿는 겁니까?"

"무슨 말씀인지?"

한 반장은 도무지 이해 못할 말을 하는 원장을 보며 되물었다.

"됐습니다. 이제 돌아가 주세요!"

앙칼진 원장의 목소리에 한 반장은 아름이에게 간다는 말도 못한 채 쫓겨나듯이 어린이집을 나올 수밖에 없었다. 밖으로 나온 한 반장은 잠시 그 앞에 서 있었다. 방금 무슨 일이 있었던 것인지 정리가 잘 안 됐던 것이다.

"도대체 내가 뭘 잘못했다는 거지? 학부모에게 저렇게 무례해도 되나?"

그때 한 반장의 등 뒤에서 낯익은 목소리가 들려왔다.

"아름이 아버님 아니세요?"

원장의 남편이자 어린이집 차 운전을 하는 사내였다. 그는 등하교 시간에 어린이집 승합차를 운전해 주며 백수처럼 지내는 팔자 좋은 사내였다.

"아, 예."

"왜 안 들어가시고 여기서……?"

"지금 막 안에서 나오는 길입니다."

"예……."

둘은 그냥 어색하게 서 있었다. 더 나눌 말도 없었고 또 그러기엔 지금 한 반장의 머리 속은 뒤죽박죽이 되어 있었던 것이다.

"저… 그럼."

뒤돌아 들어가는 사내의 모습이 왠지 초라해 보인다고 생각하는 순간 한 반장은 본능적으로 그를 불러 세웠다.

"저… 잠깐만요!"

"예?"

"저… 실례지만 아이들 중에 자폐증 같은 것 걸린 아이 없습니까?"

그 질문을 받은 사내의 얼굴이 갑자기 창백해지더니 고개를 흔들었다.

"없는데요! 그럼 이만!"

사내는 몸을 돌려 황급히 안으로 들어갔다.

"뭐야, 저건?"

한 반장은 사내의 태도에서 이상함을 느끼며 고개를 들어 다시 한 번 어린이집 건물을 바라보았다. 날씨가 그리 나쁜 날도 아니었는데 어린이집은 왠지 모를 음울한 분위기가 감돌고 있었다. 원장에게 등이 떠밀려 나온 기분 탓이라 생각하고 한 반장은 집으로 발걸음을 돌렸다.

"아빠, 다녀왔습니다."

아름이의 인기척이 들리자 방에서 TV를 보고 있던 한 반장이 미소를 지으며 걸어나왔다.

"아름아, 배고프지? 밥 줄까?"

"아니. 근데 아빠, 오늘 아빠 빵 인기 최고였다!"

"후후~ 그래에? 담에 또 만들어다 줄게."

한 반장의 말에 아름이는 고개를 가로저었다.

"안 돼. 원장님이 이제 집에서 간식 해오는 거 그런 거 안 한대."

"그게 무슨 말이니?"

"몰라. 아까 끝날 때 그랬어. 이제부터는 간식비 받아서 사다 먹는

다고."

"그래?"

문득 원장의 당황해하던 얼굴이 떠올랐다. 한 반장은 아름이에게 조심스레 물었다.

"아름아."

"응?"

"혹시 요즘에 어린이집에 이상한 일이 일어난 적 있니?"

이제 막 여섯 살이 된 아이에게 하는 질문치고 요상한 질문이라고 생각하면서 물었다. 그러나 한 반장은 아까의 일이 마음에 걸려 하루 종일 궁금했던 터였다.

아름이는 한 반장의 얼굴을 뚫어지게 쳐다보았다. 질문을 이해하지 못한 눈치였다. 하지만 한 반장도 그렇게 말고는 뭐라고 물어봐야 할지 선뜻 다른 말이 떠오르지 않았다.

'어린 너한테 그런 걸 물어본 내가 바보지…….'

하지만 이런 한 반장의 생각을 비웃기라도 하듯 아름이의 입에선 난데없는 대답이 튀어나왔다.

"응!"

"뭐라고?"

한 반장이 놀라 되물었다.

"이상한 일이 있다구."

"그래? 근데 왜 아빠한테 얘기 안 했어?"

"원장 선생님이 말하지 말라구 해서."

"그래도 아빠한테는 다 얘기해야지."

"얘기하면 나쁜 아이라고 원장님이 그랬어."

한 반장은 원장의 얼굴을 떠올리며 인상을 찌푸렸다. 무슨 일인지 몰라도 그런 식으로 아이들을 협박했다고 생각하니 불쾌한 감정이 치밀었다.

"괜찮으니까 말해 봐. 아빠에게 말한다고 나쁜 아이가 되는 건 아니니까. 아빠만 믿어."

"정말이야?"

"그러엄! 아빠만 믿어!"

"히힛! 그럼 말한다?"

아름이의 말을 들으며 한 반장의 표정은 점점 변하기 시작했다. 아까 빵을 만들면서 이상하다고 생각은 했지만 어린이집의 아이들 수가 두 달 전에 간식 준비를 할 때에 비해 20명 이상이 줄어든 것이었다.

아름이의 말로는 다 전학을 갔다고 했다. 그러나 20명 이상이 두 달 사이에 전학을 갔다는 것은 분명 무슨 일이 있다는 증거였다. 학교에 입학을 하거나 이사를 가지 않는 이상 어린이집을 옮기는 경우는 흔하지 않기 때문이다. 이유는 여러 가지가 있지만 가장 큰 이유는 아이 부모와 어린이집 원장 간에는 이래저래 왕래가 많기 때문이다. 그리고 그렇게 맺어진 믿음은 쉽게 깨지 못하기에 전학이 쉽지 않은 것이다.

"그런데 아빠."

전학 갔다는 친구들을 하나하나 기억해 내며 이름을 말하던 아름이가 고개를 갸웃거렸다.

"얘기해 봐."

"음… 연희를 본 친구가 있다!"

"연희라니?"

"처음 전학 간 애 이름이 연희야."

"처음?"

"응. 그 애가 전학 간 다음에 며칠 있다가 다른 친구들도 하나둘씩 전학 가기 시작했어."

도무지 알 수 없는 말이 자꾸 나오자 한 반장은 아름이의 말을 종잡을 수가 없었다.

알 수 있을 것이라고 기대는 하지 않았지만 한 반장은 아름이에게 질문을 하나 던졌다.

"아름이는 왜 그 친구들이 전학을 갔다고 생각해?"

아름이는 갑자기 내 얼굴을 빤히 보며 말을 했다.

"응… 그 친구들이 연희하고 놀았대."

"친구하고 논 게 뭐 잘못이야?"

"아휴! 답답해! 그게 아니구, 연희가 전학 가고 없는데 교실에서 연희하고 놀았대."

"……?"

"그러니까… 애들이 연희하고 놀았다고 말만 하면 항상 그 다음날에는 그 애 엄마가 오고, 그리고 다 전학을 갔단 말이야."

무슨 말인지 제대로 정리가 되진 않았지만 이상스레 한 반장의 온몸엔 소름이 쫙 돋아나기 시작했다.

'분명 뭔가가 있다!'

"뭐부터 해야 되지?"

조사하고 있던 다른 심령 사건들에 대한 자료를 책상 위에서 싹 치워 버리고 한 반장은 빈 책상에 노트 한 권을 꺼내놓았다.

그리고 펜을 들어 하나하나 정리해 보았다.

어린이집의 음울한 분위기…
원장의 신경질적인 얼굴…
하나둘 전학 가는 아이들…
전학 간 친구가 교실에 나타나 아이들과 놀고 있다…
자폐증─아직 확실한 것은 아니지만─에 걸린 아이……

뭔가가 빠진 것 같았다.
"아!"
다시 펜을 들어 적어 나갔다.

그리고 모자란 빵.

오랜 사건 경험으로 심상치 않은 사건일 것이라는 냄새가 났다.
"그나저나 어디서부터 알아본다……?"
순간 연희란 아이에게 생각이 미쳤다.
처음 전학 간 아이인데다 아이들이 후에도 그 아이를 보았다고 하니까 거기에 뭔가 있을 것이라는 데 생각이 미친 것이다. 그리고 그것은 정확한 판단이었다.
연희네 집 주소를 알기 위해 잘 알고 지내던 동네 파출소의 정 순경에게 전화를 해보니 연희란 이름을 말하자마자 바로 생각지도 않았던 정보가 튀어나온 것이다.
"아! 그 아이요! 아, 그 사건을 모르세요? 아직도 못 찾았습니다. 협

박 전화도 없었으니 납치된 것도 아닌 것 같은데 도대체 어디로 사라진 건지……. 그런데 한 반장님, 왜 그러시죠?"

연희가 전학 간 것이 아니라는 사실에 한 반장의 머리 속은 갑자기 복잡해졌다.

그리고 심령 수사대 일에만 너무 몰두하다 보니 한 동네에서 일어난 아이의 실종 사건도 알지 못했던 것이다. 정 순경의 말은 계속 이어졌다.

"부모가 미친 듯이 찾아 돌아다녔지만 아직도 오리무중이죠. 그저나 누가 키우려고 데려간 것이 아니라면 죽었다고 보는 것이… 그런데 왜 그 아이에 대해 물으시는 거죠?"

"응? 아, 아니… 잘 알았어."

대충 얼버무리고 서둘러 전화를 끊은 한 반장은 혼란에 빠졌다.

원장은 실종된 아이를 전학 간 것이라고 아이들에게 말한 것이었다.

그렇다면 다른 아이들은 왜 전학을 간 것일까?

아름이의 말의 앞뒤를 곰곰이 생각해 보니 그 답도 의외로 쉽게 나왔다.

한 반장이나 아내는 다른 엄마들에 비해 어린이집에 자주 가지 않아서 그 안에서 무슨 일이 벌어지는지 잘 모른다.

아름이가 와서 얘기해 주지 않으면 모르는 것이다. 어린이집 종일반에 아이들을 보내는 집들은 사정이 비슷할 것이다. 맞벌이를 하는 집이 태반일 테고, 그러면 자연스레 어린이집에 대한 관심이 덜할 수밖에 없다.

하지만 전학 간 아이들의 엄마는 그렇지 않을 것이다.

어린이집의 연희란 여자 아이가 실종된 것을 이런저런 경로를 통해 들어서 알고 있었을 것이다. 하지만 집에 돌아온 아이들이 '엄마, 나 오늘 연희랑 놀았다' 라고 말한다면?

아마 한 반장 자신이었다 해도 딴 곳으로 전학을 시켰을 것이다. 물론 미스터리한 사건인만큼 지금은 심령 수사대의 수장으로서 그 사건을 멋지게 해결했겠지만 말이다.

하지만 지금 남아 있는 아이들의 부모는 아직 연희란 아이가 실종되었는지도 모르는 집이 대다수일 것이다. 그건 한 반장의 집도 마찬가지였으니 말이다.

원장은 자꾸만 전학을 가는 아이들을 막기 위해 입단속을 시켰을 수도 있고.

그러나 아직도 이해할 수 없는 건 아이들과 놀았다던 연희의 존재였다.

실종된 아이가 교실에만 나타날 리도 없으니…… 혹시 귀신? 한 반장은 거실에서 TV를 보고 있는 아름이를 급히 불렀다.

"아름아!"

"응."

방으로 들어온 아름이는 평소와는 다른 한 반장의 표정이 낯설어서인지 천천히 다가왔다. 한 반장은 안심시키기 위해 미소를 지으며 아름이의 손을 잡았다.

"아름아, 아빠가 묻는 말에 바른 대로 말해야 돼. 알았지?"

아름이는 천천히 고개를 끄덕였다.

"아빠가 원장 선생님 싸워서 이기니까 걱정하지 말구."

참 한심한 말이라는 생각이 들었으나 그런 식으로 말을 꺼냈다. 원장이 아이들에게 철저히 입단속을 시킨 모양인 것 같아서였다.

"아름아."

"응?"

"너도 연희가 전학 가고 나서 연희하고 논 적 있어?"

한 반장은 빠른 속도로 질문한 뒤 마른침을 삼키며 아름이의 얼굴을 바라보았다.

아름이는 잠시 한 반장의 얼굴을 바라본 뒤 고개를 저으며 대답했다.

"아니."

"휴우."

한 반장은 자신도 모르게 안도의 한숨을 내뱉었다. 괜한 상상을 했던 자신이 한심스럽기까지 했다. 미소를 지며 아름이의 몸을 안으려 할 때 아름이는 말을 이었다.

"논 적은 없는데 본 적은 있어."

깜짝 놀란 한 반장은 안으려던 손을 내려 아름이의 어깨를 꽉 잡았다.

"아아… 아빠, 아파."

"응? 으응, 미안. 근데 본 적 있다니, 그게 무슨 말이야?"

"응…… 며칠 전에 점심 먹고 그네 타러 마당의 놀이터에 나갔는데 거기에 앉아 있었어."

"놀이터에서?"

"응."

"말… 말해 봤어?"

"아니, 난 연희랑 안 친했거든. 그냥 내가 그네 탈 거라고 했더니 비켜주던데?"

"선생님한텐 말했어?"

"아니."

"왜?"

"선생님한테 연희 얘기하면 혼나. 다른 애들도 막 혼났어."

순간 문득 스쳐 가는 생각에 한 반장은 침을 삼키며 아름이에게 물었다.

"혹시 연희라는 그 친구… 머리가 길지 않니?"

"응, 아주 길어. 그런데 그날 보니까 머리에 상처가 나 있던데… 옛날엔 없었는데."

"……!"

그날 밤 한 반장은 궁금증과 호기심에 잠을 이루지 못했다.

'그 아이가 정말 연희일까?'

자신이 직접 본 아이가 한 달 전에 실종되어 아직 생사도 확인되지 않은 아이였다고 생각하니 소름이 끼쳤다. 이건 심령 수사대에서 일하며 다른 사람들의 의뢰나 사건 해결 때문에 만났던 다른 원귀들과는 다른 느낌이었다.

한 반장은 날이 밝자마자 정 순경을 통해 주소를 알아내어 무작정 연희의 집으로 향했다. 초인종을 누른 뒤 조금 기다리자 비쩍 마른 연희의 엄마가 문을 열어주었다. 얼굴에는 어두운 그늘이 가득했다. 연희와 같은 어린이집에 다니는 학생의 아버지라 말하니 경계심을 풀고 얘기해 주었다.

간간이 눈물을 내비치며 한 그녀의 얘기는 아름이에게 들은 내용 외에 별다른 것은 없었지만 한 가지 이상한 점이 있었다.

어린이집에서 집으로 올 때 실종되었다는 것. 즉, 어린이집 운전 기사가 집 앞에 내려주고 대문까지 오는 그 짧은 순간에 사라졌다는 것이었다. 연희 엄마도 직장에 다니는 관계로 그 시간에 집에 없었으니 추측일 수밖에 없었지만 적어도 연희 엄마의 주장은 확고했다. 그 중거는 연희가 집에 들어온 흔적—주방에 차려놓은 간식을 조금도 먹지 않았고 장난감 상자에 손을 대지도 않았다는—이 없다는 것이었다.

"혹시 집에 들어오지 않고 다른 곳에 갔을 수도…….."

한 반장의 조심스러운 물음에 연희 엄마는 목에 핏줄까지 세우며 그 가능성을 부인했다. 집과 어린이집밖에 모르는 연희는 한 번도 그런 적이 없었다는 것이다.

인사를 하고 뒤돌아 나오며 한 반장의 머리 속에는 원장 부부의 얼굴이 자꾸만 떠올랐다.

원장의 남편은 분명히 연희를 집 앞에까지 바래다 주었다고 말했다는데… 그렇다면……?

"확실히 뭔가가 있어!"

하지만 그 의심을 입증할 만한 마땅한 방법이 떠오르지 않았다.

사건을 쉽게 해결해 주곤 하던 노승과 만해가 생각났으나 이 사건만큼은 자신의 힘으로 처리하고 싶었다.

한 반장은 집으로 오는 길에 일부러 어린이집 앞을 다시 지나갔다.

빨간 벽돌로 이루어진 저 건물 안에 이제 막 피어나기 시작하는 아이들 수십 명이 모여 있다고 생각하니 기분이 묘했다. 게다가 저 안에서 무슨 일이 벌어지고 있는지 이렇게 밖에서 지켜보고 있는 사람은 알 수 없는 법이기 때문이다.

한 반장의 시선은 어린이집 앞에 주차되어 있는 통학용 승합차에 머물렀다. 예전에 보았던 차종이 아니었다. 같은 노란색이라 별로 신경을 쓰지 않았는데 언제 새 차를 구입했는지 그리 오래된 것 같지는 않았다.

'저번 것도 그리 오래되지 않았던 것 같은데……'

고개를 갸우뚱거리는 한 반장의 눈에 어린이집 안에서 나오는 사내의 모습이 띄었다.

원장의 남편이었다. 한 반장은 그의 눈에 띄지 않도록 근처 골목 담벼락에 바짝 기대었다.

그는 차로 다가가 잠시 문고리를 잡고 잠시 망설이고 있었다. 공연히 불안한 눈길로 주위를 두리번거리고 차 문을 열지 않고 있었다.

그러던 그가 어린이집 건물을 올려다보더니 화들짝 놀라는 얼굴을 하며 차에 올라탔다.

그의 시선을 따라가 본 한 반장은 그가 무엇을 보고 그리 놀랐는지 알 수 있었다.

어린이집 2층 원장실에서 사내의 부인인 원장이 그를 내려다보고 있었던 것이다.

남편을 쳐다보던 원장 부인의 시선이 갑자기 한 반장 쪽으로 옮겨왔다. 다음 순간 한 반장과 원장의 눈은 딱 마주치고 말았다.

벽에 딱 붙어 있는 자신의 포즈가 그리 좋아 보이지 않을 것이라는 데 생각이 미친 한 반장은 못 본 척 골목에서 나와 아무렇지도 않게 집 쪽으로 걸어갔다.

따르르릉.

집에 돌아온 한 반장은 안에서 울려대는 전화 벨소리를 듣고 현관문을 황급히 열어젖히고 달려가 전화를 받았다.

"여보세요?"

[……]

"여보세요? 당신이야?"

[……]

여러 번 물어도 대답을 하지 않던 전화는 뚝 하는 소리와 함께 갑자기 끊어졌다.

수화기 저편에서 들려오는 윙 하는 공허한 소리를 들으며 한 반장은 멍하니 수화기를 들고 서 있었다.

뭔가 불안한 생각이 온몸을 감싸 돌았으나 이내 그냥 넘겨 버리고 말았다.

한 반장은 오늘도 아름이를 어린이집에 등교시키고는 그 근처를 맴돌았다. 벌써 며칠째 반복하고 있는 짓이었다. 별로 소득이 없으리라는 것은 알고 있었지만 그냥 집에 있자니 온갖 상상이 머리 속을 가득 메워 차라리 이렇게라도 해야만 직성이 풀릴 것 같았다. 생각이 그래서인지 어린이집 건물은 오늘따라 더욱 음울해 보였다.

붉은 벽돌 사이에 있는 노란색의 벽에 칠해진 해바라기와 장미꽃도 그런 한 반장의 느낌을 상쇄시키진 못했다. 밝아야 할 어린이집이 그런 느낌을 갖게 한다는 것은 뭔가 잘못돼도 크게 잘못된 것이리라.

한 반장은 2층 원장실에서 내려다보이는 장소를 피해 적당한 곳에 숨어 어린이집을 힐끔거렸다. 확실한 범인을 쫓아 잠복해 있을 때와는 다른, 나름대로 색다른 경험이었다. 뒤에서 사내의 목소리가 들리기 전까지는.

"여기서 뭐 하는 거지?"

날카로운 목소리가 한 반장의 귀에 들렸다. 깜짝 놀란 한 반장이 뒤를 돌아보자 어린이집의 그 사내가 빨간색 벽돌을 들고 한 반장 뒤에서 있었다. 사내는 벽돌 든 손을 치켜 올렸다. 한 반장은 본능적으로 몸을 돌려 피하려 했지만 이미 늦었다.

퍽!

뒤통수에 엄청난 충격이 가해졌다. 다리에 힘이 풀리며 한 반장은 정신을 잃고 그 자리에 쓰러졌다.

"끄으응."

얼마나 시간이 흘렀는지 알 수 없었지만 한 반장이 정신을 차렸을 때 처음 눈에 들어온 건 승합차의 회색 시트와 차창 밖으로 스치는 헤드라이트의 불빛이었다.

'어디지? 어디로 나를 데려가고 있는 거지?'

한 반장은 누운 채로 몸을 움직여 보았다. 의외로 손발이 자유로웠다. 뒤통수를 만지며 한 반장은 자리에서 천천히 일어났다.

"일어나셨어요?"

룸미러를 통해 한 반장을 보며 사내는 차분한 목소리로 말했다.

"다, 당신은?"

앞을 보니 원장의 남편이 운전대를 잡고 빠른 속도로 승합차를 몰고 있었다.

"휴우……."

원장의 남편은 경직된 얼굴로 뒤를 돌아보더니 한숨부터 쉬었다.

"어, 어떻게 된 거요?"

마음 같아서는 소리부터 버럭 지르고 맞은 것만큼 사내에게 돌려주고 싶었지만 아직은 그럴 힘이 없어 애써 침착하게 물었다. 품 안의 권총도 어디로 사라지고 없는지 감촉이 안 느껴졌다. 사내는 조용한 어조로 대답했다.

　"미안해요, 그렇게 심하게 때려서요."

　"……."

　"마누라가 시켜서 그만……."

　"마누라라면……?"

　"마누라가 반장님이 뭔가를 알고 있다고 생각한 것 같아요."

　"뭔가를 알고 있다니?"

　"요즘 거의 매일 어린이집 주위를 살피신다면서요?"

　"그건 그냥……."

　"설명하실 필요 없어요. 전 어차피 이제 이 일에서 손을 떼기로 했으니까요."

　"손을 떼다뇨?"

　"조금 더 늦게 결심했어도 어쩌면 반장님의 목숨도 빼앗았을지 모르겠네요."

　"뭐요?"

　어처구니없는 말을 너무나 가볍게 하는 사내의 뒷모습을 보며 한 반장은 놀라지 않을 수 없었다. 자신이 죽임을 당할 뻔하다니……? 정식 사건도 아니었고 그저 조사나 한번 해보려고 시작한 사건에 대한 대가치곤 너무 큰 것이 아닌가.

　"그런데… 그런데 그만두기로 했어요. 저를 따라다니는 것은 한 사람만으로 충분해요."

사내는 공포에 질린 얼굴로 중얼거렸다.

"그게 무슨 말이죠?"

"……."

끼이익.

사내는 급브레이크를 밟으며 차를 도로 옆으로 세웠다. 가까이에서 물결치는 소리가 작게 들려오는 것으로 보아 강변인 듯싶었다.

"반장님은 이상한 사건들 많이 해결하셨겠죠?"

"뭐, 가끔 그랬죠."

아무렇지도 않게 대답을 했지만 한 반장은 깜짝 놀랐다.

'내가 심령 수사대에 근무하는 것을 알고 있나?'

그러나 사내는 한 반장의 반응에 별로 신경 쓰지 않은 채 말을 이었다.

"그럼 제가 이제부터 말하는 게 이해되시는지 들어보세요."

"잠깐만요. 그런데 왜 굳이 여기까지 나를 데리고 나왔죠?"

"마누라 때문에… 마누라가 다 보고 있었어요. 반장님이 점점 뭔가를 알아가는 눈치라서 저보고 시켰죠, 반장님을 없애라고. 그래야 우리가 산다고……. 마누라나 저나 지금 제정신이 아니에요. 마누라는 지금쯤 내가 반장님을 죽이고 어딘가에 버리고 있을 것이라 생각하고 있을 거예요."

아무렇지도 않게 그런 끔찍한 일을 얘기하는 사내를 보며 한 반장의 등골은 오싹해져 왔다.

가벼운 마음으로 조사를 시작했다가 영락없이 골로 갈 뻔한 것이다.

"하지만 이제 내가 무서워 더 이상 살 수 없을 것 같아요. 누군가에게 털어놓고 도움을 청하든지 미치는 방법밖에는……. 반장님이 뭔가를 짐작하고 있는 것 같으니 차라리 잘됐어요."

한 반장은 아무 말도 하지 못하고 사내의 얼굴만 바라보았다. 뒤통수는 아픈 것을 넘어 심하게 당겨왔으나 지금 그것이 문제가 아니었다.

"지금 도대체 무슨 말을 하는 거요?"

창밖의 어둠과 맞물려 괜스레 이상한 기분이 밀려오는 것을 느끼며 한 반장은 물었다.

사내는 무표정한 얼굴을 한 반장에게 돌리며 대답했다.

"반장님도 아실 텐데요, 연희 얘기를 하는 줄."

"그 애는 전학 갔다고… 아니, 실종됐다고 들었는데."

"휴우, 새삼스레 왜 그러세요? 저희를 의심하고 계시면서."

"아니, 난 단지……."

사내는 한 반장의 변명을 들을 생각도 하지 않고 고개를 흔들며 말을 계속했다.

"됐어요. 이제 반장님한테 숨길 생각도 없어요. 그러니 그냥 내 말을 들어주세요."

모든 것을 포기했는지 사내는 힘없이 중얼거렸다. 한 반장은 입을 꾹 다문 채 고개를 끄덕였다. 사내는 주머니를 뒤적여 담배를 꺼내더니 불을 붙여 한 모금 빨아들였다.

"후우……!"

내뱉은 연기가 뭉게뭉게 차 안에 퍼져 나가자 사내는 비로소 얘기를 시작했다.

그날… 그날도 평소와 다를 것 없는 날이었죠. 언제나처럼 정해진 코스를 돌며 아이들을 내려주면 됐으니까요. 하지만 한 가지 다른 점이 있었다면 가끔 선생님이 동행하지 않는 날이 있는데 그날이 마침 그런 날이었습니다. 아이를 바래다 주고 가야 할 박 선생이 약속이 있다고 먼저 가더군요. 해도 짧은 데다 겨울비까지 내리기 시작해서 그런지 종일반 어린이들 수업이 끝나고 두세 아이 집에 데려다 줬을 땐 이미 날이 어두워졌었어요. 그날 처음 어린이집에 등록한 아이 집을 찾는 데 시간이 많이 걸린 탓도 있었죠.

어쨌거나 마지막 코스인 연희의 집에 도착했을 무렵에는 주위가 온통 어둠뿐이었죠. 연희가 혼자 문을 열었고 그사이에 저는 카오디오의 테이프를 최신가요로 갈아 끼웠어요. 그때 차 문 닫히는 소리가 나더군요. 저는 스피커에서 울려 나오는 음악을 들으며 차를 출발시켰고, 신호등을 피해 좁은 골목골목을 돌아 어린이집으로 돌아왔죠. 아시겠지만 저와 마누라는 어린이집 3층에서 살림을 꾸몄거든요. 차에서 내리려 할 때 제 핸드폰이 울렸죠!

아이가 돌아올 시간이 됐는데 어찌 된 거냐는 연희 어머님의 전화였죠.

저는 별 생각 없이 조금 전에 내려줬다는 말을 하고 핸드폰을 끊었죠.

그런데 그때 이상한 기분이 드는 거예요. 대수롭지 않은, 그저 연희가 친구네 집으로 간다든지 놀이터에서 놀고 있을 거라든지 그런 생각이 드는 것이 아니라 뭔가 다른 일이 있을 것 같은 그런 불길한 느낌 말이죠. 그러나 무시하고 그냥 들어가려는 제 귀로 이상한 소리가 들려왔죠. 쌀쌀한 날이라서 그런지 바람이 불고 있었고 그 바람에 의해 뭔가가 차에 규칙적으로 부딪치는 그런 소리 말이죠.

저는 별 생각 없이 소라나는 차 옆으로 돌아갔고 거기에서 연희를…… 연희를 보았습니다. 크윽! 다, 다 제 잘못이에요… 끝까지 확인을 했어야 하는데……. 백미러로 내리는 것을 한 번만 확인했으면 됐는데…… 그럼 연희가 그렇게 되지 않았을 텐데…….

차 밑으로 연희의 몸이 쓰러져 있었습니다. 연희가 메고 있는 노란색 가방이 열리는 바람에 차에 부딪치며 소리를 내고 있었죠……. 고개만 살짝 든 상태로… 머리가…… 연희의 긴 머리카락이 차 문 사이에 껴서…… 연희의 옷이 헤져 군데군데 붉은 살점이 보이고 있었죠……. 온몸과 얼굴이 심하게 긁혀 피 범벅이 되어 있었고… 그리고 고통에 몸부림치다 일그러진 그 얼굴…….

사내는 당시 생각이 나는지 감정이 격해졌다. 뜻밖의 얘기에 한 반장도 멍하니 듣고 있었다. 사내의 말이 계속 이어졌다.

내가 연희를 차에 매달고 달린 거예요. 그 조그마한 몸을……. 머리 속이 하얗게 되어 아무것도 생각나지 않았지만 본능적으로 전 주위를 살폈죠. 다행인지 불행인지 아무도 없어서… 순간 스친 생각은… 이미 연희는 죽었고 난, 난 살아야만 했으니까.

차 문을 열었더니 머리카락 몇 가닥으로 지탱되던 연희의 머리가 땅바닥으로 툭 하며 힘없이 떨어지더군요. 인간의 머리카락이 그렇게 미운 적이 없었어요. 그놈의 머리카락 때문에……. 나는 눈을 딱 감고 떨리는 손으로 연희를 들어 차 안으로 밀어 넣고 다시 운전석에 올라탔어요.

제정신이 아니라고 생각했지만 그 상황에서도 카오디오에서 흘러나

오는 그 빌어먹을 노래만은 두 귀에 뚜렷이 들려오더군요. 잠시 운전석에서 생각을 정리했습니다. 하지만 너무 엄청난 일이라 어떻게 해야 할지 엄두도 안 났습니다. 순간 집 안에 있을 마누라가 생각났죠. 아시겠지만⋯ 어린이집의 모든 일은 원장인 그녀가 알아서 처리하고 있었죠. 창피한 일이지만 어린이집에서 저는 그저 허수아비 정도였으니까요.

저는 부들거리는 다리를 이끌고 3층으로 올라가 방에서 쉬고 있던 마누라에게 말했습니다. 온몸을 떨며 말하는 제 모습이 아마 볼 만했을 겁니다. 위기 상황에서는 여자가 강하다는 말이 있죠? 의외로 그녀는 침착하게 내 얘기를 끝까지 듣더군요. 그리고 대뜸 물었습니다.

"시체는 어디 있어?"

"차, 차 안에⋯⋯."

마누라는 인상을 한 번 쓰더니 옷장에서 헌옷을 하나 꺼내 입었습니다. 저에게도 낡은 옷을 하나 던져 주고요.

"뭐 해? 빨리 입어!"

멍청히 서 있는 제게 마누라는 나무라듯 말한 뒤 앞장서서 나갔습니다. 그리고 창고로 가서 삽을 하나 꺼내왔습니다. 그때까지도 얼이 나가 있는 저를 날카로운 눈으로 보더니 다시 한 마디 던졌죠.

"수습 안 할 거야?"

고개를 저으며 저는 운전석으로 올라탔습니다. 차 뒤쪽에 몇 시간 전까지 웃고 떠들던 연희가 피투성이가 되어 있다고 생각을 하니 정신은 없었지만 뭐에 홀린 듯이 저는 그녀가 시키는 대로 했습니다.

"경찰에 신고⋯ 해야 되지 않을까?"

내 말에 마누라는 고개를 돌려 한참을 바라보더니 대답을 했죠.

"당신은 감방 가고, 어린이집은 폐쇄되고, 좋겠지!"

감방이라는 말에 내 몸은 다시 떨리기 시작했죠. 부인은 못을 박듯 뒤쪽의 연희를 보며 한마디를 하더군요.

"고작 요런 꼬마 계집애 때문에 우리 인생이 바뀔 순 없지!"

그 말을 듣자 오히려 제 몸엔 용기가 솟아났죠. 그렇죠. 지금까지 어린이집을 갖기 위해 우리가 고생한 게 얼만데…… 오히려 차 뒤에 누워 있는 연희가 미워지기까지 했죠! 왜 제대로 내리지 않았나 하고!

크흑… 그게 얼마나 잘못된 생각이었는지…….

마누라와 전 경부고속도로로 향했죠. 평일이고 밤이라서인지 고속도로는 한산했어요. 제가 그동안 고속도로를 탔을 때 중에서 가장 한산한 것 같았죠.

천안을 지나서 청주에 도착하기 전 우린 길가에 차를 댔죠.

그리고 뒷좌석에 놓여 있던 연희를 들어 도로 옆으로 집어 던졌죠.

얼굴을 안 보려고 노력했는데 마지막 순간 연희의 눈과 마주쳤죠. 감고 있다고 생각했는데 연희의 눈동자는 하얗게 뒤집어져 있었어요.

그리고 그 눈과 얼굴을 덮고 있는 피……. 전 그날부터 그 얼굴에서 하루도 떨어진 적이 없었습니다.

눈만 감으면 연희의 모습이 나타났고 또 눈을 떠도… 눈을 뜨고 있어도 연희의 모습이 보였죠. 처음엔 죄의식 때문에 나타나는 환상인 줄로만 알았는데 그게 아니었던 거예요…….

어린이집에서 연희를 보았다고 하는 아이가 하나둘 나타나더니… 한번은 차에 아이들을 데려다 주는데 한 아이가 연희의 이름을 부르는 거예요. 그 차 안에는 그 아이와 저밖에 없었는데 말이죠. 아이들도 보고 있었던 거예요, 자신들의 친구였던 그 아이를.

그날부터 저는 술을 먹지 않으면 잠들 수가 없었죠. 부끄러운 얘기지만 마누라에게 두들겨 맞기도 했어요. 사내가 뱃심이 없어서 그렇다고요. 하지만 그것은 뱃심 갖고 해결될 일이 아니었어요. 그 차를 왜 팔았냐고요? 얼마 전 아이들을 다 내려주고 빈 차로 어린이집으로 돌아오는데 뒷좌석에서 연희가 조용히 말하더군요.

아저씨, 오늘은 내리기 전에 출발하지 마세요…….

룸미러로 보니 연희가 자신의 머리를 만지며 저를 똑바로 쳐다보고 있었어요.

너무 무서워 비명을 지르다 그만 가로수를 들이박고 말았어요.

다행인지 불행인지 저는 다치지 않았고… 그 참에 잘됐다 싶어 차를 바꾸었는데…….

지금도 등 뒤에서 소름이 죽죽 흐르는 게 연희가 제 뒤통수를 보고 있는 것 같아 운전에 집중을 할 수가 없어요.

그리고… 연희는 간식 시간을 제일 좋아했거든요.

간식 시간만 되면 어디선가 나타나는 거예요. 한번은 제가 배식을 할 때 제 앞으로 다가와 손을 내민 적도 있어요. 저는 고개를 숙이고 있어 그것이 연희인 줄 꿈에도 모르다가 흙과 마른 피가 엉겨 붙어 있는 손을 보고 이상히 여겨 고개를 들어 그 손의 임자를 보았죠.

연희는 내 시선을 피하지도 않고 이렇게 말하더군요.

나 너무 추워!

전 그날 심장 마비로 죽는 줄 알았습니다. 그렇게… 그 애는 제 앞에 수시로 나타나고 있어요. 물론 나에게만 나타나는 것도 아니지만… 다른 사람들은 죄지은 것이 없으니… 아직 죽은 줄도 모르고 그 애를 봐도 무섭지 않겠지만… 저는 너무 무서워요, 너무…….

사내는 고개를 들어 한 반장을 바라보았다. 초췌한 얼굴에 눈물까지 범벅이 되어 있었다. 얘기를 듣는 동안 한 반장은 분노가 치솟아올랐지만 막상 그런 사내의 얼굴을 보자 동정심이 밀려왔다. 죄의식에 시달리는 것이리라. 이미 제정신이 아닌 듯 보이는 사내를 달래기 위해 애써 냉정을 되찾으며 말했다.

　"아이 시체를 갖다 버린 곳에 한 번이라도 가봤어요?"

　"아뇨……."

　"어딘지는 알 수 있겠어요?"

　"……."

　사내는 고개를 저었다. 하긴 고속도로변이라는 것이 모두 비슷비슷해서 어딘지를 정확히 알 수 없을 것이라는 생각이 들었다. 더군다나 밤중에 일을 저질렀다고 했으니…….

　"자수하세요, 나는 못 들은 거로 해둘 테니."

　한 반장의 말에 사내는 고개를 번쩍 들었다.

　뭔가 말을 하고 싶어하는 눈치였으나 말을 꺼내지 못했다.

　"자수하지 않으면 앞으로 그 죄의식으로 인한 고통은 죽을 때까지 당신을 쫓아다닐 거예요."

　"……."

　사내는 힘없이 고개를 숙였다. 그러나 항변을 하지 않는 것으로 봐서 자신의 제의에 따를 것 같다는 생각이 들었다.

　하지만 자수한 뒤에도 그의 죄는 결코 가볍게 취급되지는 않을 것이다.

　실수로 아이를 죽였다 하더라도 시체를 유기한 죄는 더 큰 처벌을 받을 것이기 때문이다.

그런데 순간 한 반장의 머리 속으로 한 가지 의문이 머리를 스쳤다.

한데 사내는 왜 내게 이런 말을 서슴없이 하는가?

원래 한 반장 자신마저 처리하려 하지 않았던가?

사실 정신을 잃고 있는 자신을 얼마든지 죽일 수도 있었다. 끔찍한 상상이지만 그렇게 되면 사건은 다시 묻혀질 수 있었을 것이다. 한 반장은 사내에게 질문을 던졌다.

"왜 갑자기 마음이 바뀐 거죠?"

"무슨 마음요?"

사내는 고개를 들어 한 반장을 바라보며 물었다.

"당신들이 살기 위해서 나마저 죽이려 하지 않았던가요? 그런데 그 마음이 왜?"

그 말에 사내가 오히려 이상한 표정을 지었다. 그리고 천천히 입을 열었다.

"반장님을 죽일 수 없다는 것을 잘 아실 텐데요?"

그 말을 들은 한 반장은 고개를 저었다. 한 반장은 정말 알 수 없었다.

자신은 분명히 사내의 흉기에 맞아 기절했고 사내가 마음만 먹었다면 간단히 처리할 수 있었을 것이기 때문이다. 더군다나 한 반장이 이 사건을 조사하고 있었다는 것은 마 형사나 박 형사는 까맣게 모르는 사실이었다. 한마디로 완전 범죄가 가능했다는 말이었다.

그러나 사내의 입에서는 전혀 다른 말이 나왔다.

"정신을 잃은 반장님을 싣고 달리는데 또 연희가 나타나서 나를 지켜보고 있었죠. 아무 말도 하지 않고 가만히 쳐다보는데 내가 무슨 배

짱으로 반장님을 어쩌겠습니까? 다만 마누라의 눈도 있으니… 그냥 돌아갈 수는 없고 반장님이 깨어나기만을 기다린 거죠…….”

“연희가 어디에 나타났다는 거죠?”

사내의 시선이 한 반장을 비켜 다른 곳을 응시하더니 조용히 말을 꺼냈다.

“지금도 반장님 등 뒤에 있잖아요…….”

“……?!”

자신의 동네에 도착하자 딸 아름이가 내리곤 하던 바로 그 장소에서 한 반장은 사내의 차에서 내렸다.

한 반장이 내리며 힘껏 닫은 차 문이 닫히는 소리가 유난히 크게 들렸다.

한 반장은 사내에게 더 이상 자수하라는 말도, 자신이 잡아넣겠다는 등의 말도 하지 않았다. 모든 것을 그의 판단에 맡긴 것이다. 그는 오늘 밤 사이에 도망칠 수도 있을 것이다.

하지만 그것이 자신을 더 큰 공포 속으로 빠뜨리는 것이라는 것을 알고 있으리란 생각이 들었다.

왜냐하면 한 반장 스스로도 자신의 뒷좌석에 단정히 앉아 있던 연희의 모습을 평생 잊지 못할 것이기 때문이다.

그 극도의 창백한 무표정. 머리 사이로 조금씩 흘러내리는 그 붉은 피…….

그동안 노승을 쫓아다니며 보았던 다른 혼령들과는 다른 느낌이었다.

집에 돌아온 한 반장은 딸아이의 방으로 가 잠든 아름이의 얼굴을 들여다보았다.

아름이의 유난히 긴 머리카락이 눈에 들어왔다.

내일은 날이 밝는 대로 아름이의 긴 머리를 잘라주어야겠다는 생각이 순간 머리를 스쳐 지나갔다.

다음날 어린이집의 그 사내가 경찰서에 와서 자수를 했다는 뉴스가 흘러나왔다.

얼굴이 여기저기 긁히고 뜯긴 상태로 경찰서를 찾아왔다고 한다. 아마 그 문제로 부인과 밤새 다툰 모양이었다.

부인은 사내의 제의를 거부하고 어디론가 도망을 쳤다고 했다. 하지만 수배령이 내려졌으니 잡히는 것은 시간문제일 것이다.

남은 일은 연희의 시체를 찾는 것이었다.

이미 시간이 많이 흘렀으니 상당히 부패해 있을 것이다. 최악의 경우는 곤충이나 들짐승에게 살점이 뜯겼을 수도 있었다. 경찰뿐 아니라 군부대 장병들까지 동원되어 천안과 청주 사이의 하행선에 대한 대대적인 수색 작업이 펼쳐졌다. 그러기를 한나절.

드디어 서울 기점 130킬로 지점에서 연희의 시체가 발견되었다는 소식이 전해졌다.

시체가 발견되었다는 소식이 전해지자마자 수색 작업에 참관하고 있던 한 반장은 즉시 그곳으로 달려갔다.

차가 빠른 속도로 질주하는 고속도로 옆의 둔덕 사이에서 노란색 가방을 등에 멘 채 내던져진 연희의 모습을 볼 수 있었다. 머리카락이 뽑히고 말라붙은 피로 범벅이 된 연희의 모습에서 천진난만했을 아이의 일상을 떠올리기는 힘들었다.

하나 다행인 것은 시체는 자연적으로 부패했을 뿐 걱정했던 다른 이상은 없었다.

그런데 한 반장에게 지금도 이해가 되지 않는 한 가지는…

그런 연희의 시체 주변에 빵 부스러기와 포장지가 여기저기에 떨어져 있었다는 것이다.

제2화
모귀(母鬼)
찾아 삼 만 리

정월 대보름의 산(山)은 달랐다.

보름달이 뜨는 밤이면 늑대인간의 심장만이 끓어오르는 것이 아니라 산중의 이름없는 나무와 풀들의 세포도 부풀어 오른다. 달이 가진 묘한 힘 때문이다.

정월 대보름은 달이 가장 크게 부풀어 보이는 시기이기 때문에 인간들은 호들갑을 떨며 온갖 요란한 행사를 한다. 반면에 산중에 있는 미물들은 조용히 그 달의 정기를 온전히 제 것으로 취하기 위해 온몸의 세포들을 구석구석 연 채 달의 정기를 받아들이는 것이다.

그 때문에 지금 달빛이 비추고 있는 산은 다른 어떤 날의 밤보다 조용했다.

하다못해 제 짝을 찾는 풀벌레 소리도 들리지 않았다.

그때였다.

뚝.

썩은 나뭇가지가 부러지는 소리가 들렸다. 그 소리를 시작으로 어디선가 바스락거리며 마른 나뭇잎을 밟는 소리가 연달아 들리기 시작했다. 동시에 사삭거리며 나뭇가지를 헤치는 소리도 들려왔다.

땅을 밟는 소리의 간격을 미루어볼 때 그것은 사람의 보폭이 떨어지는 시간과 비슷했다.

그것을 증명이라도 하듯 뒤이어 사람의 소리가 들렸다.

"으라차차!"

굵은 남자의 기합 소리에 뒤이어 탁 소리와 함께 바위 위에 안착한 사내의 모습이 달을 배경으로 선명하게 보였다.

그 모습이 보임으로써 방금 들었던 소리들에 대한 의문은 풀렸다. 나뭇가지를 헤치며 걷던 사내가 앞을 가로막고 있는 바위에 올라선 것이다. 달빛을 가로막고 서 있는 사내의 모습은 그림자 극을 하는 인형의 모습과 흡사했다. 사내는 무엇을 찾는 듯 두리번거렸다.

잠시 두리번거리던 사내는 고개를 아래로 숙였다. 언뜻 보이는 사내의 얼굴은 온통 회칠을 한 듯 회색 빛이었다.

아래로 숙인 사내의 얼굴에 순간 미소가 보이는 듯했다. 회색 빛의 얼굴 사이로 하얀 이가 언뜻 드러났던 것이다. 동시에 사내의 입이 열렸다.

"흐흐흐…… 여기 숨어 있었군."

뜻 모를 사내의 말이 끝나는 순간 아무것도 없던 바위 밑쪽에서 뭔가가 스르르 나타났다.

흰 소복을 입고 피를 흘리고 있는 여인이었다. 그러나 언제나 그렇듯 그 여인은 일반인이 아니었다. 얼굴도 새하얀 것이 전형적인 처녀 귀신의 모습이었다. 단, 머리를 풀어헤친 것이 아니고 얌전히 쪽을 올린 것이 보통의 처녀 귀신과는 다른 점이었다.

여귀는 매섭게 눈을 치켜뜨고 사내를 노려보았다.

독한 놈! 여기까지 쫓아오다니…….

여귀의 말이 깊은 산중으로 메아리처럼 울리며 퍼져 나갔다.

"호, 네가 그런 소리를 하면 안 되지. 곤히 자고 있는 내게 먼저 덤빈 것이 누군데. 내 입장에서는 네가 독한 년이야."

사내는 얄미울 정도로 방긋거리며 답했다.

달빛에 비친 사내의 모습은 얼굴의 회칠 때문인지 그로테스크하게 보였다.

나쁜 놈! 네놈 같으면 지아비를 잡아간 놈과 한 하늘 아래서 살 수 있겠느냐? 어서 내 남편을 내놓아라!

"오호! 어떻게 붙잡아놓은 놈인데 내놓으라니. 그런 실례가 어디 있을까나? 그러지 말고 너도 남편 곁으로 순순히 오지 그래? 잘해줄게."

이놈! 죄없는 귀인(鬼人)을 잡아다가 부려먹으면서 그런 말이 나오느냐! 네놈의 악명은 이미 귀계에 좍 퍼졌다. 언젠가 네놈이 우리들에게 죽는 날이 있을 거다!

"호, 그래? 내가 그런 유명 인사가 되어 있다니 반가운데."

뻔뻔한 놈!

여귀가 울분에 찬 목소리로 내뱉었다.

"이거 정말 재밌군. 귀신이 인간에게 뻔뻔한 놈이라고 하네? 그래 봤자 너는 실체가 없는 죽은 영(靈)이고 난 살아 있는 인간이야."

살아 있다고? 그래, 지금은 살아 있지만 너도 언젠간 죽음에 이를 것을 왜 모르느냐? 너도 죽어서 너 같은 놈에게 영혼을 지배당하고 싶은 것이냐?

"그건 그때 가서 생각해 봐야지, 난 현실에서 최선을 다할 뿐이니까. 그때 감히 내 영혼을 취하고자 하는 놈이 있다면 기를 쓰고 막아야지. 지금의 네 모습처럼."

다른 이들의 입장을 전혀 생각하지 않는 이기적인 놈!

"그건 항상 듣던 말이라 아무 감흥도 안 오는걸. 좀 더 창의적인 욕을 하지 그래."

능글거리며 말하는 사내를 보며 여귀의 온몸이 분노로 부들부들 떨리기 시작했다.

타앗!

결국 울분을 참지 못한 여귀는 귀성(鬼聲)을 지르며 도약하여 공중으로 날아올랐다.

길게 나온 손톱과 너풀거리는 소복이 기괴한 분위기를 연출하였으나 사내는 전혀 신경 쓰지 않는 눈치였다. 그저 자신을 향해 날아오는 여귀를 바라보며 한가로이 중얼거렸다.

"흐흐흐……. 천하제일 막강퇴마사인 나, 무악(巫惡)에게 덤비는 용기가 가상하군."

스스로를 무악이라 밝힌 사내는 한 손을 천천히 올리며 등 뒤로 가져갔다. 무악의 등 뒤에는 갖가지 색깔의 깃발 십여 개가 마치 화살처럼 꽂혀 있었다.

여유있는 말과는 달리 번개같이 움직인 무악의 손은 푸른색의 깃발 하나를 잡아 빼더니 어느새 자신의 코앞까지 닥친 여귀를 향해 날렸다.

쉬이익!

푸른 깃발은 여귀를 향해 선을 그으며 날아갔다. 고작 깃발 하나로 무엇을 할까 싶겠지만 깃발은 무악의 손을 떠난 뒤부터 더 이상 깃발이 아니었다. 깃발 안에서 다른 형체가 튀어나온 것이다. 워낙 순식간에 벌어진 일이라 그 안에서 나온 것인지 깃발이 변한 것인지 알 수 없을 정도였다.

튀어나온 그것은 달려드는 여귀의 몸과 충돌했다.

파파팟!

충돌로 인해 타액인지 피인지 모를 액체가 허공에 튀어 오르며 달빛에 반사되었다.

날아오던 여귀는 깃발에서 나온 것과 부딪치는 순간 뒤로 날아가 떨어졌다. 깃발은 다시 무악의 손으로 되돌아갔다.

"으으……."

충돌 탓인지 여귀의 소복은 산산조각 나듯 찢겨졌다.

여귀는 주저앉은 상태에서 겨우 정신을 차린 후 자신과 부딪친 것이 무엇인지 보았다.

헉!

그것은 자신과 같이 소복을 입은 여귀였다. 그 여귀의 소복도 충돌 때문인지 조각조각 찢어져 있었다.

외모는 자신과 비슷했으나 분명히 뭔가 다른 것이 있었다.

귀신들이 흔히 가지고 있는 음기(陰氣)가 전혀 느껴지지 않았던 것이다. 또한 마치 세뇌당한 것처럼 초점을 잃고 멍해진 눈을 하고 있었다.

문득 뭔가에 생각이 미친 여귀는 무악을 가리키며 떨리는 목소리로 물었다.

너, 너 이놈!

"응?"

흥분된 여귀의 목소리와 달리 무악은 여전히 능글거리며 답했다.

그, 그 소문이 사실이었구나?

"무슨 소문?"

우리 원혼들을 네 하수인으로 부린다는 얘기……!

분노에 찬 여귀는 충격에 목이 메어 말을 채 잇지 못했다.

그런 여귀의 끝내지 못한 말을 완성시켜 준 것은 무악이었다. 무악은 여귀의 얼굴에 자신의 얼굴을 가까이 대고 속삭이듯 말했다.

"하수인으로 부릴 뿐만 아니라 심심할 때는 불러다 놓고 놀이를 하기도 하지. 무슨 놀이인지 아나?"

무슨 놀이지?

매섭게 눈을 부릅뜬 여귀가 물었다.

"시체 놀이. 크하하하!"

무악은 자기가 한 말이 뭐가 그리 웃긴지 통쾌하게 웃음을 터뜨렸다. 그리고 저편에 가만히 서 있는, 깃발에서 나온 여귀를 손으로 가리키며 말을 이었다. 웃음은 멈추지 않은 상태였다.

"크하하하! 그냥 눕혀놓는 거야! 그냥 눕혀놓으면 시체 같더라고! 왜냐? 어차피 시체걸랑! 크하하하!"

시체…….

여귀는 웃음을 멈추지 않는 무악을 바라보며 중얼거렸다.

비록 영적인 존재에 불과하지만 자신들의 존새를 시체로 폄하하는 무악에게 이제 분노를 넘어선 뭔가가 치밀어 올랐다. 그것은 발갛게 이글거리는 눈으로 표현되었다.

타아앗!

갑작스레 여귀는 날카로운 손톱이 세우며 무악의 얼굴을 향해 내질렀다.

"헛!"

웃고 있느라 방심한 무악은 호흡을 삼키며 잽싸게 몸을 뒤로 뺐으나 웃는 통에 조금 부풀어 있던 볼 살이 여귀의 긴 손톱에 걸리고 말았다.

지이익.

살점이 긁히는 소리가 무악의 귀에 들려왔다. 여귀의 손톱이 얼굴에서 떨어지는 것이 느껴지는 것에 이어 화끈한 통증이 볼에서부터 얼굴 전체로 번져 갔다.

"으아아아!"

무악은 자신의 찢겨진 볼을 잡으며 고통에 찬 비명을 질렀다. 뒷걸음질치던 무악은 뒤에 있던 나무에 막혀 멈춰 섰다. 그때를 놓치지 않고 여귀는 재차 공격을 가해왔다.

자신의 손에 끈끈한 피가 묻어 흐르는 것을 보던 무악은 여귀가 다가오는 것을 본능적으로 알아채고 옆으로 몸을 날렸다.

멈추지 못한 여귀의 손톱은 무악이 기대어 있던 나무에 박혔다.

"이런!"

빗나간 것에 대한 안타까움에 소리를 지르며 여귀는 손톱을 뺐다.

그사이 무악은 여귀로부터 삼십여 미터 떨어진 곳에 서서 고통에 찬 얼굴로 여귀를 보고 있었다.

"이런 싸가지없는 년 같으니!"

무악은 잔뜩 구겨진 얼굴로 여귀를 향해 소리쳤다.

짐승만도 못한 네놈한테 비하면 난 아무것도 아니다! 빨리 지아비를 내놓아라!

그 말에 문득 생각이 났는지 무악의 얼굴에 회심의 미소가 번졌다. 아니, 정확히는 번지려고 했다. 하지만 웃으려고 얼굴 근육을 움직이니 찢긴 볼 살 때문에 더한 고통이 엄습해 왔다.

"끄으으……."

하고 싶은 말보다 아픔 때문에 신음이 먼저 나왔다. 하지만 멀쩡하던 생살이 찢어져 푹 파였는데도 그 고통을 참고 있으니 무악이라는 사내도 대단했다.

고통을 참으며 무악은 간신히 입을 열었다.

"으, 까먹을 뻔했군, 아흐. 네가 왜 나를 이렇게 공격하는지. 으……."

말하는 사이사이 신음을 연발하며 무악은 여귀를 노려보며 말했다. 제대로 호된 맛을 한번 보아서인지 좀 전까지의 여유롭던 모습은 이미 사라진 뒤였다.

"그게 이제야 생각났느냐? 빨리 돌려보내라!"

여귀의 외침에도 아랑곳 않고 갑자기 무악은 여귀와 충돌 후 미동 없이 서 있는, 깃발에서 나온 여귀를 향해 깃발을 들고 있던 손을 뻗었다.

그러자 여귀가 마치 자석처럼 공중으로 떠올라 무악 쪽으로 맹렬히 날아왔다. 그리고 깃발 안으로 쏙 들어갔다. 그 큰 몸이 순식간에 연기처럼 변해 들어간 것이다. 깃봉의 안쪽으로 대나무 속같이 텅 빈 공간이 있어 그 안에서 여귀가 나올 수 있었던 것이다.

"됐다! 넌 이제 필요 없고."

여귀가 들어간 푸른 깃발을 등 뒤에 꽂으며 무악은 중얼거렸다.

그리곤 무슨 꿍꿍이속인지 여귀 쪽을 바라보며 등 뒤의 다른 깃발을 뽑아 들며 회심의 미소를 지었다.

"네가 원하는 것을 주마!"

무슨 헛소리냐?

여귀는 무악을 향해 외치며 다시 날아올랐다.

무악은 날아오는 여귀를 향해 예의 깃발을 던졌다.

쉬이익—

흥! 한 번 속지 두 번 속겠느냐?

여귀는 이런 상황을 예상했다는 듯 손을 앞으로 내밀며 마구 휘저었다. 바람이 휘몰아칠 정도로 빠른 손놀림이었다. 그 안에서 어떤 것이 튀어나오더라도 여귀의 선제공격에 당할 수밖에 없어 보였다.

아나나 다를까, 깃발 안에서 뭔가가 순간적으로 튀어나왔다. 여귀는 회심의 미소를 지으며 손놀림을 더 빨리했다. 그리고 자신의 앞으로 튀어나오는 그것에 시선을 맞추는 순간,

헉!

여귀의 입에서 헛바람이 터져 나오는 동시에 손이 순간적으로 멈췄다. 그리고 튀어나온 것을 가까스로 피하며 땅으로 내려섰다.

그리고 일차 공격에 실패한 후 자신을 향해 다시 공격해 오는 것을 보았다. 아까 여귀와는 다른 사내의 모습이었다. 물론 이미 죽은 혼령이었다. 깃발에 혼령들을 넣어 다니는 무악이 이번엔 남귀를 부른 것이었다. 그러나 남귀를 바라보는 여귀의 눈빛에는 당황한 표정이 역력했다. 여귀는 남귀를 향해 입을 열었다.

여, 여보!

여귀의 입에서 뜻밖의 소리가 새어 나왔다.

그러나 그 말이 공중으로 채 흩어지기 전, 여귀에게 여보라 불린 남귀는 여귀를 향해 맹렬히 달려왔다. 그건 공격 의사를 지닌 행동이었다.

그런 남귀를 보면서 여귀가 안타까운 표정을 지을 때였다.

픽!

남귀의 주먹이 여귀의 몸에 작렬했다. 거의 무방비 상태로 주먹을 맞은 여귀는 공중으로 몸이 뜬 채 십여 미터나 날아가 떨어졌다. 바닥에 잠시 누워 있던 여귀는 벌떡 일어났다.

비록 혼령의 몸이었으나 자신의 신체에 가해진 아픔에는 둔감 할 수 없는지 여귀는 고통스러운 표정을 지으며 남귀를 바라보며 중얼거렸다.

으으……. 부부 싸움을 할 때도 이렇게 맞진 않았는데…….

그 말이 채 떨어지기도 전에 남귀는 다시 여귀를 향해 바람을 가르며 달려오기 시작했다.

주먹을 뒤로 죽 빼고 달려오는 모습이 이번 공격에 사생결단이라도 내겠다는 기색이다.

여귀는 그런 남귀의 모습에서 그가 아무 감정의 동요도 없다는 것을 읽을 수 있었다.

좀 전의 여귀와 같은 증상이다. 여귀는 고개를 돌려 무악을 바라보았다. 그는 지금의 현실이 재밌는 듯 자신들을 바라보며 웃고 있었다.

이 무간지옥에나 떨어질 놈!

여귀는 무악을 향해 몸을 날렸다. 순간 바람을 가른 남귀의 주먹이 여귀의 소복을 스치듯 지나갔다.

무악은 자신을 향해 내리씩듯이 날아오는 여귀를 보며 뒤로 훌쩍 물러서 다시 바위 위로 올라가며 외쳤다.

"어허, 네 상대는 저기 저놈이라니까!"

그 말에도 아랑곳 않고 여귀가 무악을 쫓아 바위 위로 올라가려 할 때였다. 무악의 손이 까딱했다는 것을 느끼는 순간 뒤통수에서 섬뜩한 느낌이 전해져 왔다.

여귀는 머리를 최대한 앞으로 숙였다. 뭔가가 머리칼을 아슬하게 스치는 느낌이었다.

탁.

바위 위에 그것이 부딪치며 불똥이 튀었다. 돌이었다. 뒤에서 남귀가 사람 머리만한 돌을 주워 들어 여귀에게 던진 것이다.

여귀는 애처로운 눈길로 뒤를 돌아보았다.

여, 여보……

그것 외에는 더 할 말이 없었다. 지금 자신에게 덤벼드는 저 남귀가 얼마 전까지 자신과 동고동락을 한 사이였다는 게 믿어지지 않았다. 그러나 남귀의 멍한 눈빛에서 이미 이전과는 다르다는 것을 느낄 수 있었다.

여귀와 남귀는 살아생전 조그만 식당을 하고 있었다. 비록 큰돈은 못 벌었지만 그럭저럭 먹고 살 만했고 부부 간에 금실이 좋았다. 그러나 어느 날인가부터 장사가 잘 안 되기 시작하더니 남편의 몸까지 안 좋아져 병원에 입원하기를 수차례 반복했다. 그렇게 경제적으로 막판에 몰린 가운데, 잠시 동안의 융통을 위해 빌린 사채가 문제였다. 그는 악덕 사채업자였다. 두 달 사이에 원금의 열 배까지 불어난 이자를 감당하지 못한 부부는 사채업자의 구타를 동반한 악독한 독촉에 견디다 못해 동반 자살을 한 것이다. 그러나 그들은 죽어서도 평안치 못했다. 구천으로 가지 못하고 이승을 떠도는 신세가 되고 말았던 것이다.

그러나 다른 원혼들처럼 고의적으로 공포심을 조장하거나 사람들을 괴롭히진 않았다. 단지 자신들을 죽음으로 이끈 결정적 계기가 된 사채업자를 끈질기게 따라다니며 놀라게 해 병석에 눕게 한 것이 전부였다. 그것에 대해서는 일말의 후회도 없었다. 그러나 그것이 지금 저 앞에서 마주하고 있는 무악이라는 퇴마사와 악연을 맺는 계기가 되고 말았다.

견디다 못한 사채업자가 퇴마사를 고용한 것이다.

보통 혼령을 퇴치하는 것이 목적인 퇴마사와 무악은 그 근본부터 달랐다.

무악은 이유 여하를 막론하고 인간계에 있는 혼령을 무조건 퇴치시킨다는 가치관을 가지고 있었던 것이다. 물론 무악 외에도 영에 대한 적개심으로 똘똘 뭉쳐 영을 무조건 퇴치한다는 사명감에 불타는 퇴마사를 찾는 건 그리 어려운 일이 아니다.

그러나 무악은 그보다 더 최악이었다. 퇴치할 때 소멸시키지 않고 사로잡을 수 있는 혼령을 자신의 수하로 만들어 버렸다.

사람을 세뇌해서 꼭두각시로 만들어 버리는 것처럼 무악은 최혼술(催魂術)이라는 요상한 술수를 부려서 귀신을 자신의 뜻대로 움직이게 하여 자신에게만 종속시키는 것이다.

원래는 중국의 무산파에 있는 영환술사들이 강시들을 움직이거나 하나의 도구로 사용할 때 쓰는 주술이지만 무악은 오랜 연구를 통해 혼령들까지 마치 강시처럼 자신의 뜻대로 조종할 수 있게 된 것이다. 그런 면에서는 천재적인 퇴마사라 볼 수 있겠지만, 무악에게 그런 재능이 있다는 게 귀신들에게 있어서는 하나의 재앙이었다.

무악의 등 뒤에 꽂혀 있는 무수한 깃발들 안에는 영력이 제압된 영들이 하나씩 들어 있는 것이다. 마치 램프의 요정 지니처럼 꺼내지기

만을 기다리고 있는 것이다.

그리고 그 안에서 나오더라도 무악의 손아귀에서 절대 벗어날 수 없었다. 말 잘 듣는 아이들처럼 오직 무악의 명에만 복종하게 세뇌되기 때문이다.

물론 무당이나 무녀처럼 신 내림을 받거나 신이 깃들어 혼령을 부릴 수도 있다. 하지만 그럴 경우에는 공감대를 형성해 가며 공존하는 것이지 이렇게 한쪽이 일방적으로 부리는 경우는 거의 없었던 것이다.

여귀와 남귀 부부는 병원에 있는 사채업자에게 다시 찾아갔다가 그와 대면하게 되었다.

보이지 않는 자신들이 있는 곳을 정확히 알고 미소를 짓더니 무악은 다짜고짜 공격해 왔다. 갑작스러운 공격에 변변한 저항도 못해보고 도망치다가 남귀는 잡히고 말았다. 어쩔 수 없이 혼자 도망쳐 나온 여귀는 남귀를 구하기 위해 다시 무악을 찾아가 공격을 감행했지만 무악은 그리 허술한 인물이 아니었다.

구하기 위한 시도도 제대로 하지 못한 채 여귀는 쫓겨왔고, 뒤쫓는 무악을 피해 숨은 곳이 바로 이 바위 밑이었으나 그에게 들키게 되어 지금 이렇게 결투를 벌이고 있는 것이다.

무악의 얼굴에 상처를 입히긴 했지만 치명적인 타격을 주지 못한 여귀는 이제 자신의 남편과 싸움을 벌이고 있는 비극적인 상황에 처한 것이다.

여귀는 고개를 저었다.

길게 빼어져 있던 손톱은 어느새 사라지고 없었다.

그것을 바라보는 무악의 얼굴에 슬며시 미소가 감돌았다. 찢어진 피부 사이로 피가 철철 흐르는 가운데 달빛 아래서 음흉한 미소를 짓는 무악의 얼굴은 그 양쪽으로 자리 잡고 있는 두 원귀보다 오히려 더 흉험해 보였다.

무악의 손이 남귀 쪽으로 향하더니 손가락을 아래로 향했다.

기다렸다는 듯 남귀는 다시 맹렬히 달리기 시작했다. 여귀는 체념한 듯 그 모습을 바라보았다. 애처로운 눈빛이었다.

자신의 부인인 줄 모르는 남귀의 주먹이 여귀의 가슴으로 작렬하려는 순간, 갑자기 무악의 손에서 뭔가가 뻗어 나왔다. 정확히는 손목에 있는 옷자락에서였다.

거미줄처럼 뻗어 나온 것은 남귀보다 더 빠르게 여귀의 온몸을 휘감더니 위로 끌어 올렸다.

순식간에 여귀의 몸은 그물에 매인 채 공중으로 들려 올려졌다. 그리고 무악이 있는 곳으로 자석에 이끌리듯 당겨져 왔다.

무악은 바로 앞까지 끌려온 여귀의 얼굴에 대고 웃음을 터뜨렸다.

한참을 웃던 무악은 조롱하듯 말했다.

"오호, 귀신 주제에 사랑하는 남자에겐 덤빌 수 없다는 건가? 가만히 있는 걸 보니?"

…….

여귀는 대답하지 않고 남귀가 있는 곳을 보았다. 그는 자신이 사랑하던 여귀를 공격하려고 달려들었던 것을 아는지 모르는지 그 자리에 가만히 서 있었다.

무악의 명이 아니면 움직이지도, 말을 하지도 못하는 주체성도 존엄성도 잃은 그저 돌 같은 존재가 돼버린 것이다.

여귀는 자신을 향해 맹렬히 달려오던 그 공허한 눈빛을 잊을 수 없었다.

"푸하하하! 걱정하지 마! 네가 원하는 대로 너도 네 남편 곁에 있게 해줄 테니."

비로소 정신이 번쩍 든 여귀는 그물을 뚫고 나가기 위해 몸부림을 쳤다.

"아무리 발버둥 쳐도 소용없어. 이건 그 질기다는 은잠사로 만든 거야. 거기다가 주술을 불어넣어 너희 같은 존재는 한 번 들어가면 절대 나올 수 없지."

잠시 몸부림치던 여귀는 이내 포기한 듯 잠잠해졌다.

대신 눈을 위로 치뜨고 나지막한 목소리로 중얼거렸다.

후회하게 될 거야.

"크크크…… 후회하게 되는 건 너야. 감히 나에게 덤비다니……. 아니, 아무 생각도 없는 상태로 만들어놓을 테니 후회할래야 할 수도 없겠지만."

말을 마친 무악은 손 안에 있던 붉은 깃발을 남귀를 향해 들어 올렸다.

남귀는 연기처럼 그 작은 구멍 안으로 쏙 들어갔다.

원래 위치해 있던 등 뒤에 그것을 꽂은 무악은 그물 안에 있는 여귀를 들어 올렸다.

"음. 역시 깃털처럼 가볍군. 마치 네 존재의 의미 같아. 여기저기 부유할 뿐 아무 가치도 없는 존재 말이야. 나는 그런 존재를 증오하지. 하지만 걱정하지 마. 이제 나 무악으로 인해서 네 존재도 빛날 테니까. 내가 괜히 천하제일 막강퇴마사이겠는가? 푸하하하!"

무악의 말에서 자신을 남편 같은 존재로 만든다는 의미를 읽은 여귀는 분노를 참느라 입술을 꽉 깨물었다.

여귀를 등 뒤에 둘러멘 무악은 산을 내려가기 시작했다.

영적인 존재를 볼 줄 모르는 보통 사람이 본다면 웬 이상한 복장의 사내가 고기잡을 때 쓰는 그물을 왜 산에서 메고 다니나 할 테지만, 그 안에는 지금 누구보다도 원통한 얼굴을 한 여귀가 갇혀 있었다.

그물에 갇혀 내려가며 여귀는 자꾸 뒤를 돌아보며 안타까운 표정을 지었다.

무악과 여귀의 모습이 사라진 뒤 얼마나 지났을까……

한바탕 싸움이 지나간 산중은 조용했다.

아무 일도 없었던 것처럼 적막만이 감돌았다. 그때 아무도 없는 듯 하던 바위 밑에서 뭔가가 스르르 솟아올랐다.

아까 여귀가 숨어 있다 나타난 바로 그 자리였다.

갑자기 솟아오른 존재는 뜻밖에 여섯 살가량으로 보이는 작은 아이 였다. 그러나 그 역시 평범한 아이는 아니었다. 아이답지 않은 창백한 얼굴을 한 것이다.

엄마……

아이는 산 아래쪽을 보며 중얼거렸다. 큰 눈은 금방이라도 눈물이 떨어질 것 같았으나 애써 참고 있는 듯 보였다.

그 아이는 생전의 여귀와 남귀 사이에서 태어난 아이였다. 삶의 팍 팍함이 죄없는 아이마저 같이 죽음으로 몬 것이었다. 그러나 자신들이 죽고 아이만 살아남는다면 죽느니만 못할 것이 뻔했기에 부부는 일가 족 동반 자살이라는 극약 처분을 내린 것이었다.

병원에서 남귀가 사로잡히는 것을 보면서 그냥 탈출할 수밖에 없었 던 여귀의 사정이 바로 여기에 있었다. 무악 몰래 데리고 있던 아이를 보호하기 위해서였던 것이다.

　죽어야 하는 이유도 모른 채 한 번 죽은 것도 서러운 아이를 무악의 손에 의해 두 번 죽일 수는 없었고, 자신들이 모두 잡혀 아이가 고아처럼 떠도는 원혼이 되는 것은 더 더욱 바라지 않아서였다.

　그러나 집요하게 쫓아온 무악에 의해 조금 전 모귀마저 잡혀가고 이제 아이는 혼자가 되었다. 무악이 조금만 더 신경을 기울였다면 아이가 숨어 있는 걸 알아챌 수 있었을 것이다.

　그러나 얼굴이 찢어지는 바람에 신경이 분산되어 바위 밑에 숨어 있던 아이를 못 느낀 것이다. 게다가 아이는 아직 영적인 기가 조금밖에 없기 때문에 주의를 크게 기울이지 않는다면 모를 수밖에 없다.

　아이는 엄마가 사라진 산 아래쪽으로 시선을 향한 채 중얼거렸다.

　엄마를 찾아갈 거야. 그리고 구해낼 거야.

　입술을 굳게 앙다문 아이의 얼굴 위로 밤하늘의 거센 바람이 통과하고 있었다.

　"휴우. 힘들어 죽겠군."

　어둠이 깔리기 시작하자 출근길에 나선 한 반장은 밤하늘을 음산하게 덮어가는 시커먼 구름을 보며 중얼거렸다.

　지난번 아귀에 의한 연쇄 자살을 막은 이후로 한 반장은 물밀듯이 들어오는 청탁 때문에 골치를 썩이고 있었다. 그게 아귀들의 소행인지 모르는 사람들은 단지 자살 신드롬이 지속되다가 멈춘 것으로 알고 있었다. 하지만 아귀 떼가 이곳으로 들어올 뻔했다는 위험천만한 사실을 접한 영능력자나 그것에 관심있는 사람들은 그 모든 것이 무난히 해결된 것을 한 반장의 공으로 돌렸다.

사실 한 반장은 언제나 그랬듯 사건 해결에 그리 큰 역할을 하지 못했다. 단지 딸아이인 영애의 목숨이 달려 있어서 더 열심히 조사하고 다닌 것인데 그 사실을 모르는 공지조차 출장에서 돌아온 뒤 한 반장을 치켜세웠다.

결정적으로 해결한 것은 노승과 만해고, 자신은 왔다 갔다만 했을 뿐이라는 한 반장의 말은 무시하고 공지는 한 반장에게 앞으로 더 많은 심령 사건을 맡긴다는 무시무시한 얘기를 아무렇지도 않게 전달했다.

그리고 다음날부터 당장 실행에 들어간 것이다.

집안에 출몰하는 유령을 잡아달라는 의뢰가 들어오자 바로 한 반장을 출동시키는가 하면 분신사바를 하다가 죽은 친구가 나타났는데 어떻게 하냐는 문의부터, 자기가 귀신이 맞냐는 귀신의 질문까지 한 반장은 정말 정신없이 쏟아지는 사건들을 맡게 된 것이다. 물론 이제는 과록이 붙기 시작하면서 노승이 전해준 백귀시 앞으로 사건을 해결할 때도 많았다.

귀신은 자신의 모습이 일단 상대에게 보인다고 생각하면 아무래도 자유롭지 못한 것 같았다. 특별히 무력을 쓸 수 있는 원귀들만 빼놓고는 나머지 혼령들은 그저 분위기로 어떻게 한번 해볼까 하는 저급 영들이었기 때문이다. 특히 집에 있는 귀신은 겁 많고 능력없는 귀신들이었다. 다른 데서는 자신있게 행동할 수 없기에 기가 쇠약한 사람의 집에 몰래 들어가 그들을 놀래키는 재미로 살면서 그들에게 나오는 기를 조금씩 받아먹으며 지내는 것이다. 때문에 귀신이 출몰하는 집에 사는 사람들의 수명은 자연스레 단축될 수밖에 없었다.

그동안 특이한 의뢰도 몇 건 있었는데 TV에서 귀신이 나온다는 경우가 대표적이었다. 그런 일이 정말 있을까 싶어 의아해하며 막상 출동해서 보니 정말 TV 안에서 귀신이 나오는 것이었다.

노승에게 받은 부적 몇 장을 TV 밖으로 기어 나오는 귀신의 머리에 붙이는 것으로 검거했지만 더 놀라운 일은 다음번 일이었다.

무서워서 친구네 집에 머무르고 있겠다고 했던 의뢰인이 한 반장이 사건을 해결한 뒤에나 나타났는데 그 역시 사람이 아니라 귀신이었던 것이다.

TV를 보다 죽은 귀신이 붙어서 놀라 죽었는데 그 자신은 자신이 죽었는지도 모르고 있었던 것이다.

그것도 모르고 살아 있는 친구네 집에 가서 같이 놀았다고 생각한 것이다.

"지금 의뢰도 약간 의심스러운데⋯⋯."

일의 특성상 밤낮이 바뀐 생활을 하고 있는 한 반장은 사건 의뢰인을 만나러 가는 길이었다.

이번 사건 의뢰인은 한 아줌마였다.

자신의 어린 아들이 자꾸 허공에 대고 누군가와 말을 한다는 것이다.

사실 그것만으로는 꼭 영적인 존재의 소행이라고 단정 짓기는 힘들었다. 자폐증에 걸린 아이들도 누군가와 대화를 나누는 듯한 모습을 자주 보이기 때문에 어린아이들이 혼자 중얼거린다고 해서 귀신과 말을 하는 것이라고 의심할 일은 아니었던 것이다. 언어학자들은 그것을 아이들이 말을 배우는 자연스런 과정이라고 걱정하지 말라고 주장하지만 소아과 의사는 그때 빨리 진단을 받아보지 않으면 영구 자폐증으로 빠질 수도 있다고 경고했다고 한다.

"휴우. 진단이나 한번 받아보라고 해야지."

한 반장은 한숨을 내쉬며 중얼거렸다. 문득 집에서 쉬고 있을 마 형사와 박 형사가 부러워졌다. 어제 그들은 묘지 주변의 반딧불이 수상쩍다는 신고를 받고 멀리 무주까지 출동했었다.

원래는 무시하려 했으나 공지에게 문의 한 결과 도깨비 중 반딧불을 이용해 사람을 홀리는 경우도 있다고 해서 두 사람을 보냈던 것이다.

그러나 결국 아무것도 아니었다. 무주에서 반딧불 축제를 하느라고 요 몇 년 동안 반딧불 개체 수를 늘린 게 원인이었다. 원래 반딧불이 살지 않던 산중의 무덤까지 들어와 무리를 이루다 보니 무덤 주인이 자신의 아버지 묘지에 뭔가 이상한 일이 생기지 않을까 해서 지레 겁먹고 신고한 것이었다.

그러나 그 사실이 밝혀지기까지 결국 밤새도록 잠복하며 반딧불을 이리저리 따라다니던 통에 두 사람은 녹초가 되어 서울로 돌아왔던 것이다.

그래서 때마침 다른 일로 그곳에 가지 못한 한 반장만 이번 일로 출동한 것이다.

아이 간식거리를 만들고 있던 영선은 딸아이 쪽을 돌아보다 깜짝 놀랐다. 영선은 기가 막힌 표정으로 입을 열었다.

"윤정아 뭐 하니?"

그러나 윤정이는 엄마 말을 듣지도 못한 듯 쳐다보지도 않았다.

영선은 가스레인지의 불을 줄인 뒤 윤정에게 다가갔다. 윤정이는 허공을 향해 뭔가를 중얼거리며 웃고 있었던 것이다.

마치 눈앞에 누군가가 있어 대화를 하는 듯한 모습이었다.

영선은 아이를 한 번 보고 아이 눈앞을 한 번 보았다.

"응, 알았어!"

영선은 아랑곳 않은 채 윤정은 계속 말을 하고 있었다.

"응?"

'응' 소리와 함께 윤정은 갑자기 고개를 돌리더니 영선을 빤히 바라보았다. 그리고 무표정하게 영선을 바라보다가 다시 고개를 휙 돌렸다.

"엄마? 아냐, 엄마는 모를 거야. 내가 알아서 할게."

영선은 기가 막혀 윤정을 내려다보았다.

"애! 윤정아, 너 지금 뭐 하는 거니?"

그러나 윤정은 그런 엄마에게 시선도 주지 않은 채 여전히 허공을 바라보며 고개를 끄덕이고 있었다. 뭔가 잘못되어 가고 있다고 느낀 영선은 윤정을 흔들며 물었다.

"윤정아, 정신 차려! 너, 지금 뭐 하는 거야?"

그러자 그때까지 영선을 쳐다보지도 않던 윤정은 영선을 빤히 쳐다보며 물었다.

"엄마, 왜 그래?"

"응?"

자신을 보고 말하는 윤정을 보며 영선은 그나마 다행이라고 생각해서 가슴을 쓸어 내렸다.

그런 영선을 천진한 얼굴로 바라보며 윤정은 말을 이었다.

"그 애 지금 막 갔어. 이제 엄마하고 놀면 돼. 그런데 아빠 너무 미워하지 마."

"뭐?"

한 반장은 정신을 못 차릴 지경이었다.

신고가 들어온 진섭이네 집에 다녀온 지 얼마 되지도 않았는데 비슷한 증상을 보이는 아이가 있다는 신고 전화가 전국 각지에서 빗발치고 있다는 것이었다. 게다가 누군가 청와대 홈페이지에 올려놨는지 공지로부터도 다급하게 연락이 왔다.

거의 비슷한 증상이었다.

"아이가 허공에 대고 말을 해요……."

"아이가 밥그릇을 두 개나 올려놔요. 처음엔 동생을 가지고 싶어서 그러나 보다 했는데……."

"화장실에 들어가서 문을 꼭 잠그고 누군가와 이야기를 하는 것 같은데 문을 열면 아무도 없어요!"

한 반장은 조금 전 진섭이네 집에서 있었던 일을 생각했다.

진섭이 역시 허공에 대고 누군가와 대화를 한다고 했다.

그러나 한 반장이 도착했을 때는 정상적인 아이와 다를 바 없었다. 한 반장이 사 가지고 간 과자를 빼앗아 들다시피 가져가는 것으로 봐선 천성적으로 성격도 밝은 아이 같았다.

한 반장이 머무는 몇 시간 동안 진섭이에게선 이상 징후가 나타나진 않았다.

오히려 안절부절못하는 진섭이 부모가 더 이상해 보일 정도였다.

좀 이상한 기미를 느낀 것은 기다리다 못한 한 반장이 질문을 했을 때였다.

"진섭아, 요즘에 누가 널 찾아오니?"

그 질문에 로봇을 가지고 놀던 진섭이가 움찔거리는 반응을 나타낸 것이다.

그러나 진섭이는 이내 못 들은 척하고 로봇을 가지고 계속해서 놀았다. 하지만 한 반장이 그런 진섭이를 뚫어지게 쳐다보자 스스로 찔리는지 한 반장을 마주 보았다.

"아저씨는 믿어줄 건가요?"

"그럼, 믿어주지. 말해 봐, 진섭아, 누가 널 찾아왔니?"

"……."

진섭은 대답하지 않고 한 반장을 빤히 쳐다보았다. 그리고 막 입을 열려고 하다가 저쪽에서 자신을 보고 있는 엄마를 바라보았다.

그리고 고개를 숙이더니 로봇을 계속 만지작거리며 놀기 시작했다.

진섭의 마음을 눈치 챈 한 반장은 엄마에게 다가갔다.

"잠깐만 자리를 비켜주시면 안 되겠습니까?"

진섭의 엄마는 고개를 끄덕이며 답했다.

"그건 어렵지 않은데… 우리 진섭이에게 무슨 일이 생긴 건 아니죠? 병원에 가봐도 아무 이상이 없다고 하는데……."

"제가 의사가 아니라 잘 모르겠지만 지금으로서는 별다르게 이상이 없는 것 같네요. 제가 얘기해 볼 테니 어머님께선 잠시 자리를 좀……."

한 반장이 재차 양해를 구하자 진섭이 엄마는 내키지 않는다는 듯 무겁게 발을 뗐다.

문을 닫고 진섭의 엄마가 나가자 한 반장은 진섭을 돌아보았다.

"헉!"

진섭이가 바로 뒤에서 우뚝 선 채 자신을 바라보고 있었던 것이다.

어린아이도 분위기만 그럴싸하면 무서울 수 있다는 것을 한 반장은 그 순간 느꼈다.

"왜 그렇게 보는 거니?"

"그냥……."

진섭이는 힘없이 대답하며 자리에 주저앉았다. 어린아이의 행동이 아닌 어른의 모습이다.

"왜, 무슨 고민 있니?"

한 반장은 자신이 유아 카운슬러가 된 듯한 기분으로 진섭이에게 물었다.

그러나 진섭은 고개를 저으며 한 반장에게 도리어 질문을 던졌다.

"아저씨는 바바리코트 좋아한다며 오늘은 왜 안 입고 왔어?"

"헉!"

한 반장은 깜짝 놀라 진섭이를 바라보았다.

'이 아이가 혹시… 신이 내린 게 아닐까? 그렇다면……'

한 반장의 머리 속에서 전국 무당들의 데이터가 필름처럼 돌아가기 시작했다.

이렇게 어린 나이에 신이 내렸다면 잘만 관리하면 국가적 자원으로 키울 수 있다.

해커 십만 양병설에 이어 영능력자 일만 양병설도 공지와의 대화에서 한 번 화두로 등장한 적이 있었다.

영능력자 만 명이 군대 백만 명과 맞먹을 수 있다는 얘기였다. 불가능한 이야기는 아니다. 혼령들을 부릴 수 있는 능력자만 있으면 적의 진지에 보이지 않게 침투시켜 시스템을 무력하게 만들 수 있다. 그 밖에도 많은 부분에서 영능력자의 능력은 발휘될 수 있을 것이다. 때문에 일본에서는 밀교에 있는 영능력자들을 국가적인 차원에서 암암리에 키운다는 설도 있다.

한 반장은 고개를 흔들며 정신을 차렸다.

'에이, 겨우 바바리코트 하나 맞춘 것으로 내가 오버를 하다니……'

그러나 뒤이은 한마디가 한 반장을 경악시켰다.

"아저씨도 귀신 본다며?"

"헉!"

한 반장은 자리에서 벌떡 일어나며 진섭의 손을 잡았다.

"가자!"

더 망설일 필요가 없었다. 이 정도면 가장 용한 무당의 수하로 입문시켜 장차 이 나라를 지킬 영능력계의 대부로 키워야 한다.

그러나 진섭이는 한 반장의 손에서 자신의 손을 슬며시 뺐다.

"지금 가지 말래."

"뭐?"

한 반장은 그 말에 비로소 이상한 점을 느끼고 주변을 둘러보았다. 그리고 보니 약간 싸늘한 기운이 느껴지는 것 같았다.

한 반장은 급히 안주머니에 소지하고 있던 백귀시 잎을 들어 눈을 비볐다.

순간적으로 어떤 형체가 보이는 듯하더니 싹 사라져 버렸다. 어어… 하면서 한 반장은 침대 밑과 책장 밑을 보았다. 그러나 아무것도 발견할 수 없었다.

"갔어."

진섭이 옆에서 한마디 툭 던졌다.

"누구였지?"

한 반장이 진섭이에게 다급하게 물었다.

그러나 진섭이는 고개를 흔들었다. 단지 슬픈 눈으로 이렇게 말했다.

"아저씨도 비밀이 있어?"

"응? 그게 뭔 소리야?"

여전히 그 사라져 버린 형체를 찾기 위해 두리번거리며 한 반장은 건성으로 대꾸했다.

"휴우."

건성으로 답하고 있다는 걸 눈치 챘는지 진섭은 어린아이 같지 않은 한숨을 내쉬면서 구석으로 가 쪼그리고 앉았다.

그제야 진섭에게 시선을 돌린 한 반장은 가까이 다가가 어깨에 손을 얹으며 물었다.

"왜, 진섭이에겐 비밀이 있니? 누구에게나 비밀은 있는 거야."

그러나 진섭은 그런 뜻이 아니라는 듯 고개를 저었다.

"그럼 다른 사람의 비밀을 혼자만 알고 있는 건 있어요?"

"……?"

한 반장은 어린아이 같지 않은 질문하는 진섭을 의아한 눈으로 바라보았다.

"음… 글쎄, 그런 거는……. 사실 아저씨도 잘 모르겠다."

"나는 비밀을 알아. 아까 아저씨가 바바리코트를 입는 걸 좋아한다는 것을 아는 것처럼."

"근데 진섭아, 그건 비밀이 아니야. 바바리코트 입는 것을 좋아한다는 것은 누구나 아저씨를 주의 깊게 보면 알 수 있는 사실이야."

그러나 진섭은 전혀 공감을 못하는 눈치였다.

"그 아이가 말해 줬어, 비밀을……."

진섭은 풀 죽은 목소리로 말했다.

"그 아이라니?"

한 반장이 진섭에게 다급히 물었다. 그러나 진섭은 한 반장을 뻔히 쳐다보다가 고개를 저었다.

"아무도 아니야."

한 반장은 말해 주지 않으려는 아이가 답답했다. 하지만 자신의 질문이 잘못되었다는 것을 알았다. 진섭이가 말하고 싶은 것은 그 아이의 존재가 아니라 자신의 비밀에 대한 것일 거라는 데에 생각이 미친 것이다.

"그럼 그 비밀이 뭐야?"

그 말에 진섭이 고개를 퍼뜩 들었다. 말하려는 기색을 보이더니 이내 다시 고개를 숙였다.

"왜?"

"말하면 안 될 것 같아."

"말해 봐, 진섭아. 이 아저씨가 들어줄게."

"엄마한테 말하면 안 되는데……."

"말 안 한다니까."

한 반장은 웃으며 말했다. 어린아이다운 순진함이라는 생각이 들어서였다.

'자식, 어디서 뭔가를 깼던지 돈을 몰래 써버린 게로군.'

그 나이 또래 어린아이의 비밀이라는 것이 그런 자잘한 고민에서 벗어날 것이 없다고 생각한 한 반장은 미소를 지으며 말했다.

"이 아저씨가 엄마한테 혼 안 나게 해줄게. 말해 봐라."

진섭이는 그런 한 반장을 바라보더니 한숨을 다시 내쉬었다. 도저히 여섯 살짜리 입에서 나올 만한 한숨이 아니었다. 두어 번 한숨을 더 쉬더니 입을 열었다.

"아빠가 내 아빠가 아니래."

"응, 그럴 수도 있지 뭐… 헉! 뭐라고?!"

"휴우……."

진섭은 다시 한숨을 내쉬었다.

한 반장의 머리가 순간 핑글 돌았다. 고작 여섯 살짜리 아이의 입에서 핵폭탄 같은 발언이 나온 것이다. 마음을 간신히 추스른 한 반장은 다시 물었다.

"누가 그래?"

"응, 아까 아저씨 왔을 때 있던 애가."

"이름이 뭔데?"

"몰라. 친구끼리는 이름 같은 게 중요한 게 아니래. 친구는 같은 비밀을 가지는 게 중요하다고 그랬어."

"그 친구는 지금 어디 있는데?"

한 반장이 다급하게 물었다. 필시 사람의 마음을 홀리는 악귀임이 틀림없었다. 근처에 있다면 빨리 잡아야 했다. 한 반장은 노승이 준 부적을 꺼내서 꼭 쥐고 진섭의 다음 말을 기다렸다.

"갔다니까."

"…그럼 언제 다시 올지 알고 있어?"

"그건 정확히 몰라. 와서 비밀 하나씩 가르쳐 주고 가니까. 그리고 나한테도 자기의 비밀을 들려주고."

"그 친구의 비밀은 뭔데?"

그 물음에 진섭이는 고개를 들어 한 반장의 눈을 똑바로 바라보았다.

한 반장은 긴장이 되는 것을 느끼며 침을 꿀꺽 삼켰다.

"그 친구의 비밀은…… 자긴 죽었대."

"……."

예상은 했지만 아이의 입에서 그 말이 나오는 순간 한 반장의 힘이 좌악 풀렸다. 결국 진섭이는 귀신과 이야기를 하고 있었던 것이다.

"그럼… 그 아이는 왜 너한테 오는 거야?"

"몰라. 뭘 찾고 있대. 그리고 자신의 다른 비밀을 같이 지키면서 자기를 도와달라고 했어."

"다른 비밀?"

"응."

"그게 뭔데?"

"……."

진섭이는 갑자기 입을 꼭 다물었다.

"응? 무엇을 도와달라고 했는데?"

"싫어! 그거 말하면 안 된다고 했어!"

"아니야. 아저씨한테는 말해도 돼."

"……."

한 반장의 회유에도 불구하고 진섭이는 끝내 입을 다물었다.

그 후로 한 반장은 거의 한 시간 동안을 이런저런 말을 하며 아이의 맘을 돌려놓으려 했지만 돌릴 수 없었다.

결국 포기하고 나오는 한 반장의 뒤에서 진섭이는 한마디를 던졌다.

"이제 내게도 비밀이 생겼어."

순간 한 반장은 딱 멈춰 섰다.

'그래, 너도 이제 비밀의 의미를 알았구나. 하지만 그렇게 자신만의 비밀이 많아지면 인생도 그에 비례해 고달파진단다.'

그렇게 진섭이의 집에서 있었던 일을 곰곰이 생각하며 돌아온 한 반장은 집에서 쉬고 있던 박 형사와 마 형사에게 급히 전화해 나오라고 했다.

세 사람은 문제가 있다는 아이들 집을 일일이 방문해서 조사를 했다. 하지만 어디서부터 손대야 할지 갈피가 잡히지 않았다. 평소의 악귀 사건과 같이 누가 죽은 것도 아니고 악귀 때문에 공포에 질려 있는 것도 아니니 사실 자신들이 이렇게 다급해야 할 이유는 없었다.

노승에게 달려가서 도움을 청할까 말까를 고민하고 있는 한 반장의 귀에 전화벨 소리가 들려왔다.

한 반장은 잽싸게 전화기를 들었다.

"여보세요?"

[어, 나 공진데…….]

공지의 전화였다. 한 반장은 반가운 얼굴로 바뀌었다.

두 사람은 현재 돌아가고 있는 상황들에 대하여 이야기를 나누었다.

그러나 결과는 마찬가지였다. 각자 느끼고 있는 것은 비슷했던 것이다.

그렇지만 이번엔 절대적으로 신경을 써서 악귀를 퇴치해야 한다는 점에는 의견을 같이했다. 철모르는 어린이를 상대로 한 악귀의 소행이라는 것이 너무나 괘씸해서였다.

[사형은 어디 있나?]

"예? 노승님요? 그게 저 수원에 있는 놀이공원에……."

[엥? 거기서 뭐 하는데?]

"저, 그게 수련을 한다고……."

[무슨 수련? 사형은 수련계를 떠난 지 오랜데?]

"그게 아니라 만해에게 뭘 가르치신다고……."

[그런데 그게 왜 하필 놀이공원이야? 산도 아니고?]

"그걸 저도 잘 모르겠습니다. 거기서 두 분이 과연 무엇을 하는 지……."

[빨리 연락을 해서 모셔오도록 해. 나도 여기서 사태를 지켜볼 테니까.]

"예, 알겠습니다!"

서울에서 급박하게 돌아가는 두 사람의 대화가 한창일 때 만해의 머리에서는 김이 모락모락 나고 있었다. 더운 여름 날씨에도 불구하고 과하게 수련을 하고 있는 덕분이다.

만해의 손에는 혼월천검이 들려 있었다. 만해는 정신을 집중하며 검을 높이 치켜 올렸다. 그리고 단전에 힘을 준 채 아래로 내리그으며 몸을 뒤쪽으로 날렸다. 자신의 검이 적중되지 않더라도 상대의 검에도 맞지 않을 수 있는 자세였던 것이다.

"핫!"

만해는 이제 제법 틀이 잡힌 듯한 동작을 선보이고 있었다.

몸을 비틀기도 하고 공중으로 회전도 하고. 이제는 누가 봐도 어색하지 않을 정도로 멋진 검술을 보여주고 있었던 것이다.

만해가 모든 동작을 마치고 검을 검집에 넣었을 때였다.

짝짝짝!

어디선가 박수가 터져 나왔다. 그 박수를 필두로 여기저기서 박수 소리가 들려왔다.

만해는 합장하며 박수를 치는 사람들을 바라보았다.

자신의 검술을 보기 위해 몰려든 사람들의 숫자가 수십 명은 되어 보였다.

만해를 둘러싸고 있는 사람들 사이에서 도복을 입은 한 사람이 튀어 나왔다. 노승이었다.

"자자, 여기를 주목해 주세요!"

노승은 사람들의 주의를 집중시킨 뒤 주머니에서 헝겊으로 된 모자를 꺼내어 사람들 사이를 오가기 시작했다.

"허, 거참 칼부림 한번 시원하게 잘하는군!"

한 중년 남자는 감탄사를 연발하며 아낌없이 돈을 넣었다. 그러나 그 말에 만해의 얼굴이 살짝 찌푸려졌다.

"자자, 고맙습니다. 그럼 재밌게 놀다 가십시오!"

노승은 사람들에게 인사를 한 뒤 만해에게로 걸어왔다. 뒤에서는 두 사람을 둘러싸고 있던 구경꾼들이 하나둘 흩어지기 시작했다.

"수고했다."

노승이 만해에게 말을 건넸다.

"우씨, 이게 뭐예요? 왜 수련을 놀이동산에서 하냐고요? 칼부림이라는 이상한 소리도 듣고! 저기 저 멀리 보이는 산 아무 데나 들어가도 여기보다 나을 것 같은데……."

"어허, 내 누누이 말하지 않았느냐. 세상 속에서 뭔가를 하려면 세상 속에서 배워야 한다고! 네가 사람들을 평안하게 해주는 일을 하고자 한다면 응당히 사람들 사이에서 그것을 배워야 할 것은 당연한 일! 게 다가 예전에도 내 한번 말한 적이 있었지만, 어차피 수련하는 거 사람들에게 투자 좀 받으면 어떠냐? 그야말로 일석이조라 할 수 있지!"

"에이, 그래도 창피하잖아요! 사람들이 이렇게나 많은 데서 하자니……."

"창피하기는 뭐가 창피해? 네가 가진 검을 봐라!"

만해는 검을 들어 올려 보았다.

"그것보다 더 비싸고 좋은 검 가지고 있는 사람 나오라고 해봐, 누가 있나?"

"그건 평범한 사람들은 부엌칼이면 몰라도 원래 이런 검을 안 가지고 있어서 그런 거 아닌가요?"

"음……. 많이 예리해졌군. 아무튼 네 검은 보는 사람으로 하여금 뭔지 모를 힘을 느끼게 하는 효과가 있는 것은 확실하다."

"그래도 다른 사람들……."

"자자, 얼른 가서 쉬고 이따 오후 공연에 들어가야지."

만해의 말을 가로막으며 노승은 자기가 하고 싶은 말만 했다.

그러나 만해도 예전보다 집요해졌다.

"저, 이런 곳은 좀 피하는 것이 검술 연마에도 도움이……."

"봐라!"

촤악!

노승의 손에서 어떤 문서가 쭉 펴졌다.

"그게 뭐예요?"

"여기 공연 계약 문서지 뭐냐? 이렇게 큰 놀이공원에 공연 팀으로 계약이 된다는 것이 얼마나 어려운 일인 줄 아느냐? 난 실전 무술 시범을 내세워 차별성을 두면서 부탁했지."

만해는 어느새 계약까지 끝낸 노승을 보면서 기막혀했다. 무술 연마와 돈을 동시에 잡다니……. 그 발상이 놀라웠다.

하지만 만해는 여전히 탐탁지 않았다. 여기서 시간을 보내기보단 차라리 악귀들과 대적을 하는 게 더 나을 것 같았다.

둘이 티격태격하고 있을 때 누군가 만해의 옷자락을 잡아당겼다.

만해가 내려다보니 작은 꼬마였다.

"왜, 무슨 일이니?"

만해의 질문에 꼬마는 빙그레 웃더니 입을 열었다.

"아저씨, 먹는 거 무지 밝힌다며?"

"헉!"

만해가 놀라 뭐라 대답하기도 전에 노승 쪽에서 먼저 소리가 들려왔다.

"허허허, 그놈 참 그걸 어떻게 알았을꼬!"

뭐가 그리 재밌는지 노승은 계속 웃으며 중얼거렸다.

그러나 그 웃음도 그리 길지 못했다. 만해와 같이 노승의 옷자락도 한 아이가 다가와 잡아당긴 것이다. 그리고 내려다본 노승에게 한마디를 던졌다.

"아저씨도 마찬가지라며?"

"으헉!"

노승 역시 놀라 눈이 휘둥그레졌다. 그리고 만해를 쳐다보았다.

두 사람은 아이들을 바라보며 물었다.

"그런 얘기를 어디서 들었니?"

"응, 내 친구가 얘기해 줬어. 그게 아저씨들 비밀이래."

"비밀?"

"응. 원래 아저씨들이 귀신을 볼 수 있다는 게 비밀이어야 하는데 여기저기 다 떠들고 다녀서 그건 비밀 축에도 못 낀데."

"음……."

만해와 노승은 심각한 고민에 빠졌다. 특히 노승은 자신이 만약 악귀들과 싸우다가 죽게 된다면 '내가 악귀사수대였음을 적에게 알리지 마라' 라는 말을 남기고 죽으려고 했는데 세상 사람들이 다 알고 있다면 아무 의미도 없을 것이다.

그때였다.

"여기 계셨군요!"

뒤에서 굵은 남자의 목소리가 들렸다.

뒤돌아본 만해와 노승의 얼굴에 미소가 번졌다.

바바리코트를 잘 차려입은 한 반장이었다.

"음. 그런 일이……."

한 반장으로부터 지금 벌어지고 있는 일에 대한 설명을 들은 노승의 이마에 깊은 주름이 새겨졌다.

사실 그동안의 다른 악귀들이 저지른 사건과는 달리 아직 눈으로 볼 수 있는 희생자는 아무도 없었다. 그러나 이상한 조짐을 보이는 대상이 아이들이라는 게 문제였다.

분명 누군가가 사주하고 있는 것 같았다.

"혹시……."

노승은 만해를 돌아보았다.

"붉은 악마가 돌아온 것이 아닐까?"

"옛?"

만해는 놀라 벌떡 일어났다. 그럴 수 있다는 것을 왜 생각하지 못했는지…….

붉은 악마라면 능히 아이들을 홀릴 수 있을 것이다.

그러나 만해는 고개를 저었다. 붉은 악마가 이런 식으로 돌아오지는 않을 거라는 데 생각이 미친 것이다. 붉은 악마가 다시 돌아올 때를 대비해서 자신은 이런 놀이공원에서도 땀을 뻘뻘 흘리며 검술을 연마하고 있는데 붉은 악마가 치사하게 아이들을 홀리며 다니고 있다면 기대한 것보다 스케일이 작아서였다.

"그런 것 같지 않아요!"

그 의문에 대한 답을 해준 것은 한 반장이었다.

"아이들이 말하는 다른 아이라는 존재가 붉은 악마와는 너무나 다른 존재인 것 같았으니까요."

"음. 그렇다면 강력한 혼령이 나타났다는 말인데……."

노승의 걱정스러운 말에 한 반장은 고개를 저으며 답했다.

"그게… 꼭 그래 보이진 않는 것이…… 아무 희생자도 없으니까요. 단지 아이들이 어른들처럼 비밀을 하나씩 지니고 있다는 것이 문제죠."

"그게 더 문제가 될 수 있겠다는 거야! 아이가 아이다워야지, 벌써부터 이상한 비밀이나 간직하고 말이야! 어른에게 먹는 걸 좋아한다고 하지 않나, 참!"

노승은 말을 하다 말고 주위를 두리번거렸다.

"뭐 찾으십니까?"

한 반장의 물음에 노승은 고개를 갸우뚱했다.

"아까 여기 와서 우리 비밀 알려준다던 아이들이 있었는데……."

"예?"

"그러고 보니……."

비로소 이상한 점을 눈치 챈 노승과 만해는 서로를 쳐다보더니 주위를 둘러보았다.

그러나 엄마나 아빠 손을 잡고 가는 아이들만 눈에 띌 뿐 아까 두 사람에게 비밀 운운했던 아이들의 모습은 어디에도 보이지 않았다.

"음… 그렇다면 그 아이들이 우리에게 온 것도 우연이 아니었다는 말인데……."

노승은 고개를 갸웃거리며 중얼거렸다.

"사부님, 일단 서울로 올라가야 뭔가 실마리가 풀리지 않을까요?"

놀이공원에서의 검술 연마에 질린 만해가 기회는 이때다 싶어 슬쩍 떠보았다.

그런 만해를 노승은 슬쩍 쳐다보더니 한마디 했다.

"그래도 오늘 오후 공연은 하고 가야 해!"

"윽!"

서울로 올라온 일행은 일단 다시 피해자들의 집을 하나하나 찾아다녔다.

지난번에 조사하러 방문했던 한 반장이 다시 온 것을 보더니 일부 아이들의 엄마는 질겁하며 문을 닫았다.

아이가 경찰하고 자주 이야기를 나눈다는 것이 마음에 안 든 데다 아이가 자신들에게 뭔가를 감추고 있는 듯한 태도가 스스로를 위축시킨 것이다.

윤정이네 집도 마찬가지였다. 그러나 한 반장의 계속된 설득에 윤정이 엄마는 문을 열어주었다. 그리고 탄식을 늘어놓았다.

윤정이가 엄마를 대하는 태도가 쌀쌀맞아졌다는 것이다. 역시 그렇게 된 시기는 윤정이가 허공에서 누군가와 이야기를 나누는 듯한 모습을 보인 후라고 했다.

방안으로 들어간 한 반장 일행은 골이 난 얼굴을 하고 있는 윤정이를 만났다.

윤정이 엄마는 윤정이가 내내 저렇다고 했다. 좋아하는 피자도 안 먹고 하루 종일 방 안에서 인형하고만 놀다가 간혹 허공을 향해 뭔가를 중얼거린다고 했다.

자신한테도 꼭 필요한 말이 아니면 안 한다고 했다.

"여러분들한테는 말을 할지 모르겠네요."

윤정이 엄마가 걱정스러운 표정으로 말하자 한 반장이 자신있게 앞으로 나섰다.

"제가 이래 뵈도 딸만 둘 키운 베테랑 아닙니까?"

한 반장은 만면에 미소를 띠며 윤정이에게 물었다.

"너도 비밀이 있지?"

그러나 윤정이는 한 반장을 가만히 쳐다보더니 다시 인형에게로 시선을 돌렸다.

"윤정아, 윤정아, 이 아저씨 좀 봐."

"……"

나름대로 다정하게 말했으나 역시 아무 반응이 없었다. 그렇게 한 반장은 계속 대화를 시도했지만 굳게 닫힌 윤정이의 입은 열리지 않았다.

"베테랑은 무슨!"

노승이 앞으로 나서며 말했다.

"내가 아이 친화적인 얼굴을 가지고 있어서 아이들은 나에게 마음을 털어놓곤 하지!"

큰소리를 치며 윤정이 앞에 나선 노승은 합장을 하며 온화한 목소리로 물었다.

"꼬마야, 숨기고 있는 게 있느냐?"

"……."

윤정은 노승에게도 입을 열지 않았다.

"아이 친화적은 무슨!"

한 반장이 옆에서 코웃음 쳤으나 노승은 다시 한 번 시도했다.

"꼬마야, 이름이 뭐야?"

"오빠 이름이 뭐야?"

드디어 윤정이 입을 열었다. 노승은 반가운 얼굴을 하며 입을 열려고 했지만 윤정이는 노승을 보고 있지 않았다. 그 옆에 있는 만해를 보고 있었던 것이다.

"꼬마야, 거기가 아니라 여기라니까!"

당황한 노승이 손까지 흔들며 말했으나 윤정의 시선은 여전히 만해를 향하고 있었다.

"응, 내 이름은 만해야."

만해는 만면에 미소를 지으며 말했다.

"음… 저 녀석의 정신 연령이 자신과 비슷하다는 것을 간파한 모양이군."

노승은 아이가 자신을 무시한다는 사실에 애써 그 상황을 폄하하며 한 반장에게 슬쩍 말했다.

한 반장은 제자의 정신 연령까지 낮춰가며 자신이 무시당한 사실을
외면하려는 노승이 보기 좋지 않았지만 그 역시 노승을 무시하고 그저
만해가 대화를 잘 이끌어주기를 바랐다.

만해는 말을 계속 이어갔다.

"네 이름이 윤정이야?"

"응."

"근데 비밀이 하나 있다며?"

"응."

"이 오빠한테 알려주면 좋은데……."

"……."

그러나 그 부분에서 윤정은 역시 말을 멈췄다.

"풋! 만해야, 너도 별수없구나."

심각한 상황임에도 노승은 비꼬는 말을 던졌다. 만해는 그런 노승을
무시하고 다시 말을 건넸다.

"윤정아, 엄마 몰래 만나는 친구 있지?"

그 말에 윤정이 반응을 보였다. 어린아이 특유의 어떻게 알았냐는
듯한 표정을 지은 것이다.

"그 친구에 대해서 이야기 좀 해줄래."

만해는 다시 구슬리듯 말했으나 윤정은 고개를 저었다.

그때 초인종 소리가 들렸다.

"아, 왔나보네요."

한 반장이 반가운 얼굴을 하더니 밖으로 나갔다.

노승과 만해가 어리둥절한 표정을 하고 있을 때 한 반장은 누군가를
데리고 들어왔다.

"자, 서로 인사 나누시죠. 이쪽은 아동심리학자이신 김선우 박사입니다!"

"아동심리학 박사라면⋯⋯?"

"아, 아무래도 우리보다는 이 분야의 전문가가 나을 것 같아서 제가 이곳으로 오기 전에 초빙했죠."

"음, 이 아이입니까?"

소개받은 김 박사는 앞으로 나서며 물었다.

한 반장이 고개를 끄덕이자 김 박사는 일행 쪽으로 몸을 돌리며 말했다.

"모두 밖에 나가서 기다리세요. 단둘이 이야기하는 게 아이 심리상 좋습니다."

"예, 그러죠."

노승을 비롯한 일행은 김 박사의 한마디에 모두 밖으로 내몰리고 말았다.

윤정이의 입이 열리는 것을 보지 못한 일행은 아동심리학자라는 사람이 설득하는 과정을 지켜보고 싶다는 충동이 있었으나 지금은 그럴 때가 아니었다.

하긴 지금 누구보다도 애가 타는 것은 바로 윤정이의 엄마였다.

방에서 나온 뒤부터 계속 안절부절못하고 있었던 것이다. 한참 시간이 흐른 뒤에야 김 박사는 밖으로 나왔다.

"어떻게 됐습니까?"

그는 고개를 좌우로 흔들었다.

"말을 안 하는데요? 그런데 하나는 확실합니다."

"뭔데요?"

"우리가 아무리 달래도 윤정이는 우리들에게 비밀을 털어놓지 않을 거라는 거요. 의외로 일부 아이들이 어른들보다 입이 무겁다는 연구 결과가 있습니다. 발표할 당시 논란을 일으킬 만큼 상식을 뛰어넘는 결과였죠."

"그럼 윤정이가 말할 가능성이 없는 건가요?"

"글쎄요. 그럴 가능성이 크지요. 윤정이는 같은 비밀을 공유하지 못하는 어른들에게 비밀을 털어놓지 않으려는 생각인 것 같으니까요."

"음……."

일행은 난감한 입장이 되었다. 지금 이상한 행동을 보이는 아이들이 늘어나고 있는 추세다. 그렇다면 비슷한 증상의 다른 아이를 찾아 조사해야 하는데 문제는 앞서 겪어왔듯이 많은 부모들이 윤정이 엄마같이 협조적이지 않을 것이라는 데 있었다.

"아!"

좋은 생각났는지 한 반장이 머리를 탁 쳤다. 그리고 김 박사에게 물었다.

"방금 같은 비밀을 공유하지 못하는 어른들에게 털어놓지 않는다고 하셨죠?"

"예!"

"그건 바꾸어 말하면 비슷한 비밀을 가진 어린아이에게는 털어놓을 수 있다는 말 아닌가요?"

"예! 그러고 보니 그럴 수 있겠네요!"

"그럼 여기서 잠깐만 기다리세요. 제가 어디 좀 다녀올게요!"

일행을 둘러보며 그렇게 말한 한 반장은 밖으로 부리나케 뛰어나갔다. 잠깐이면 된다던 한 반장은 세 시간이 넘어서야 들어왔다. 한 반장 뒤에는 한 엄마와 남자 아이가 서 있었다.

얼마 전에 한 반장이 만났던 진섭이와 그 엄마였다.

한 반장은 비슷한 증상을 가진 진섭이를 데리고 온 것이다.

두 사람을 일행에게 인사시킨 한 반장은 서둘러 진섭이를 윤정이 방으로 데리고 들어갔다. 그리고 오는 길에 들른 파출소에서 준비해 온 도청기를 방 안에 슬쩍 던져 놓고 두 아이만 남기고 거실로 나왔다. 아이들의 대화를 엿듣는다는 게 왠지 꺼림칙했지만 빠른 사건 해결을 위해서는 어쩔 수 없었다.

그러나 두 아이는 같은 방에 있은 지 한참이 지나도록 인형과 장난감만을 가지고 놀면서 어린이들이 흔히 하는 대화들을 할 뿐 한 반장 일행이 듣고자 하는 다른 어떤 말은 하지 않았다.

밖에서는 다 큰 어른들이 아이들의 대화를 듣기 위해 수신기 앞에 옹기종기 모여 귀를 기울이고 있었다.

그리고 드디어 그들이 듣고자 하는 말을 먼저 시작한 것은 윤정이였다.

"너희 엄마도 아빠 싫어해?"

"응?"

"너희 엄마도 아빠 싫어하냐고. 우리 엄마는 아빠 싫어한대."

수신기에서 들려온 갑작스러운 윤정이의 말에 거실에 있던 일행은 윤정이 엄마를 쳐다보았다. 윤정이 엄마는 얼굴이 발개진 채 아무 말도 못하고 있었다. 수신기에서는 진섭이의 대답이 들려왔다.

"우리 엄마가 아빠를 싫어하는지는 모르겠지만 난 상관없어."

"왜?"

"우리 아빠는 우리 아빠가 아니니까!"

그 말에 거실 안의 일행은 이번엔 진섭이 엄마를 바라보았다.

진섭이 엄마는 당황해서 어쩔 줄 몰라 했다. 당장이라도 뛰어들어가 진섭이를 데리고 나올 태세였다. 하지만 뒤이은 진섭이의 말에 멈칫했다.

"그렇구나……. 그거 우리끼리 비밀이야?"

"그럼! 너하고 몽달이밖에 몰라."

"몽달이?"

윤정이의 목소리가 커졌다. 수신기를 통하지 않고도 밖에서 들을 수 있을 정도였다.

"너도 몽달이를 알아?"

"그럼 몽달이는 내 친구인걸."

"어? 나하고도 친구인데……."

"몽달이는 나한테 비밀을 알려줬다. 우리 아빠가 우리 아빠가 아니라는 걸 몽달이가 알려준 거야."

거기까지 듣던 한 반장은 진섭이 엄마에게 고개를 돌려 아는 친구냐는 듯한 눈치를 주었다.

그러나 진섭이 엄마는 고개를 흔들었다. 처음 듣는 이름이었다. 아직 어린아이라서 학교도 들어가지 않았기 때문에 친구 이름은 훤히 꿰고 있었다. 그러나 진섭이 친구 중엔 저런 촌스러운 이름을 가진 친구가 없었던 것이다. 안에서는 두 아이의 대화가 계속됐다.

"그렇구나……. 나한테는 우리 엄마가 아빠 미워한다는 거 알려줬는데……."

"그리고 자기 비밀 알려주지 않았어?"

"그래, 그거 때문에 밖에 아저씨들이 저렇게 와 있는 거 아니야. 근데 나 모르는 척했다."

"어? 나한테도 똑같은 말 했는데……. 그래서 나도 아무한테도 말 안했어."

"그럼 너 몽달이가 비밀리에 부탁한 거 찾아봤어?"

"아니, 엄마가 밖에 잘 안 나가셔서……. 우리 친구 몽달이 소원을 빨리 들어줘야 하는데……."

"그렇구나……. 나도 밖에 나갈 때마다 눈 크게 뜨고 보는데 잘 모르겠어."

"어? 몽달아!"

갑자기 진섭이의 목소리가 커졌다. 그리고 누군가를 부르는 소리가 들렸다.

순간 거실에 있던 노승도 뭔가 영적인 기운을 느꼈다. 아주 작은 기운이지만 분명 영적인 존재가 가까이 있을 때나 느낄 수 있는 기운이었다.

노승은 만해와 한 반장에게 눈짓을 했다. 사태를 눈치 챈 두 사람은 노승의 눈짓에 따라 움직이기 시작했다. 노승은 주머니에서 부적을 꺼내 들고 윤정이의 방 앞으로 다가갔다.

세 사람이 뭘 하려고 하는지 모르는 김 박사와 아이 엄마들은 눈만 끔벅거리며 그들을 지켜봤다. 무척 조심하는 걸로 봐서 방해해서는 안 될 것 같은 분위기를 느낀 것이다.

마치 경찰 특공대가 총을 들고 적들의 본거지를 암습하듯이 웅크린 모션을 취하고 있던 노승, 만해, 한 반장은 노승의 수신호와 함께 방문을 박차고 들어갔다.

꽝!

나갈 때는 둘이었던 아이가 방 안에 세 명이 있었다.

"꼼짝 마라!"

노승은 부적을 들고 세 번째 아이에게 소리쳤다.

그러나 그 아이는 땅에 꺼지듯 스르르 사라지기 시작했다.

"만해야! 검!"

"예?"

만해가 어리둥절한 태도로 반문했다.

"혼월천검을 뽑으라고!"

왜 뽑으라는진 모르겠지만 만해는 엉덩이 뒤쪽에 차고 다니던 검을 뽑았다. 검에서 찬란한 광채가 뻗어 나갔다.

"이게 뭡니까?"

광채를 보며 한 반장이 만해에게 물었다.

검을 들고 있는 만해는 자신도 잘 모르겠다는 듯 고개를 흔들었다.

그러나 뜻하지 않은 효과가 나타났다. 사라지던 아이의 형상이 다시 나타난 것이다. 아이는 혼월천검의 기운 때문인지 사시나무 떨듯 떨고 있었다.

"혼월천검이 가진 기운이 아직 여물지 않은 아이의 영력쯤은 무산시킬 수 있지."

노승이 어리둥절해하는 일행을 돌아보며 말했다.

뒤이어 도착해 방 안의 광경을 본 아이의 엄마들과 김 박사는 도대체 이들이 지금 무슨 밀을 하는지 몰라 눈만 둥그렇게 뜨고 바라보았다. 그들의 눈에 아이의 혼령이 보일 리 없을 터였다.

"자자, 여긴 우리가 알아서 해결하겠소!"

한 반장은 문을 닫으며 말했다.

그러나 김 박사는 호락호락하게 넘어갈 인물이 아니었다. 안으로 발을 성큼 내디디며 말했다.

"아니오. 댁들이 무슨 짓을 할지 모르니 아동 보호 차원에서 나도 옆에 있어야겠소!"

사실 꼭 그 목적이라기보다 안에서 일어나는 일에 호기심을 느껴서라는 것이 얼굴에 너무 잘 나타나 있었다.

그러나 김 박사와 그 문제로 티격태격하다가 시간만 끌기보다는 빨리 아이의 혼령과 대화를 나누어봐야 하는 게 더 급한 문제라는 데 생각이 미친 한 반장은 김 박사를 안으로 들어오게 했다. 그리고 옆에서 가만히 보고만 있으라고 주의를 주었다.

"그래, 너는 무엇 때문에 자꾸 아이들에게 나타나는 거지?"

노승이 아이에게 물었다.

그러나 창백한 얼굴의 아이는 아무 말도 못하고 몸을 부들부들거리며 두려움에 떨뿐이었다.

"왜 그런 거지?"

노승은 더 강하게 물었다. 무서운 목소리였다. 죄없는 아이들에게 나타나 혼란에 빠뜨리는 혼령은 문제가 크다고 생각한 것이다.

아이는 더욱 겁을 집어먹은 듯 방구석으로 쪼르르 달려가 머리를 박았다. 그 뒤를 윤정이와 진섭이가 따라가 아이를 감쌌다.

"아저씨, 몽달이가 무서워하잖아요!"

"아저씨들 나가요!"

윤정이와 진섭이가 노승 일행을 째려보며 말했다.

아이의 영혼이 보이지 않는 김 박사는 지금 벌어지고 있는 일이 도저히 이해되지 않았다.

노승이 누구에게 말을 하고 있는 건지, 또 아이들은 왜 구석에 가 있는지 도무지 알 수 없었던 것이다.

"으아앙~"

급기야 아이들이 울음을 터뜨렸다.

당황한 노승과 한 반장은 서로의 얼굴만 바라보고 있었다. 때는 이때다 싶어 김 박사는 앞으로 나섰다.

"도대체 아이들에게 무슨 짓을 하는 겁니까?"

타박하는 목소리로 나서는 김 박사를 보던 한 반장은 주머니에서 백귀시 잎을 꺼내주었다.

"그걸로 눈을 비비면 다 알게 될 것이오."

이건 또 무슨 말인가 싶어 가만히 받아 들고 있던 김 박사는 잎을 눈으로 가져가 비볐다.

"세상에……!"

또 다른 아이가 하나 있었던 것이다.

한데 그 아이는 고생을 많이 했는지 몰골이 말이 아니었다. 눈가는 까맣고 피부는 창백했다.

머리 회전이 빠른 김 박사는 작금의 상황을 한눈에 파악했다. 그리고 돌아서서 일행을 보며 말했다.

"그럼… 당신들은……?"

노승은 고개를 끄덕였다.

"고스트바스터즈?"

"……?"

"맞죠? 고스트바스터즈?"

"에… 뭐, 대강… 거의 비슷하다고나 할까……."

노승이 얼버무리자 김 박사는 갑자기 소리 지르며 날뛰었다.

"우와아! 정말이죠? 당신들 정말 귀신 잡는 사람들 맞죠? 우와아아!"

아까까지 진중한 태도로 있던 김 박사가 미친 것처럼 날뛰자 오히려 당황한 것은 노승과 만해였다.

"자자, 진정하시고……. 지금 급한 것은 그게 아니라니까요!"

한 반장이 장내 정리에 나섰다.

그러나 한번 풀린 김 박사의 흥분은 멈출 줄을 몰랐다.

"내가 어렸을 때 고스트바스터즈라는 영화를 보고 친구들과 내기했거든요! 저런 사람들이 진짜로 있다, 없다! 이걸로요. 그런데 이렇게 눈앞에서 사실을 확인하다니……. 아, 내가 내기에서 이겼어요!"

흥분한 김 박사는 어찌나 감개무량한지 주머니에서 손수건을 꺼내 눈물을 닦았다.

"자자, 그건 그렇고, 저 아이의 영혼에게 물어볼 것이 있어요. 저 아이가 이 모든 사단의 원인인 것 같으니……."

노승의 말에 김 박사는 그 아이의 영을 한 번 더 보더니 진지한 얼굴로 돌변해 말했다.

"제가 얘기해 볼게요. 아무래도 이런 일에는 전문가인 제가 나을 테니까요."

"저건 평범한 아이가 아니라니까요. 저 앤 이미 죽은 애예요!"

"아무리 죽었어도 아이의 심리는 간직하고 있을 거예요. 제가 해보겠습니다."

김 박사는 노승의 충고도 듣지 않고 아이와 이야기를 하기 시작했다. 그러자 뜻밖에 아이의 영혼은 김 박사가 묻는 말에 또박또박 답을 했다.

"네 이름이 뭐니?"

모, 몽달이요.

"응, 몽달이… 몽달이는 여기에 왜 와 있는 거지?"

아이들에게 물어볼 것이 있어서요.

"그런데 왜 아이들에게 비밀을 말해 주는 거야?"

그럼 아이들이 제 비밀을 지켜줄 것 같아서…….

"어떤 비밀?"

제가 누군가를 찾으려고 한다는 것을…….

"왜, 알면 안 돼?"

그게… 그 나쁜 아저씨가 알면 나두 잡아갈 거예요!

거기까지 말한 아이는 무서운지 눈을 감았다.

그렇게 아이의 혼령과의 대화는 삼십 분 이상 계속됐다. 김 박사는
영혼의 세계에 대해 모를진 몰라도 아이의 심리를 다루는 일은 역시
전문가다웠다. 귀신이지만 사람의 심성을 지닌 아이는 김 박사가 유도
하는 대로 술술 다 얘기를 하고 있었던 것이다.

옆에서 노승도 조용히 들으며 나름대로 사태를 파악하고 있었다.

혼령 아이의 말인즉, 부모님이 같이 있었는데 어느 날 어떤 아저씨
에게 아빠가 잡혔고 또 나중에 엄마마저 잡혔다는 것이다. 자신은 바
위 밑에 숨어 있어서 잡히지 않았는데 그래서 자신이 부모님을 구하러
갈 거라는 것이었다.

"퇴마사였겠군……."

노승이 혼자 중얼거렸다. 그러나 귀신을 잡아 가둔다는 퇴마사는 오
랜만에 듣는 얘기였다. 이전에는 흔한 일이었지만 지금은 무당들이 모
시는 용도 외에는 영혼들을 따로 잡아서 개개인의 사사로운 목적을 위

해 쓰지 못한다는 인식이 퍼져 있었기 때문이다.

"그런데 왜 아이들을 이용했지?"

아이들은 어디에나 퍼져 있으니까요. 그럼 그 아저씨에 대한 인상만 알려주면 금방 찾을 수 있잖아요.

"허허, 똘똘한 아이군."

노승이 몽달이를 보며 중얼거렸다. 그러나 한 반장과 만해는 그것이 무슨 소리인지 이해가 안 됐다.

그런 두 사람을 위해 노승은 쉽게 정리를 해주었다.

"자, 이 아이가 부모를 찾으려 하는데, 그러자면 일단 부모를 잡아간 그 퇴마사를 찾아야겠지?"

"예."

"근데 이 넓은 세상에서 그를 어떻게 찾겠냔 말이지. 퇴마사라는 특성상 한곳에 정착할 리도 만무할 테고 말이야. 그러니 저 아이가 나름대로 방법을 생각한 거지. 아이들을 이용해서. 아이들은 어디에나 있으니까……. 곳곳의 아이들을 찾아다니며 비밀이 될 만한 것을 알려주고 대신 그 퇴마사를 보거든 자신에게 알려달라고 부탁한 거야. 그 것 역시 비밀로 간직하자고. 쉽게 말하면 일종의 현상수배를 한 거지."

"아하~"

그제야 이해한 만해와 한 반장은 탄성을 내뱉었다. 아이답지 않은 신선한 발상이었다.

"쯧쯧쯧. 부모와 함께 자살하지 않고 살았으면 큰 인물이 됐을 텐데……."

노승이 아이의 혼령을 보며 안타까운 목소리로 중얼거렸다.

이제 방 안에 있는 어느 누구도 몽달이에게 뭐라고 하지 않았다.

윤정이와 진섭이도 그런 눈치를 챘는지 몽달이를 감싸고 있던 모습에서 이제는 좀 떨어져 손만 잡고 있었다.

아이들끼리의 공감대가 형성이 되는 것이었다.

그때였다.

가만히 있던 몽달이의 얼굴이 갑자기 붉게 변하기 시작했다.

"엉? 왜 그러느냐?"

노승이 몽달이에게 물었다.

파동이 느껴져요!

"무슨 파동?"

그 나쁜 아저씨를 찾으면 친구들이 내게 전해주기로 한 파동요!

"뭐야?"

노승과 한 반장은 서로 마주 보았다. 그리고 물었다.

"그게 어디야?"

모르겠어요. 저 그곳으로 갈게요! 가도 되죠?

갑작스러운 물음에 사람들은 모두 노승을 쳐다보았다. 노승은 고민이 되었다. 그냥 보내자니 나중에라도 다시 이러고 다닐 위험이 있고, 몽달이가 말한 퇴마사가 과연 순순히 몽달이의 부모님을 내놓을까도 걱정이 되었다.

빨리요!

몽달이는 안달하며 말했다.

"그럼 우리하고 같이 가자!"

한 반장이 갑자기 제의했다.

어떻게요?

"우리 차를 타고 가면서 네가 그곳을 알려주는 거야. 괜찮겠죠?"

한 반장이 노승에게 동의를 구했다.

"그거 좋은 생각이군!"

노승도 고개를 끄덕이며 동의했다.

"몽달이 넌?"

몽달이도 고개를 끄덕였다. 자신이 여기저기를 통과해서 그곳으로 가는 것이 더 빠를 수 있겠지만 혼자 그 나쁜 아저씨를 상대하기엔 무서운 것도 사실이었다. 이곳에 있는 아저씨들은 자신에게 이것저것을 집요하게 묻기는 했지만 나쁜 아저씨들 같아 보이진 않았던 것이다.

일행은 윤정이와 진섭이의 엄마들에게 작별 인사를 하는 둥 마는 둥 한 뒤 한 반장의 차에 올라탔다.

"엥? 당신은 여기 또 왜 탔어?"

출발하려던 한 반장은 어느새 옆 자리에 떡하니 탄 김 박사를 보며 물었다.

"귀신 잡으러 가는데 안 가면 평생 후회하죠."

태연히 말하는 김 박사를 보며 일행은 일순 말문이 막혔지만 시간 관계상 그냥 출발했다.

몽달이는 아이가 보내주는 파장을 읽고 있는 듯 옆 자리에서 눈을 감은 채 입만 벌리며 방향을 지시하고 있었다.

좌측으로…… 우측으로…… 대각선으로…….

길이 나 있는 것과 전혀 상관없이 전후좌우를 마구잡이로 말하는 통에 한 반장은 온 도로를 이리저리 헤집으며 달렸다.

그나마 사이렌을 울리며 달렸기에 망정이지 아니었으면 벌써 여기저기 차를 박으며 달렸을 것이 뻔했다.

우여곡절 끝에 도착한 곳은 목련공원이라는 공동묘지였다.

"아니, 여기는?"

차에서 내린 한 반장이 주위를 둘러보며 중얼거렸다.

"왜요? 여기 와보신 적 있어요?"

만해가 묻자 한 반장이 답했다.

"예전에 다리 잘린 시체 기억나지?"

"예, 착하고 아름다운 청년 시체였죠."

"음… 여기가 내가 심령 사건에 개입을 하게 된 최초의 장소였지. 그 시체가 처음 일어나서 잘린 다리 찾으려고 사람 다리를 뚝뚝 잘라가는 통에 말이야."

한 반장은 감회가 새로운 얼굴로 말했다.

두 사람이 말하고 있을 때 이미 몽달이는 저만치 앞서 가고 있었다. 공중에 둥둥 떠서 가니까 역시 걸어가는 사람들보다 훨씬 빨랐다.

그 뒤를 노승과 김 박사가 따르고 있었다. 김 박사는 뭐가 그리 신나는지 혼자 뭐라뭐라 중얼거리며 걷고 있었다.

그 옆으로 공동묘지에서 내려오는 한 가족이 눈에 띄었다. 묘지에 분향 왔다가 가는 길 같았다. 부부는 남자 아이의 손을 잡고 있었는데 그 남자 아이는 몽달이가 옆에 지나자 슬쩍 미소를 띠며 손을 흔들었다.

몽달이도 방긋 웃으며 고맙다는 듯 고개를 숙였다.

"얘! 너, 어디다가 손 흔드니?"

몽달이가 보일 리 없는 아이 엄마가 아이를 보며 이상한 듯 말했다.

"저 아이가 그 퇴마사의 위치를 알려준 게로군."

몽달이의 뒤를 따라가던 노승이 중얼거렸다.

저 위에 몽달이의 부모를 납치해 간 퇴마사가 정말 있다면 어쨌든 그를 찾기 위한 몽달이의 시도는 성공적이었다.

그러나 공동묘지 끝자락에 이르도록 사람은 한 명도 눈에 보이지 않았다.

헉헉거리는 일행을 바라보며 노승은 난감한 표정을 지었다.

그때였다. 공동묘지가 끝나는 부분에서 숲으로 이어지는 좁은 길에서 인기척이 들려온 것이다.

"그래, 그렇지……."

조심스레 다가간 일행의 눈에 몽달이가 묘사한 대로 노란 옷을 입은 사람이 하나 앞으로 고개를 숙인 채 뭔가에 열중하고 있었다.

가장 먼저 앞장섰던 김 박사의 눈이 휘둥그레졌다. 그도 그럴 것이 퇴마사의 앞쪽에서 갖가지 귀신들이 싸우고 있었던 것이다.

퇴마사는 손가락 하나 가지고 그들을 조종하고 있었다.

"옳지, 옳지! 우선 목을 조르고…… 그래, 너는 날카로운 머리채를 이용하는 거야!"

그는 혼령들을 조종해 이종 격투기를 하게 하고 있었던 것이다.

"저런 죽일 놈! 감히 혼령들을 데리고 장난을 쳐!"

분개한 노승이 뛰어나가려고 할 때 몽달이의 목소리가 들렸다.

아빠…….

"……?"

노승이 몽달이의 시선을 따라가 보자 그곳에는 젊은 남자의 영혼이 갈기갈기 찢겨져 쑤셔 박혀 있었다.

아마 저 혼령들끼리의 싸움에서 진 대가인 듯했다. 그때였다.

"지금 무슨 짓이냐?"

큰 소리치며 앞으로 먼저 나선 것은 뜻밖에 김 박사였다. 편하게 앉아 장난치고 있던 퇴마사는 깜짝 놀라 자리에서 벌떡 일어났다. 역시 무악이었다. 몽달이가 제대로 찾은 것이다.

"너희들은 누구냐?"

소리치던 무악은 김 박사를 보더니 혼자 중얼거렸다.

"아, 공동묘지 관리인들인가 보군."

노승이 앞으로 나섰다.

"지금 뭐 하는 거지?"

"뭐 하긴, 앉아서 쉬고 있지."

자신이 가지고 놀던 귀신이 보이지 않을 거라 생각한 무악은 심드렁하게 대답하곤 등 뒤에서 깃발을 빼냈다.

"잠깐만 기다려 봐."

이어서 그 깃발들 속으로 혼령들을 다 집어넣었다. 그리고 다시 등 뒤에 메더니 산 아래로 내려가기 시작했다.

"이봐! 어디 가는 거야?"

한 반장이 무악을 잡으며 말했다.

"어디 가다니? 산 위에 잠깐 쉬다가 내려가는 것도 안 되나?"

아직도 그들이 그저 공원 관리인인 줄 착각하고 있는 무악이 답했다.

"잠깐만 이리 와봐!"

노승의 목소리에는 짜증이 묻어 나왔다.

그도 그럴 것이 노승이 생각하기엔 혼령을 가지고 장난치는 것은 도저히 용서하지 못할 행위였던 것이다.

"허 참!"

무악은 어이가 없다는 듯 노승에게 다가왔다.

"왔수다! 어쩔 건데?"

"등 뒤에 있는 거 다 풀어놔."

"뭐?"

무악은 그제야 이 사람들의 상태가 보통 사람과 다르다는 것을 알았다. 재빨리 정신을 가다듬고 기를 느꼈다. 노승과 만해에게서 기가 느껴졌다. 그리고 조금 떨어진 곳에서 영력이 미세하게 감지됐다.

고개를 돌려 그곳을 쳐다본 무악의 눈에 오돌오돌 떨고 있는 아이의 영혼이 보였다.

그제야 분위기가 심상치 않다는 걸 느낀 무악은 노승을 보며 물었다.

"너희도 퇴마하러 다니는 사람들이냐?"

"음…… 그렇긴 하지만… 어쨌든 우리는 너같이 극악한 짓은 하지 않는다."

"극악이라니?"

"네 등 뒤에 불쌍한 영혼들을 잔뜩 짊어지고 있지 않느냐? 승천시키거나 소멸시키면 될 것을 왜 그런 짓을 하느냐?"

"너희들이 상관할 바 아니다! 나는 내 갈 길이나 가겠다."

무악은 산을 내려가려고 바삐 발걸음을 옮겼다.

"어허! 못 봤으면 모를까 내가 본 이상 그냥 가면 안 되지."

노승이 무악의 앞을 슥 가로막았다.

무악은 말없이 노승의 눈을 쳐다보았다. 두 사람 사이에서 긴장감이 감돌았다.

그때였다.

우리 엄마 아빠 돌려줘!

외침과 함께 몽달이가 무악을 향해 날았다.

무악은 날아오는 몽달이를 보고 씩 웃더니 손을 가볍게 휘둘렀다.

흐악!

몽달이는 무악에게 도달하기도 전에 오던 길로 날아갔다.

"이 사람이, 아직 어린애에게 무슨 짓을!"

몽달이가 저편에 나가떨어지는 것을 본 김 박사는 무악을 향해 소리치며 삿대질했다. 하나 무악의 특이한 복장에 위축되어 감히 달려들지는 못하고 소리만 칠 뿐이었다. 그러나 옆에 있던 만해는 달랐다.

"지금 뭐 하는 짓이죠?"

만해는 앞으로 나서며 말했다.

"너는 또 뭐냐?"

무악은 만해의 위아래를 살피며 물었다.

"나? 음…… 나는… 그래, 나는 저 아이의 보호자다!"

만해는 몽달이를 가리키며 외쳤다.

"그래서 어쩌라고?"

무악은 픽 비웃으며 갑자기 만해에게 뭔가를 휘둘렀다. 갑작스러운 손짓에 놀라 만해가 뒤로 물러나는데 왼쪽 가슴에서 날카로운 통증이 느껴졌다.

"앗!"

만해가 다리를 휘청거리다 겨우 중심을 잡았다. 무악의 손에 어느새 분홍색의 깃발이 들려 있었다.

"아니, 저런?!"

노승의 외침이 들렸다.

만해는 당하는 입장이라 보지 못했지만 노승은 똑바로 보았던 것이다.

깃발이 만해의 몸을 스치는 순간 그 안에서 긴 팔이 나와 만해의 가슴께를 스치는 것을……

깃발 통 안에 있던 원귀의 손톱이 순식간에 만해를 공격한 것이다.

만해의 가슴께에 있는 옷이 너덜거리며 찢어지고 피가 흘러내렸다. 다행히 크게 다친 것 같진 않았지만 갑작스러운 공격에 만해는 많이 놀란 듯했다.

"까불지 말라고 했지."

어느새 분홍 깃발을 등에 멘 무악이 나지막한 목소리로 중얼거리며 모두를 돌아보았다.

그리고 산 아래로 발걸음을 옮겨 내려가기 시작했다. 그러나 뒤에서 들려온 목소리에 다시 우뚝 섰다.

"어허, 그냥 가면 안 되지."

노승의 목소리였다. 뒤이어 커다란 외침이 들렸다.

"허공질주!"

노승이 이십여 미터 떨어진 곳에 가 있는 무악을 향해 몸을 날린 것이다.

손을 벌리고 날고 있는 노승이 노리는 것은 단 하나였다. 무악의 뒤에 메고 있는 깃발들을 잡기 위한 것이다.

필요 없는 싸움은 하지 않는 것이 좋았다. 어쨌든 무악도 퇴마를 업으로 하는 사람인데 같은 일을 하는 사람끼리 싸우는 것은 왠지 모양새가 좋지 않다고 판단한 것이다. 단지 영들을 볼모로 삼은 깃발을 빼앗아 그 안에 있는 몽달이의 부모를 찾아주고 다른 영들은 승천을 시킨 뒤 무악에게는 충고 한마디만 해주고 보내줄 생각이었다.

그러나 그것은 노승이 무악을 너무 가벼이 본 실수였다.

무악은 뒤에서 날아오는 노승의 도포 소리만 듣고도 정확히 그 위치를 파악해서 옆으로 슬쩍 비켰다. 무악의 깃발로 향하던 노승의 손은 순간 허공을 갈랐다.

무악은 빙긋 웃으며 헛손질을 하며 착지하는 노승을 보더니 등 뒤에서 갈색 깃발을 꺼내 들었다. 갈색 깃발 안에 갈무리해 놓은 혼령을 쓰려는 찰나였다.

"윽!"

순간 다리에 뱀에게 물린 것 같은 통증이 느껴져 아래를 내려다보았다.

몽달이였다. 몽달이가 무악의 다리를 물고 매달려 있었던 것이다.

"이런 맹랑한!"

깃발을 휘두를 타이밍을 노친 무악은 몽달이를 손으로 팍 내려쳤다. 작고 힘없는 몽달이는 또다시 한참을 날아가 떨어졌다.

"저, 저런!"

이 모든 상황을 보고 있던 김 박사는 주먹을 쥔 채 어쩔 줄 몰라 하고 있었다.

그러나 정작 행동에 옮긴 것은 노승이었다. 몽달이가 무악의 다리를 무는 통에 자신에게 갈색 깃발을 휘두를 타이밍을 놓친 것을 안 노승은 무악을 향해 청테이프를 날렸다.

"에계?"

날아오는 청테이프를 보며 무악이 비웃었다.

"이게 뭐야?"

팔을 몇 번 휘두른 무악 앞에는 노승이 날린 청테이프가 조각조각 떨어져 있었다. 무악의 손에는 어느새 꺼냈는지 작은 단검이 들려 있었다.

"후후후, 이제 알겠군!"

무악이 음침하게 말했다.

"무얼?"

"너희가 누군지 말이다!"

"우리가 누군데?"

"너희가 그 꼴통 악귀사수대인가 뭔가 하는 놈들 아니냐?"

"뭐? 꼴통이라니?"

저편에서 만해가 분개하며 외쳤다.

좀 전에 입은 상처는 쓰라렸지만 참을 만했다. 그렇지만 인격 모독성 발언은 도저히 참을 수 없었다.

"내가 듣기론 그렇던데. 인간의 편에 서야 할 인간들이 악귀의 편에 서서 그들을 도와주고 오히려 인간들에게 해를 끼치고 다닌다는 얘기를!"

"아미타불. 우리는 공정하게 일을 처리할 뿐 누구의 편도 들지 않는다."

노승이 조용히 말했다.

"후후후, 그건 너희들 생각이지. 내 생각에는 너희들이 바로 꼴통들이야! 이왕이면 돈 되는 짓을 해야지!"

"우리가 너한테 피해 준 것이 있느냐? 왜 그렇게 말하는 거지?"

"피해? 피해라면 많이 줬지. 너희들 때문에 악귀를 퇴치하며 벌어먹는 이 사업이 잘 안 된단 말이야! 거액의 돈을 받아도 모자랄 판에 먹는 걸로 대신하는 너희들이 있기에 악귀 퇴치 가격이 덤핑되는 경우도 있었으니까!"

"나쁜 놈! 겨우 그런 이유로 퇴마를 하고 다닌단 말이냐?"

"그럼 너희들은 무엇 때문에 퇴마를 하러 다니는 거냐?"

갑작스러운 무악의 질문에 노승도 말문이 막혔다.

"에…… 그게 국가와 민족의 안녕과 인간 세계의 평안과……."

"거창하군. 내 그럴 줄 알았어. 너희들이 무슨 헐리우드 영화의 슈퍼 히어로인 줄 아느냐? 너희들이 힘을 쓰지 않아도 여긴 잘 돌아간다."

"아니다!"

"그럼 너희들이 없으면 세상이 당장이라도 망할 것 같으냐?"

무악은 저편에 쓰러져 있는 몽달이를 가리키며 말을 이었다.

"저런 하찮은 영혼덩어리들이 인간과 함께 돌아다닌다고 뭐 세상이 어떻게 될 것 같으냐? 아니다!"

"궤변 늘어놓지 마라!"

노승은 불끈 화를 냈다.

그랬다. 저 무악이 한 말이 별반 틀리지는 않았다. 모두 자기 자신만을 위해 사는 세상이다.

그렇지만 그것을 인정해 버린다면 자신들의 존재 이유가 없었다.

악귀가 점점 창궐하고 있는 이때, 이대로 놔두면 세상이 위태로워진다 생각이 들기도 하지만 어찌 되든 상관없을 수도 있다. 지구가 악귀들로 뒤덮여 지옥과 하나가 된들 그것이 자신들만의 책임은 아닐 것이다.

그렇다고 정의를 위해서 싸운다고 거창하게 말하고 싶지도 않았다.

그저 악귀 포덕단에서 일할 때부터 자신의 길이라 생각하고 꾸준히 그 길을 따라온 것이었다.

노승이 무악의 말을 듣고 망설이고 있을 때 옆에서 듣고 있던 만해의 눈에서 불이 났다.

무악의 말을 듣고 있자니 너무 화가 났기 때문이다. 게다가 얼마 전 자신의 집에서 있었던 악귀 부활 사건이 떠오른 것이다. 그리고 지금 자신이 차고 있는 검에 봉인되어 있는 할아버지도 떠올랐다.

이 세상 사람들이 자신의 안위만을 위해 살아가는 것은 어찌 보면 당연하다. 어떤 동물도 다른 동물을 위해 살아가지는 않으니까 말이다. 하지만 사람으로 태어난 이상 자신만을 위해 살다가는 것은 너무 무의미한 일이라는 생각이 들었다.

그래서 할아버지도 기꺼이 몸을 바치신 것이고, 또 죽어서까지 검에 스스로 봉인된 것일 거다. 그런 사람들이 있는 한 저 무악의 말은 말 그대로 자기 변명에 불과한 것이다.

만해는 조용히 앞으로 나섰다.

그리고 무악을 향해 검을 뽑았다.

스르릉!

고된 수련 기간을 거치니 이제 검 뽑는 소리도 세련되게 바뀌었다. 잘 간 칼이 뽑히는 소리가 나는 것이다.

"등 뒤에 있는 불쌍한 영혼들을 풀어주던지 내 검을 받아라."

만해는 조용히 말했다. 그런 만해를 보며 무악이 입을 열었다.

"후후후……. 네가 그 멍청하기엔 당할 자가 없다는 제자로군!"

"……?"

"뭐, 들리는 소문에 의하면 세상을 구할 인물이라는 말에 속아서 이 세계로 입문했다고 하던데 그게 사실인 것 같군, 지금 하는 꼬락서니를 보니."

"이 검을 보고서도 그런 말이 나오느냐?"

만해는 검을 들어 올렸다.

"헉!"

검을 확인한 무악이 놀랐다.

"이게 그 유명한 혼월천검이다! 오직 선택된 자만 들 수 있지."

만해는 자랑스럽게 설명했다. 그런 자랑이 지금의 분위기에 안 어울린다는 생각이 안 드는 것은 아니지만 어쨌든 검은 자랑하고 싶었다.

무악은 검을 아래위로 확인한 후 고개를 끄덕였다.

"허, 좋은 검인 건 인정하마. 그게 전설처럼 세상을 구할지는 의문이지만. 더구나 네 손에 들어가 있으니 더 안 믿어지는군. 그나저나 내가 충고 한마디 할까?"

"뭐지?"

"그렇게 함부로 검을 빼서 자랑하지 마라! 스스로에게 자신이 없는 놈들이나 좋은 자동차나 돈 자랑을 하는 거야. 자기의 능력은 제대로 내세울 게 없으니까 말이다. 진정한 퇴마의 세계에서는 그런 검으로 자랑을 하면 안 되지."

"……!"

만해는 순간 속마음을 들킨 것 같아 얼굴이 화끈거렸다. 그건 사부인 노승도 마찬가지였다. 방금 한 무악의 말이 틀린 것이 없었기 때문이다.

"내가 믿는 것은 바로 실력이다. 강한 힘만이 나를 보호할 수 있지!"

"그런 놈이 등 뒤에 불쌍한 영혼들을 죽 달고 다니냐?"

노승이 뒤에서 말했다. 무악은 노승 쪽으로 몸을 돌리며 말했다.

"어쨌든 악귀만 퇴치하면 그만 아니냐? 악귀를 퇴치하는 데 또 다른 악귀를 쓰던 그건 네가 알 바 아니지."

"네 눈엔 저 불쌍한 아이가 보이지 않느냐?"

노승이 몽달이를 가리키며 말했다.

무악은 노승이 가리키는 곳은 보지 않고 말을 이었다.

"내가 왜 저 꼬맹이 귀신을 불쌍해해야 하지?"

"끝까지 모른 척하는군. 네가 저 아이의 부모를 깃발 안에 봉인하지 않았나?"

"뭐라고?"

무악은 놀란 얼굴을 하더니 몽달이를 보았다. 그러더니 갑자기 웃음을 터뜨렸다.

"크하하하! 그것들에게 아이가 있었군! 난 까맣게 몰랐지 뭐야!"

한참을 웃던 무악은 몽달이에게 다가가 손을 내밀었다.

"자, 가자! 너도 네 부모와 같이 있게 해줄게."

그러나 몽달이는 몸을 부들부들 떨고 있을 뿐이었다.

"그 아이를 그냥 둬!"

뒤에서 만해가 소리쳤다.

그러나 순간 무악의 얼굴에서 음침한 미소가 떠올랐다 사라졌다. 그리고 내밀지 않은 다른 손을 몽달이를 향해 뭔가를 휙 던지듯 했다.

그물이었다. 전에 몽달이의 엄마인 여귀를 잡을 때 썼던 그 그물이 몽달이를 덮친 것이다.

"오랄 때 빨리 올 것이지!"

무악은 극악한 표정을 지으며 몽달이를 가둔 그물을 들어 올렸다.

너무 갑작스러운 상황에 노승과 만해, 어느 누구도 막지 못했다.

"지금 뭐 하는 짓이지?"

노승이 앞으로 나서며 호통 쳤다.

"보면 모르나? 이 녀석 소원대로 해주려고 한다. 지 부모하고 같이 있도록 말이야."

"정말 말로 하면 안 되겠군!"

노승은 분개하며 무악에게 달려들었다. 그 순간이었다.

탕!

어디선가 총소리가 났다.

일행은 동작을 멈추고 총소리가 난 곳을 보았다. 한 반장이었다. 그때까지 아무 말 안 하고 사태를 보고 있던 한 반장이 드디어 끼어든 것이다.

"귀신들끼리의 사태면 제기 개입히지 않아도 될지 모르겠는데 아이를 유괴하는 것은 엄연한 범죄 행위입니다."

한 반장의 진지한 말에 무악은 그물을 들어 올리며 반문했다.

"댁의 눈에는 얘가 아이로 보이나? 보인다고 다 보이는 대로 믿지 말게. 그리고 이건 우리들 일이야! 민간인은 끼어들지 마라!"

스르릉!

어디선가 검을 뽑는 소리가 났다.

만해가 어느샌가 넣었던 혼월천검을 다시 뽑아 든 것이다.

"그럼 우리끼리 해결해 볼까?"

"그 검 자꾸 뽑지 말라니까!"

무악은 신경질적으로 말하며 몸을 돌려 산 아래로 내려가기 시작했다. 어깨에 멘 그물 안에는 몽달이가 애처로운 눈길로 일행을 쳐다보고 있었다.

일행을 철저히 무시하는 무악의 행동에 노승 일행은 오히려 어리둥절했다.

그러나 그것도 잠시 곧 정신을 차리고 노승이 무악의 뒤를 쫓기 시작했다.

무악은 뒤에서 다가오는 기의 파동을 느꼈다. 그리고 그물을 저 아래로 던져 놓은 뒤 공중으로 날아올랐다.

무악이 있던 곳으로 노승의 찰흙이 작렬했다.

파파팟!

그동안 쌓은 내공만큼 노승의 찰흙 던지는 실력은 일취월장해 있었다. 찰흙이 떨어진 곳에 50센치가 넘는 구덩이가 파인 것이다.

비록 찰흙은 피했지만 공중으로 뜬 무악은 안심할 처지가 아니었다. 노승이 다시 찰흙을 던진 것이다. 떨어질 위치까지 정확히 계산해서 던진 노승의 찰흙을 공중에서 피하기가 어렵다고 느낀 무악은 뒤에 있는 깃발 중 초록색을 꺼내 들었다.

저 안에서는 또 어떤 악귀가 나올까? 일행의 시선이 급박한 와중에서도 초록색 깃발로 모아졌다.

좌아악!

초록색 깃발은 그동안의 깃발과는 달리 뚜껑이 열리거나 하지 않고 그 자체가 좍 펼쳐졌다.

틱!

불같이 날아가던 찰흙은 활짝 퍼진 초록색 깃발에 맞고 툭 떨어졌다.

깃발로 보인 그것은 깃발이 아니라 단순히 우산이었던 것이다.

"크크크! 비 올 때를 대비해서 가지고 다니던 건데 이렇게 유용하게 쓰이는구만."

낭패한 표정의 노승을 보며 통쾌하게 웃던 무악이 웃음을 싹 거두며 말했다.

"한 번만 더 그 딴 것으로 덤비면 가만 안 두겠다!"

그러더니 갑자기 노승에게 손짓을 했다.

쉬이익!

뭔가 붉은 것이 노승을 향해 날아갔다.

"아앗!"

붉은 깃발이었다. 그것을 확인한 노승은 피할 겨를도 없이 반사적으로 얼굴을 가렸다. 만해와 한 반장 역시 놀라 눈을 크게 떴다. 붉은 깃발에서 뭔가가 나오더니 노승의 얼굴에 작렬했다.

코피가 분수처럼 팍 튀어 오르면서 노승은 옆으로 쓰러졌다.

"안 돼!"

만해가 달려가 노승을 안아 올렸다.

충격이 컸는지 노승은 눈을 게슴츠레 뜨고 있었다.

"나쁜 놈! 한 번만 더 덤비면 가만 안 두겠다더니… 아직 덤비지도 않았는데……!"

말을 마친 노승은 정신을 잃었다.

노승은 상대가 방심했을 때를 노려 공격하는 무악의 비겁함에 당한 것이다.

만해는 정신을 잃는 노승을 보며 노승을 그렇게 만든 것을 찾아보았다. 붉은 깃발에서 나온 것은 대머리의 남자였다. 아니, 정확히는 대머리남귀였다.

나오면서 대머리로 노승의 안면을 강타한 것이다. 자신이 한 일을 아는지 모르는지 대머리남귀는 저편에 멍하니 서 있었다. 그 역시 세뇌된 채 깃발 안에서 명령만 기다리는 처지가 된 귀신인 것이다.

"나쁜 놈!"

만해는 정신을 잃은 노승을 바닥에 던져 두고 혼월천검으로 무악을 가리켰다.

"너는 내가 상대해 주지!"

무악은 이쪽이 아니라는 듯 손가락을 저었다. 그리고 가운뎃손가락으로 저편을 가리켰다.

"일단 우리 대머리총각부터 상대해야지!"

그 말이 떨어지기 무섭게 대머리남귀는 머리를 앞세워 돌진해 들어오기 시작했다. 혼령의 공격이 아니라 마치 황소가 뿔을 앞세우고 돌진하는 것처럼 느껴졌다.

만해는 혼월천검을 휘두르려다 고개를 젓더니 검집에 넣었다. 자신이 무슨 일을 하는지도 모르는 불쌍한 혼령에게 검을 쓰고 싶지 않던 것이다. 그리고 방향을 살짝 틀어 공격을 피하려 했다.

퍽!

그러나 역시 방향을 튼 대머리남귀의 머리가 만해의 배에 정확히 작렬했다.

"욱!"

창자가 끊어지는 듯한 고통을 느끼며 만해는 배를 부여잡고 뒹굴었다. 그러나 곧 자리에서 벌떡 일어나더니 혼월천검을 꺼내 들었다.

"덤벼! 덤벼!"

좀 전에 잠시 들었던 자비심은 온데간데없었다.

대머리남귀는 만해가 든 검을 보더니 멍한 가운데서도 가까이 다가오지를 못했다. 본능적으로 두려움을 갖는 것 같았다.

쉬이익!

순간 대머리남귀는 연기처럼 변하며 무악이 들고 있던 깃발로 빨려 들어갔다.

"과연 명불허전이군! 아무 감정도 없을 우리의 일자무식이도 두려워하는 걸 보니!"

무악은 만해의 검을 보며 말했다.

한편 둘이 싸우는 틈을 타 한 반장과 김 박사는 몽달이가 갇혀 있는 그물로 슬쩍 다가갔다.

그리고 무악의 눈치를 보며 그물을 풀기 시작했으나 그물은 쉽게 풀리지 않았다.

"아니, 이거 이상한데? 내가 소싯적에 그물을 좀 다루어봤는데……."

김 박사는 중얼거리며 낑낑거리고 있었다.

노승은 아직도 정신을 놓고 있었다. 이제 나이가 더 들어서인지 다치더라도 쉽게 회복되지 않는 듯했다.

무악과 만해는 서로 정탐전을 펼치듯 노려보았다.

"그 검이 없다면 네가 할 수 있는 게 뭐냐?"

무악이 만해를 자극시키는 말을 던졌다. 항상 콤플렉스로 가지고 있던 만해는 그 말에 발끈했다.

"당신은 얼마나 잘나서 그런 소릴 하는 거지? 기껏 한다는 게 요상한 사술로 불쌍한 원귀들을 가두어놓고 그들을 이용하는 주제에!"

"불쌍하다는 소리는 이제 그만 하지 그래. 도대체 이들이 뭐가 불쌍하다는 거야. 자신들이 있어야 할 곳에 있지 않고 인간들 세상에 나타나 인간들을 괴롭히고 있는데 말이다."

"그런 원귀들을 제자리로 돌려놓는 게 바로 우리의 임무지!"

"임무 좋아하네! 그런다고 누가 상주나? 누가 밥을 주냐고?"

"밥은 가끔 얻어먹었다! 양이 좀 안 차서 그렇지!"

"이아앗! 웃기는 소리!"

서로 쓸데없는 말을 주고받던 두 사람은 먼저 흥분한 무악의 공격으로 다시 싸움을 시작했다.

무악은 만해를 노려보며 뭐라고 중얼거렸다.

갑자기 혼령들이 나타나 만해를 죽 둘러쌌다.

만해는 무악이 등 뒤 깃발 안에 있는 혼령들을 보낸 것으로 보고 무악을 보았으나 무악의 등 뒤에는 깃발이 그대로 꽂혀 있었다.

무악은 만해 앞에 가공의 귀신들을 불러 세운 것이다. 마치 손오공의 분신술 혹은 최첨단의 홀로그램 같은 주술이었다.

"이런 흑술을 부리다니……."

만해가 무악을 보며 중얼거렸다. 그때 깨어난 노승이 만해를 향해 외쳤다.

"걱정 마라! 그것들은 물리적인 힘이 없어 너를 해할 수 없을 것이다! 다 만들어진 가공의 것들이다!"

"탁!"

"억!"

그 말이 끝나기도 전에 만해의 머리통에서 불꽃이 작렬했다. 만해를 둘러싸고 있던 혼령들 중 하나가 만해의 머리를 갈긴 것이다.

"우씨! 물리적인 힘이 없다면서요?"

만해는 머리를 만지며 그것들을 만든 무악을 탓하는 게 아니라 자신에게 잘못된 정보를 제공해 준 노승을 보며 투덜거렸다.

그러나 노승은 만해를 보고 있지 않았다. 무악을 바라보고 있었던 것이다. 노승의 시선을 따라 무악을 본 만해의 두 눈은 커졌다. 무악의 손에 어느샌가 여러 개의 깃발이 들려 있었다. 등 뒤에 남은 깃발과 꺼내 든 깃발의 숫자가 비슷해 보였다.

"그렇다면?"

만해는 자신의 주위에 늘어서 있는 영들을 바라보았다. 홀로그램 같은 가상의 영들은 이 중 일부였다. 그들은 노승의 말대로 무서운 게 아니었다. 하지만 무악의 손에 들고 있는 깃발로 미루어보아 이 중에 무악이 세뇌해서 다니는 진짜 혼령들이 숨어 있다는 얘기였다.

만해의 머리를 갈긴 것도 그중 하나일 터였다.

"좋다! 한번 해보자 이거지!"

만해는 혼월천검을 높이 쳐들었다. 과연 효과가 있었는지 만해를 둘러쌌던 혼령들이 만해의 옆으로 더 이상 다가오지 못했다.

만해는 내친 김에 영들을 향해 검을 휘두르기 위해 팔을 내렸다.

"안 돼!"

노승이 갑자기 소리를 질렀다. 검을 휘두르려던 만해는 깜짝 놀라 허공을 갈랐다. 검을 엉거주춤하게 휘두른 것이다.

"왜요?"

만해가 불만 섞인 목소리로 말했다.

"혼월천검을 그렇게 다짜고짜 휘두르면 어떡하냐?"

"그래야 저 혼령들이 다 소멸되죠!"

"그럼 저 아이의 부모 혼령은?"

"아!"

만해는 그제야 자신의 실수를 깨달았다. 당장 위험하다고 해서 혼월 천검을 무작정 휘두른다면 저 앞에 있는 혼령들이 모두 소멸되어 버릴 수 있었다. 그리고 그건 몽달이의 부모 혼령을 떠나 무악의 사주를 받고 있는 다른 선량한 혼령들에게도 못할 짓이다.

픽!

망설이고 있는 사이 뭔가가 만해의 정수리를 정확하게 가격했다.

쓰라린 고통과 함께 뜨거운 액체가 이마로 줄줄 흘러내렸다. 그것을 보고 있던 노승은 끔찍하다는 표정을 지으며 고개를 옆으로 돌렸다.

"뭐야, 이거?"

만해는 손을 들어 정수리를 만졌다. 끈적끈적한 것이 만져졌다. 손을 눈앞으로 가져와 그것을 본 만해의 눈이 휘둥그레졌다.

"피잖아!"

만해는 놀라 외쳤다. 만해의 눈이 분노로 활활 타오르더니 혼월천검을 다시 휘두르기 시작했다.

"안 된다니까! 어어!"

노승이 소리 지르며 말렸으나 막을 수는 없었다. 이미 폭주가 시작된 것이다.

그러나 몽달이의 부모 혼령이 소멸될 걱정은 하지 않아도 됐다. 만해의 검은 주변에 둘러싼 혼령들에게 향하는 것이 아니라 막바로 무악의 목줄기를 향해 휘둘러지고 있었기 때문이다.

"어어?!"

혼령들하고나 대적할 줄 알았지 자신에게 이렇게 직접적으로 공격해 올 줄은 꿈에도 몰랐던 무악은 뒤로 몇 발짝 물러섰지만 어느새 혼월천검의 날이 무악의 목에 닿았다.

무악이 제대로 걸린 것이다.

"후후후. 이거 겁나는군."

무악이 만해에게 말했다. 그러나 그 말과 달리 실제로는 두려워하지 않는 눈치였다.

무악은 뒤쪽에 있던 깃발을 앞으로 들어 보였다. 어느새 깃발을 더 뺀 것이다. 당연하게도 무악은 피하는 것보다 깃발을 빼는 동작이 더 익숙하고 빠른 사람이었다.

"너를 둘러싸고 있던 영 중 저 애의 부모 혼령은 없었지. 지금 네 뒤에 나타나 있잖아. 뒤를 봐."

만해는 슬쩍 뒤를 보았다. 그러나 아무것도 없었다.

"후후후. 속았지롱!"

무악은 말과 함께 깃발의 뚜껑을 툭 뽑았다. 깃발은 뽑았으나 아직 뚜껑은 열지 못한 상태였던 것이다.

순간 만해의 뒤로 남귀와 여귀가 실제로 나타났다.

엄마! 아빠!

한 반장과 김 박사가 나름대로 열심히 풀고 있었으나 아직도 풀리지 않은 그물에 갇혀 있던 몽달이가 그 두 혼령의 모습을 보며 외쳤다. 그들이 몽달이의 부모였던 것이다.

그분들은 좋은 분들이에요! 안 돼요!

그러나 남귀와 여귀는 그런 몽달이의 외침이 들리지 않는 듯 만해를 향해 공격해 갔다.

만해는 무악을 겨누고 있던 혼월천검을 거두며 두 혼령의 합동 공격을 간신히 피하며 외쳤다.

"나는 아니오! 당신들을 도와주러 왔⋯⋯!"

그러나 여귀는 만해가 말을 채 끝내기도 전에 손톱을 세우며 다시 공격해 들어왔다.

"앗!"

노승이 깜짝 놀라 외쳤다. 여귀의 다섯 손가락이 정확히 만해의 심장을 향하고 있었기 때문이다. 저 엄청나게 날카로운 손톱에 심장이 적중된다면? 거의 총탄에 맞는 것과 마찬가지의 치명상을 입을 것이다. 만해의 심장이 그대로 꺼내질지도 몰랐다.

미처 피할 틈이 없었던 만해는 순간 굳은 것처럼 멍청히 서 있었다.

그때였다. 간신히 풀린 그물에서 빠져나온 몽달이가 두 사람 사이로 뛰어들었다.

안 돼요!

픽!

여귀의 손톱은 그 사이로 뛰어든 몽달이의 가슴을 찌르고 말았다. 영(靈) 대 사람도 마찬가지지만 영 대 영은 물리적인 치명상을 입힐 수 있었기에 노승과 만해는 깜짝 놀라 몽달이를 보았다.

역시 몽달이는 치명상을 입은 듯, 모습이 흐려졌다 선명해졌다 하고 있었다.

어, 엄마!

몽달이는 엄마를 불렀다. 그러나 대답해 줄 엄마는 앞에 있었지만 대답을 못하는 처지였다.

"크크크. 잘하는군! 어미가 자식의 가슴을 그렇게 찌르고 말이야!"

무악이 얄밉게 웃으며 다가왔다.

"나쁜 놈!"

엄마… 엄마…….

의식이 흐려지는 듯 몽달이가 엄마를 자꾸 불렀다. 몸의 형체도 점점 희미해져 갔다. 여기서 몽달이가 사라진다면 몽달이는 말 그대로 소멸될 수밖에 없었다.

그때였다.

몽… 몽달이니?

손톱을 세우고 아무 의식 없는 얼굴로 서 있던 여귀의 얼굴에 비로소 감정이라는 것이 떠올랐다.

"앗!"

노승과 만해가 놀라 절로 비명을 외쳤다. 그러나 역시 가장 크게 놀란 것은 무악이었다.

지금까지 한번 최혼술에 걸린 영치고 정신이 돌아온 적이 없었기 때문이다.

어… 엄마…….

희미해져 가는 몸뚱어리 속에서 몽달이가 다시 엄마를 불렀다.

어떻게 된 거야? 이게 어떻게 된 거야……?

말은 그렇게 하면서도 여귀는 주위 상황만 보고도 상황을 파악할 수 있었다.

"에잇, 이리로 들어와라!"

무악이 여귀가 들어 있던 깃발을 들어 올렸다. 그러나 마땅히 빨려 들어가야 할 여귀는 들어가지 않았다. 대신 무악을 노려보았다. 당장이라도 덤빌 듯한 표정이었으나 지금은 몽달이가 급했다. 여귀가 몽달이를 데리고 날아오르려 했다. 그러나 몽달이의 몸은 여귀의 손에 잡히지 않았다. 그만큼 희미해진 것이다.

여귀의 얼굴이 점차 애처롭게 변하고 있었다. 몽달이가 이대로 소멸되어 버린다면 자신 역시 더 이상 혼령으로도 존재할 이유가 없었다. 몽달이와 같이 소멸되는 편이 더 나은 것이다. 자신의 자식인 몽달이가 인간 세상에서 의미있는 삶을 살기 전에 본의 아닌 죽음을 맞이하게 했는데 죽어서, 혼령이 되어서도 이렇게 허무하게 소멸되게 둔다면 몽달이를 두 번 세 번 죽이는 바보 같은 엄마가 되는 것이다.

턱!

갑자기 몽달이의 이마에 부적이 하나 떡하니 날아와 붙었다. 노승이 날린 것이었다.

희미해지던 몽달이의 몸이 점점 선명해졌다.

"소멸되는 영을 살릴 수 있는 부적이오!"

노승이 여귀를 보며 웃으며 말했다. 그 부적은 노승이 실수로 죄없는 혼령을 잘못 소멸시켰을 때를 대비해서 만들어 가지고 다녔던 것이다.

"하하하하!"

노승은 몽달이를 살린 기쁨에 만족스런 웃음을 터뜨렸다.

퍽!

그런 노승에게 남귀가 달려와 머리를 박았다. 노승은 또다시 날아가 쓰러졌다.

여보! 안 돼요!

직감적으로 노승 일행이 나쁜 사람들이 아니라는 것을 알아챈 여귀는 남귀를 말리기 위해 빠르게 다가갔다. 그러나 남귀는 자신에게 오는 여귀를 멍한 눈으로 노려보고 있었다. 무악에 의해 지배를 받는 만큼 저러다가 당장이라도 여귀도 공격할 태세인 것이다.

예상대로 무악의 손가락이 슬쩍 움직였다. 남귀의 몸이 기형학적으로 휘더니 여귀를 향해 쏘아져 나갔다. 여귀가 남귀에게 다가가는 속도와 남귀가 쏘아오는 속도가 엄청났다.

쾌쾅!

둘이 충돌하자 뭔가 폭사하는 소리가 나며 자욱한 연기가 퍼져 나갔다. 그 연기가 걷히자 현장의 모습이 드러났다. 여귀와 남귀의 혼령이 찢겨 있었다. 그나마 인간 같은 신체를 가지고 있었는데 방금의 충돌로 온전한 모습이 아니라 교통사고라도 당한 사람의 몰골로 바뀐 것이다.

앞뒤 안 가리고 달려든 남귀는 그 자리에 쓰러져 정신을 잃은 듯했고 여귀의 상태도 심각했다. 머리가 깨지고 다리는 어디론가 날아가 너덜거리고 있었던 것이다.

으…… 여, 여보…….

고통스러운 신음 소리를 내며 여귀는 처참한 몰골로 남귀를 불렀다. 그런 상태에서도 남귀의 상태가 걱정된 것이다. 그러나 남귀는 죽은 사람처럼 꼼짝도 안 했다. 크게 걱정할 것은 없었다. 소멸되지 않으면 어쨌든 죽었어도 살아 있는 것이 혼령이기 때문이다.

그러나 여귀는 다리를 절며 필사적으로 남귀에게 다가갔다.

그리고 쓰러져 있는 남귀의 손을 꼭 잡았다. 죽은 뒤로는 더 이상 상대의 체온을 느낄 수 없지만 여귀는 살아생전의 남귀의 손의 감각을 뚜렷이 기억하고 있었다.

따뜻해…….

여귀가 눈을 감고 중얼거렸다. 무악이 저편에서 이들을 노려보고 있었지만 여귀는 그런 것쯤은 상관하지 않는 듯했다.

그사이를 노려 만해가 무악에게 다가갔다. 혼령에게만 쓰도록 되어 있는 혼월천검을 다시 꺼내 들었다. 죽일 생각은 당연히 없었다. 그저 철저히 혼을 내줘야 앞으로 다른 영들을 가지고 놀 생각을 하지 않을 것이다.

그러나 그것은 만해 생각이었다. 무악은 만해가 다가오는 것을 알고 있었던 것이다. 그는 손에 몰래 쥐고 있던 푸른색의 깃발을 슬쩍 올렸다.

순간 만해의 머리 위로 소복을 나풀거리며 날아오르는 여귀가 보였다.

퍼억!

만해의 뒤통수에 엄청난 충격이 가해졌다.

"윽!"

갑작스런 충격에 만해는 혼월천검을 놓친 채 앞으로 고꾸라졌다. 그 모습을 확인한 무악은 큰 소리로 웃으며 만해에게 다가왔다.

"하하하! 소문보다는 쓸 만한 놈인 것 같긴 한데 아직 나한테는 안 되지!"

그는 혼월천검을 줍기 위해 몸을 굽혔다. 그러나 혼월천검에 손이 닿기 전 무슨 생각이 들었는지 손을 다시 거두었다.

"참! 잊을 뻔했군, 이 검은 주인이 아닌 자가 들면 탈이 난다는 사실을."

무악은 고개를 저으며 얄미운 목소리로 말했다.

저편에서는 여귀가 손을 잡고 있던 남귀가 깨어나고 있었다. 충돌할 때의 충격 때문인지 아직 원상태로는 회복이 안 된 것 같았다.

여귀는 남귀이 손을 놓으려 했다. 아직 남귀가 최혼술에 의해 지배 당하고 있다면 지금 자신의 상태도 더 위험해지기 때문이다. 일단 남 귀의 의식이 돌아왔으니 여귀는 잡았던 손을 떼고 몽달이에게 가려고 했다. 그때였다.

여귀의 손을 강하게 잡아당기는 힘이 있었다.

헉!

여귀는 놀라 그 손을 보았다. 바로 자신이 계속 잡고 있었던 남귀의 손이었다.

그리고 여귀를 더 놀라게 한 것은 다음이었다.

여보……

남귀가 자신을 부른 것이다. 어쩔 수 없이 원귀가 됐지만 참 금실 좋던 부부였다. '여보'라는 말 한마디에 모든 것이 씻겨 내려가는 것 같았다.

여보……

남귀가 다시 불렀다. 완전히 정신이 돌아온 것이다. 여귀의 사랑이 남귀를 돌아오게 한 것이다. 여귀는 혼령이 된 뒤 나오지도 못하는 눈물이 쏟아지려고 했다. 그러나 지금 중요한 것은 그게 아니었다.

무악의 손아귀에 놓인 만해가 문제였던 것이다. 그도 자신을 도와주려고 애쓴 사람이었다.

여귀는 고개를 돌려 만해 쪽을 보았다.

무악이 푸른색의 깃발 속의 여귀를 이용해 만해를 괴롭히고 있었다. 푸른색 깃발 속의 여귀는 정신을 차리지 못하는 만해를 때리며 마음껏 농락하고 있었다. 한 반장과 김 박사는 그 모습을 보면서 어떻게 도와야 할지 몰라 발만 동동 구르고 있었다.

남귀와 여귀는 서로 바라보았다. 그동안 자신들을 괴롭힌 무악이 저기 있었다. 지금 그는 남귀가 제정신이 돌아온 것을 알지 못했다. 남귀는 여귀에게 눈짓을 했다. 예전처럼 말하지 않아도 여귀는 남귀의 마음을 알 것 같았다.

남귀의 눈이 갑자기 멍한 상태로 되돌아갔다. 그리고 천천히 무악 쪽으로 이동하기 시작했다. 여귀는 그 자리에 누워 남귀에게 당한 시 늉을 하고 있었다. 무악은 자신에게 다가오는 남귀를 보자 돌아오려는 줄 알고 남귀가 들어 있던 깃발을 열었다. 그러나 남귀는 그 안으로 들 어가지 않았다.

주먹을 불끈 쥐고 무악에게 달려든 것이다. 엄청난 속도였다. 남귀 의 주먹이 무악의 턱을 강타했다.

"헉!"

무악은 외마디 비명을 지르며 뒤로 나가떨어졌다. 그 뒤를 날아올라 다가온 여귀가 손톱을 세운 채 내리꽂았다. 여귀의 손톱은 정확히 무 악의 심장을 향했다.

푹!

스윽! 스윽!

여귀의 손톱이 닿은 무악의 심장 부분에서 뭔가가 베어지는 소리가 났다.

저편에서 정신을 차린 노승이 그것을 보았다.

"안 돼!"

노승은 큰 소리로 외쳤으나 다음 순간 여귀는 피가 뚝뚝 떨어지는 무악의 심장을 손에 쥐고 들어 올렸다. 노승은 기어가 무악의 몸을 보 았다. 심장 있는 곳이 동그랗게 오려져 있었다. 회생 가능성은 제로였 다. 무악의 눈은 놀란 그대로 부릅떠 있었다. 천하제일 막강퇴마사 무 악의 허무한 최후였다. 교통사고처럼 단 한 순간이었다. 노승은 믿기 지 않는다는 듯 고개를 흔들었다.

"이렇게 허망하게 가다니!"

그때였다.

가다니? 누가 갔단 말인가?

무악의 목소리가 들렸다. 깜짝 놀란 노승은 옆을 보았다. 창백한 얼굴의 무악의 혼령이었다. 무악은 죽음과 동시에 혼령이 된 것이다.

"쯧쯧. 빨리도 나왔군. 살아생전에 좀 잘하지 그랬나? 결국 이렇게 갈 것을……."

노승의 말에 무악의 혼령은 놀라 가까이 접근해 왔다. 그제야 무악은 노승 앞에 있는 자신의 시체를 보았다.

저, 저건!

시체는 많이 봐왔지만 자신의 시체를 본 것은 처음인 무악은 충격으로 말을 잇지 못했다.

내, 내가 죽은 건가?

그 말에 노승은 고개를 끄덕였다. 그때였다. 무악 시체의 등 뒤에 매달려 있던 깃발에서 뭔가가 스멀스멀 나오기 시작했다. 무악이 데리고 다니던 혼령들이었다. 그들은 무악이 죽음으로써 그들을 속박하고 있던 최혼술로부터 깨어난 것이다. 어느새 죽 늘어선 혼령들 앞에 여귀와 남귀 부부가 떡하니 섰다. 무악을 바라보는 그들의 눈길은 매서웠다. 그들이 무악에게 무슨 일을 하려는지 짐작한 노승이 말리기 위해 입을 열었다.

"그냥 심판을 받게 두……."

노승의 말이 끝나기도 전에 혼령들은 무악의 혼령에게 달려들었다.

으아아!

고통스러운 무악의 비명이 들렸다. 무악의 혼령이 깃발에서 나온 혼령들의 팔에 이끌려 어디론가 사라지기 시작한 것이다. 순식간에 혼령들과 무악의 영은 사라지고 그 자리에는 남귀와 여귀 부부만 남았다.

그들은 만해가 깨어나기를 기다리고 있었다. 잠시 후 만신창이가 된 만해가 정신이 드는지 꿈틀거리기 시작했다.

"내 혼월천검!"

서서히 깨어날 줄 알았던 모두의 기대를 저버리고 만해는 검을 외치며 갑자기 벌떡 일어났다.

"저기 있다. 아무도 안 건드리니까 걱정 마라. 그 검이 그렇게 좋으냐?"

노승이 못마땅한 얼굴로 중얼거렸다. 만해는 검 있는 곳으로 달려가 꼭 안았다.

마치 자기 자식을 안는 듯한 모습이었다. 자식을 안고 있는 것은 그 옆에 있었다. 남귀와 여귀가 몽달이를 꼭 안고 있었던 것이다.

"참 똘똘한 아이를 두었군."

노승이 두 혼령에게 말했다. 죽은 몸이지만 자기 자식 칭찬을 듣자 기쁜지 두 혼령은 만면에 웃음을 띠며 답했다.

고맙습니다.

각자 떨어졌다가 이제 다시 하나가 된 귀신 가족은 진심이 담긴 눈길로 노승 일행을 바라보았다. 노승은 고개를 끄덕인 뒤 몽달이에게 다가갔다.

"이제 부모님을 찾았으니 다른 아이들에게 찾아가면 안 된다?"

예!

몽달이는 활짝 웃으며 대답했다. 몽달이에게 처음으로 보는 어린아이다운 웃음이었다.

그들은 다시 노승 일행에게 감사를 표하고 이제는 다시 떨어지지 않겠다는 듯 뭉쳐서 어디론가 사라졌다.

그 모습을 내내 지켜보던 한 반장과 김 박사가 다가왔다.

한 반장은 대수롭지 않은 표정이었으나, 김 박사는 꽤 충격적이었는지 눈이 휘둥그레져 있었다.

"세상에 이런 일이!"

"세상엔 아직 믿기 힘든 수수께끼 같은 일이 많은 법이지요. 굳이 영혼들의 세계가 아니더라도."

그 말을 하며 노승은 검을 꼭 부여잡고 앉아 있는 만해를 바라보았다. 그렇게 맞았는데도 별 탈 없는 저 만해부터가 수수께끼였다.

"이제 아이들은 정상으로 돌아오겠군요."

한 반장이 혼잣말하듯 중얼거렸다.

"그렇겠지. 하지만 어른이 돼서도 몽달이를 기억하는 아이들이 있을 거야. 그 아이들은 남들이 보지 않는 것을 보았기에 그들은 다른 사람보다 사물을 대하는 폭넓은 생각을 가지게 될 테니 오히려 인생을 사는 데 더 나을 수도 있을 거야."

노승은 산중에 있는 공동묘지를 바라보며 말했다. 그 끝자락으로 부모의 손을 잡은 몽달이의 모습이 아른거리고 있었다.

제3화
결전

—1945년 9월 1일, 8.15 해방 일로부터 보름 후.

"저는… 살아왔습니다……."

어둠이 서서히 가을 하늘을 뒤덮으며 깔리기 시작하자 마을 사람들은 하나둘씩 마을 어귀의 느릅나무 밑으로 모여들기 시작했다. 저 멀리 보이는 마을 곳곳엔 집 밖으로 새어 나오는 흐릿한 불빛만이 어른거리고 있었다.

대낮에 줄기차게 울어대던 매미 소리는 어느새 잦아들고 이제는 귀뚜라미가 하나둘 울어대기 시작했다. 그러나 커다란 느릅나무 밑으로 어느새 잔뜩 모여든 마을 사람 중엔 그 소리에 귀를 기울이는 사람은 아무도 없었다.

정확한 햇수는 알 수 없었으나 그들이 모여 있는 느릅나무는 그곳에 모여든 마을 사람 어느 누구보다도 더 나이를 먹었을 것이다. 대략 400년은 지났을 것이라고 마을 어른들은 간혹 얘기하곤 했다. 이제는 마을의 상징이 된 그곳을 기점 삼아 모여든 사람들 앞에는 한 청년이 나무에 대항하듯 두 발을 약간 벌리고 주먹을 쥔 채 우뚝 서 있었다.

당당한 자세의 청년과 달리 청년 뒤쪽으로 밧줄로 묶인 채 겁에 질린 표정을 한 두 명의 사내가 무릎을 꿇고 앉아 몸을 떨고 있었다. 청년은 오랜 여행을 다녀온 것처럼 남루한 옷차림에 정리되지 않은 긴 머리가 바람에 휘날리고 있었다. 행색은 초라해 보였으나 눈빛만은 강하게 빛나고 있었다. 청년은 커다란 눈동자로 자신을 보고 있는 사람들을 바라보며 말을 하고 있었다.

"죽는 것이 더 나을 수도 있었겠지만……."

그곳에 아이, 어른, 노인 할 것 없이 마을 사람 모두가 모여 있었다. 그러나 청년을 바라보는 사람들에게선 숨 쉬는 소리조차 나지 않았다. 무심한 귀뚜라미 소리만이 적막한 공기를 뚫고 울려 퍼지고 있었다.

"…이렇게 살아왔습니다."

신마리. 이 마을은 아직도 시골에서 간간이 볼 수 있는 전형적인 씨족 마을이었다.

이씨 집안의 양반들로 구성되어 대대로 그 자손들끼리 무리를 이루어 사는 마을이었다.

그러나 지금은 그들이 데리고 있던 머슴들도 간혹 이곳에서 같이 뿌리를 내려가고 있었다.

하지만 아직도 마을의 거의 대부분은 이씨 집안의 친척으로 맺어져 거의 한 핏줄로 이루어진 것이나 다름없는 마을이었다.

"저주받은 몸… 돌아오지 않으려 했으나……."

탁! 탁!

그때 마을로 이어지는 조그만 길을 따라 누군가 다가오는 소리가 들렸다.

사람들은 일제히 고개를 돌려 그곳을 바라보았다.

망루를 쓴 흰 수염의 노인이 지팡이에 몸을 의지해 사람들이 모여 있는 느릅나무를 향해 걸어오고 있었다. 몸이 많이 불편한지 한 걸음 한 걸음 떼어놓는 것조차 힘겨워 보였다.

모여 있던 마을 사람들 중 몇 명이 부축하기 위해 노인에게 달려갔으나 노인은 팔을 휘저으며 다가오는 사람들을 물리쳤다. 대신 노인은 한 팔을 들어 나무 쪽으로 향하며 입을 열었다. 더듬거리고 떨리는 목소리였지만 그곳에 있는 사람들은 모두 그 말은 알아들을 수 있었다.

"우리 단적이… 우리 집안 장손이 살아왔다고……? 그게 정말이냐? 거기 서 있는 게 단적이냐? 내 손자 단적이! 우리 단적이 어디 있느냐?"

청년은 자신을 향해 힘겹게 다가오는 노인을 바라보며 계속해서 말을 이었다.

그러나 좀 전과는 달리 목소리가 조금씩 떨리고 있었다.

"갈 곳이 없었습니다. 저를… 저를 받아줄 수 있는 곳은 이곳밖에…… 오직 이곳밖에…….."

말을 채 마치기도 전에 청년은 더 이상 참지 못하고 자신에게 다가오는 노인에게로 달려갔다. 노인은 자신에게 달려오는 청년을 그 자리에 멈춰 선 채 바라보았다.

노인 앞에 선 청년은 그 자리에 쓰러지듯 무릎을 꿇으며 큰절을 올렸다.

"펴, 평안하셨습니까……."

"단적아! 단적이 맞느냐?"

믿기지 않는 듯 노인은 자신의 발 밑에 엎드린 청년에게 떨리는 목소리로 물었다.

"흐흑… 흑."

바닥에 그대로 엎드려 있던 단적에게서 억눌린 울음소리가 조그마하게 새어 나왔다. 단적은 터져 나오는 울음을 힘겹게 참아내고 있었다. 노인은 잠시 하늘을 바라보다 허리를 숙여 단적의 등을 어루만졌다.

어둠 속으로 보이는 노인의 눈가에도 눈물이 맺혀 있었다.

"잘 돌아왔다, 잘 돌아왔어. 이제 무슨 일이 있어도… 무슨 일이 있어도 널 보내지 않을 거다."

이 말에 엎드린 단적의 입에서 간헐적으로 흘러나오던 울음소리는 이내 커다란 절규로 바뀌었다. 그동안 가슴속에 담아두었던 모든 한(限)이 한꺼번에 몰려나오는 느낌이었다.

노인의 말은 계속 이어졌다.

"내, 너를 못 보고 세상을 떠날 줄 알았는데… 진작 죽었어야 할 목숨, 죽지 않고 버텨온 보람이 있구나. 쿨럭쿨럭!"

말을 마친 노인은 심한 기침을 뱉으며 그 자리에 주저앉아 숨을 힘겹게 몰아쉬었다.

"할아버지!"

단적이 깜짝 놀라 노인을 부축했다.

몰려 있던 마을 사람들 중 몇몇이 뛰쳐나와 노인을 부축하려 했다. 그러나 노인은 괜찮다는 듯 다시 한 번 팔을 저어 그들을 물리친 뒤 단적에게 양팔을 벌렸다.

"이놈, 내 손자 단적이…… 어디 한번 안아보자."

노인이 원하는 대로 단적은 그 품 안에 안겼다.

"할아버지… 할아버지!"

할아버지의 체취와 숨결을 그는 온몸으로 느끼고 있었다.

이게 얼마 만인가. 단적의 양 볼을 타고 흐르는 눈물은 쉽게 멈추질 않았다.

달조차 나오지 않은 밤의 어둠은 세상의 모든 사물을 집어삼키고 있었다.

느릅나무 밑에는 하나둘씩 횃불이 켜지고 있었다.

사람들은 아직도 그 자리에 꼼짝하지 않고 서서 단적을 바라보고 있었다.

노인은 곧 사람들의 부축을 받고 마을에 있는 집 안으로 다시 모셔졌다.

노인은 단적의 할아버지이자 일제 시대 때 격렬한 행동주의 독립운동가로 알려진 김차혼이었다. 해방 전 일본 군인들에게 여러 번 끌려가 옥살이를 하며 고문을 당한 덕분에 지금은 거동을 거의 못할 정도로 몸이 악화되어 집에서 꼼짝도 하지 못하는 상태다. 하지만 단적이 돌아왔다는 소식을 듣고 초인적인 힘을 발휘해 집 밖으로 나온 것이었다.

할아버지를 보낸 단적은 눈을 감고 마음을 가라앉히고 있었다. 그렇게 얼마나 있었을까?

눈을 번쩍 뜬 단적의 손이 무릎을 꿇고 앉아 있는 두 명의 사내에게로 향했다. 사내들은 공포에 질려 무슨 말인가를 마구 내뱉었다. 거기 있는 마을 사람들은 그들이 내뱉는 말이 일본말인 것을 알았다. 그리고 그 사내들이 얼마나 공포에 떨고 있는지도 역시 느낄 수 있었다.

그러나 마을 사람들은 아무런 미동도 없이 단적의 행동을 지켜볼 뿐이었다.

"으아아아악!"

단적의 얼굴이 그들에게 닿자 사내들은 온몸의 피가 휘돌아치며 빨려 나가는 것을 느끼며 비명을 질렀다. 그러나 그 비명도 잠시뿐, 사내들은 자신의 몸속에 스스로를 지탱해 줄 힘이 하나도 남아 있지 않다는 것을 느꼈다. 더 이상 소리를 지를 수도 없었다.

그들은 곧 창백한 모습으로 그 자리에 쓰러졌다.

마을 사람들 중 일부는 그 광경을 보고 눈살을 찌푸리기는 했으나 자리를 떠나는 사람은 아무도 없었다.

느릅나무 아래는 사내들의 몸에서 흘러나온 피로 흥건히 젖어 있었다. 잠시 동안 그렇게 땅 위에 고여 있던 피는 천천히 땅속으로 스며들어 갔다.

온몸이 피로 범벅이 된 얼굴을 한 단적은 고개를 들어 마을 사람들을 바라보았다.

마을 사람들 또한 단적을 바라보았다. 서로를 그렇게 보고 있을 뿐 누구도 입을 열지 않았다. 단적의 입에서는 핏방울이 뚝뚝 떨어지고 있었지만 눈은 오히려 조금 전보다 더욱 빛나고 있었다.

단적의 빛나던 눈이 그들을 보며 점차 슬프게 변해갔다.

이윽고 단적이 그들을 향해 무겁게 입을 열었다.

"저는… 이렇게……."

"그만두게."

단적의 말을 가로막으며 한 노인이 앞으로 나섰다. 단적은 그를 바라보았다. 당숙인 김차산이었다. 얼굴은 주름으로 가득했지만 두 눈에서 내뿜는 안광은 여전했다.

노인은 단적의 피투성이 얼굴을 보며 말을 이었다.

"잘 돌아왔네, 단적. 우리는 결코 자넬 버리지 않을 걸세."

—2004년 서울.

나이트클럽의 현란한 조명이 춤을 추고 있는 사람들의 몸 구석구석을 핥듯이 스치며 지나갔다. 조명이 스쳐 가는 순간마다 사람들의 육체에 붙어 있는 세포들은 더욱더 격렬히 반응하고 있었다.

허리 사이로 맨살을 드러낸 유키코 역시 얼굴에서 땀방울이 뚝뚝 떨어지도록 열심히 몸을 흔들고 있었다. 얼핏 보면 청바지에 얇은 쫄티 차림의 유키코는 그저 수수해 보였지만 사이키 조명 아래로 비치는 그녀의 얼굴은 결코 그렇지 않았다. 화장을 짙게 한 탓도 있겠지만, 그녀는 뛰어난 외모의 소유자였다. 훤칠한 키에 날씬한 허리로 몸을 격렬하게 흔들고 있었다. 그것이 이 수많은 춤꾼들 사이에서 그녀가 유독 돋보이는 이유일 것이다.

그녀가 춤을 추는 이곳, 제니아 나이트는 일본 여자들이 한국 남자들을 사냥하러 오는 곳으로 유명했다.

일본에 비해 한국의 물가는 매우 저렴하기 때문에 일본 미혼 여성들은 약간의 돈으로 마치 옆 동네 놀러 오듯이 현해탄을 넘어왔다. 더욱이 요즘은 그 수가 부쩍 늘고 있는 추세다.

한국에 도착하면 먼저 찜질방에 들러 노폐물을 제거한 뒤 피부관리실에서 마사지를 받고 마지막으로 이곳에서 마음에 드는 한국 남자와 멋진 하루 밤을 보낸다.

그리고 다음날이면 아무 일도 없었던 듯 일본행 비행기에 타고 돌아가는 것이다. 최소의 비용으로 하룻밤 동안 최고의 혜택을 누리고 가는 것이다.

유키코는 계속해서 몸을 흔들며 암내를 풍기고 있었다.

'지금쯤이면 나를 찜한 남자가 서너 명쯤 나타나야 되는데……'

유키코는 곁눈질로 주위를 살폈다.

그러나 왠지 오늘은 자신에게 눈길을 주는 남자가 하나도 없는 것 같았다.

유키코는 조금씩 불안해지기 시작했다.

'오늘을 그냥 넘기면 한 달 동안 엄청 서운할 텐데……'

한 달 동안 회사에서 열심히 일하고 받은 월급 중 일정 액수를 한국에 갖고 와서 정해진 코스를 밟는 것이 유키코에게는 언제부턴가 중요 행사로 여겨졌다. 그런데 자칫하면 오늘 밤은 허탕 치고 일본으로 돌아가게 될까 봐 초조해지기 시작했다.

일본 남자들은 한국 남자들보다 재미가 없었다. 일본 남자들은 거의 두 종류로 나뉜다. 살벌하거나 변태거나. 물론 정상인 놈도 있었지만 그런 이들을 만나는 건 절대 쉬운 일이 아니다.

언젠가는 일을 치른 후 잠든 사이에 유키코의 은밀한 부위에 몰래 자기 이름을 새기려던 놈도 있었다. 그에 비하면 한국 남자들은 무척 귀여웠다.

한국 남자가 더 좋은 점은 뒤끝이 없다는 것이다. 좋다고 매달리거나 그 일을 빌미로 돈을 요구하지도 않았다.

하긴 일이 끝나면 자신은 비행기 타고 날아가 버리면 그만이니 감정이 싹튼다거나 그 이상의 무언가를 요구할 틈은 원래부터 원천 봉쇄된 거나 마찬가지였다.

말 그대로 이곳 남자들은 1회용 생리대나 마찬가지였다. 한 달에 한 번씩, 한 달에 한 명씩.

이런저런 생각을 하던 유키코는 자신 옆으로 누군가가 다가오는 것을 느꼈다.

모르는 척하고 계속해서 춤을 추던 유키코는 남자가 어느새 자신 옆에 바짝 붙은 것을 알아챘다.

실수 아닌 실수로 그 남자의 몸에 팔이 닿은 유키코는 갑자기 몸의 세포에서 소름이 쫘악 돋아나는 것을 느꼈다.

유키코는 잠시 춤을 멈추고 고개를 슬쩍 돌려 남자를 쳐다보았다. 순간 그녀는 자신의 눈을 의심했다.

어둠 속이었지만 유키코는 태어나서 이렇게 잘생긴 남자는 본 적이 없는 것 같았다.

'이런 사람은 영화 속에나 있는 줄 알았는데!'

유키코는 자신이 어느새 그 남자 손에 이끌려 테이블이 있는 곳까지 나왔다는 것을 뒤늦게 인식했다. 그 남자는 유키코를 보며 무슨 말인가를 하고 있었지만 유키코는 속으로 단 한 가지만 생각하고 있었다.

'오늘은 최고로 운 좋은 날이다!'

"한국말 못하세요?"

귀에 익은 단어들이 조합되어 들려오자 유키코는 비로소 정신을 차렸다.

"조금……"

유키코는 손가락으로 제스처를 써가며 대답했다.

'이럴 줄 알았으면 한국말 좀 열심히 배우는 건데……'

사실 유키코는 최근 들어 한국을 뻔질나게 왕래했어도 광란의 하룻밤을 보낸다는 한 가지 목적을 위해 왔기 때문에 의사 소통의 필요성을 별로 느끼지 않았다.

간단한 인사 정도와 밤을 같이 지내는 데 필요한 말들 몇 가지만 있어도 아무런 불편이 없었다. 오히려 한국 남자들은 말이 통하지 않는 자신을 더 귀엽게 생각하는 것 같았다.

그리고 한국엔 의외로 일본말을 할 줄 아는 사람들이 많았다.

그런데 지금은 자기 앞에 있는 이 남자에게 무슨 말이든 하고 싶은 충동이 일어나고 있었다.

'내가 왜 이러지?'

유키코는 전에는 느껴보지 못했던 부끄러움을 느끼면서도 얼굴을 들어 그 남자의 눈을 똑바로 바라보았다.

'사냥하기 좋을 때야.'

강찬은 자신 앞에서 자신의 눈을 똑바로 쳐다보는 여자를 바라보며 생각했다.

그러나 한 번쯤 더 확인할 필요가 있었다.

전에 바로 이곳에서 일본인으로 알고 데리고 갔던 여자가 한국인으로 확인되는 바람에 얼마나 난감했었는지 지금 생각해도 아찔했다.

그 여자는 남자와 투숙해서 돈이라도 훔칠 계획으로 일본 여자 행세를 했었는지 몰라도 바로 그것 때문에 모두를 곤란하게 만들었다.

막판까지 가서야 한국말로 소리치는 그녀를 보고 강찬은 이 일을 시작한 이래 가장 경악했었다. 그 일로 귀의 할아버지에게 심하게 꾸지람을 들었던 기억이 아직도 생생히 떠올랐다.

"도꼬까라 키키마스까(어디에서 왔습니까)?"

강찬은 바로 앞에 서 있는 여자에게 시험 삼아 일본말을 건넸다.

"도쿄까라 키키마스(도쿄에서 왔어요)."

곧바로 그녀의 대답이 돌아왔다.

말투나 발음으로 보아 어설프게 일본인 행세를 하는 한국 여자는 확실히 아닌 듯했다.

그것이 확인되자 강찬은 자신의 마음 깊은 곳에서 이때쯤이면 항상 느껴왔던 분노가 또다시 치밀어 올라오는 것을 느꼈다.

하지만 호의적으로 보이도록 그녀의 손에 자신의 손을 살짝 포개듯이 잡았다.

여자는 조금의 거리낌도 없이 강찬의 손을 그보다 더 적극적으로 잡아당겼다.

강찬은 싸늘한 미소를 지으며 지금 이 자리에서 당장이라도 이 여자를 해치우고 싶은 충동을 느꼈다.

'아니지. 그럼 우리의 계획이 어긋나지.'

마음속으로 고개를 설레설레 흔들며 강찬은 그녀의 손을 꽉 잡은 채 출입구를 향해 걸어갔다.

단적은 마을 어귀의 느릅나무 옆에 서 있었다.

잠에서 깨어났을 때 추적추적 비가 조금씩 내리고 있었던 것 같은데 이제는 비가 그치고 하늘엔 구름 몇 점 보이지 않았다. 달은 얼마 안 되는 그 구름에 가려 아직 보이지 않았지만 그래도 맑은 가을밤이었다.

가을밤의 상쾌함을 온몸으로 느끼며 단적은 느릅나무를 올려다보았다.

'녀석, 항상 제자리에 붙어 있군.'

세월은 흘러도 가장 더디게 변하는 건 이 느릅나무인 듯싶었다.

"나오셨습니까?"

저 멀리서 누군가가 단적에게 인사를 건넸다.

소리가 난 쪽으로 고개를 돌린 단적은 그것이 귀의란 것을 어둠 속에서도 한눈에 알아봤다.

귀의는 단적 쪽으로 다가왔다.

"잘 주무셨습니까?"

"그래, 별일없었겠지?"

"예, 단지 오늘이 수행하는 날이라 마을 청년들이 도시로 나가 있는 것 빼고는."

그때 구름에 가려져 있던 달이 모습을 드러냈다.

커다란 나무와 함께 드러나는 두 사람의 모습은 그간의 대화와는 어울리지 않게 묘한 부조화를 이루고 있었다.

분명히 귀의라는 사람이 존대를 하고 있었는데 그는 허리가 조금 구부러지고 얼굴은 주름으로 덮인 노인이었다. 반면 단적은 귀의보다 키는 훨씬 컸지만 이제 막 스무 살을 넘긴 듯한 젊은이였기 때문이다. 아무리 후하게 쳐주더라도 25살은 절대 넘어 보이지 않았다.

달빛이 비치는 쪽으로 고개를 돌린 단적의 얼굴은 강인하면서도 어딘지 모르게 차가워 보였다.

그런 단적의 얼굴을 대하던 귀의는 또다시 가슴이 서늘해지는 것을 느꼈다.

59년이었다.

59년 동안 변함없이 그 얼굴을 보았지만 그 느낌이 사라지는 경우는 거의 없었다.

더군다나 그 세월 동안 하나도 변하지 않는 얼굴을 지켜보고 있자니 그 서늘한 느낌은 더욱 강해져만 갔다.

하지만 귀의는 항상 그래 왔듯이 두려움을 마음속에 감추고 이야기하기 시작했다.

"지금 청년 네 명이 사냥을 나갔습니다. 상황이 점점 좋아지고 있으니 아마 실패할 가능성은 거의 없을 겁니다."

단적은 귀의의 말을 들으며 뒷짐을 지고 나무 쪽으로 돌아섰다.

귀의 역시 볼일이 끝났다는 듯 그런 단적을 향해 몸을 구부려 인사를 한 뒤 동네를 향해 조그만 오솔길을 따라 힘겹게 걸어가기 시작했다.

단적은 돌아가는 귀의의 뒷모습을 바라보며 이제 귀의에게도 마지막 때가 온 것 같다고 생각했다.

'시간은 언제나 흐른다. 단, 그것을 받아들이는 사람들에게만.'

단적은 자신의 내부에서 흘러가지 않는 시간을 생각해 내고 뭔지 모를 서글픔에 고개를 숙였다.

지워지지 않는 기억은 항상 시간을 멈추게 하는 법이다.

하늘에선 달이 다시 구름 속으로 흘러 들어가고 있었다.

잠시 후 고개를 든 단적은 오히려 조금 전보다 더 차가워진 얼굴로 하늘을 바라보았다.

귀의는 힘겹게 마을회관을 찾아들었다.

이제 몸이 정말 예전 같지 않았다.

'나이 때문일까?'

아니, 꼭 그것 때문만은 아닌 것 같았다.

이제 지팡이가 필요할 것 같다는 생각이 들자 점차로 나약해지는 자신에 대한 역겨움이 일었다.

마을회관의 문을 열고 들어서는 귀의를 보며 안에 있던 남자 몇 명이 몸을 일으켰다.

귀의는 그냥 앉아 있으라고 손짓을 한 뒤 안쪽으로 들어가 자리에 앉았다.

숨을 고르고 있는데 옆 자리에서 한 사내의 음울한 목소리가 들려왔다.

"자네도 이제 다 되었군. 지금이라도 진화를 부탁하는 게 어때?"

귀의는 옆을 돌아보았다. 상부의 목소리였다.

한때 친한 친구였으나 요즘은 왠지 예전처럼 가깝다는 생각이 들지 않았다.

그것 또한 육체적 차이에서 비롯되었을 것이라고 생각하니 또다시 서글픔이 밀려왔다.

귀의는 곁눈질로 상부를 훔쳐보았다.

탱탱한 피부, 가지런한 이, 그리고 저 탈색되지 않은 검은 머리카락……

자신이 상부와 같은 나이였을 때 귀의는 상부보다 훨씬 뛰어난 외모를 지니고 있었다.

자신에 비하면 상부는 왜소한 체격에 항상 초라해 보이는 인상을 주던 친구였다.

하지만 자신의 몸은 시간을 받아들여 조금씩 찌그러져 갔고 반면 진화를 선택한 상부는 그때의 그 모습 그대로 초라한 자신 곁에 당당히 앉아 있었다.

'이제 시간이 더 흐르면 난 흔적도 없이 사라져 버리겠지?'

귀의는 갑자기 밖으로 뛰쳐나가 단적의 발 밑에 머리를 조아린 뒤 영생을 받고 싶은 충동을 느꼈다. 용암처럼 솟아나는 그 열망은 귀의를 상기시키기에 충분했다.

귀의는 발갛게 된 얼굴을 번쩍 들어 창문을 바라보았다.

창 너머 어둠 속으로 구름에 싸인 달이 보였다.

귀의는 외로움을 느꼈다. 평생을 같이 지낸 사람들이 여기 있음에도 불구하고 자신이 알던 모든 사람들은 다 떠나간 것 같았다.

어둠.

죽은 이들이나 산 이들이나 자신 옆에 있던 또는 있는 이들은 저 어둠 속에서 살아간다.

귀의는 자신이 외로운 이유를 알아냈다.

그리고 단적에게로 달려가고픈 열망이 몸 안에서 점차 사라져 가는 것을 느꼈다.

거민은 자동차 뒷좌석에 쭈그리고 앉아 조금이라도 빨리 강찬이 나타나기만을 바라고 있었다. 그래서 한눈팔지 않고 아까부터 제니아의 출입구만 바라보고 있었지만 아직 강찬과 필히 그 옆에 있어야 할 여자는 모습을 드러내지 않았다.

거민은 좁은 차 안에 불편하게 앉아 있는 자신의 모습이 한심하게 느껴졌다.

　이런 우울한 기분이 들 때에는 아무 생각도 안 하거나 다른 생각을 하는 것이 최선이지만 이미 떠오른 생각을 막을 만한 의지력이 그에겐 없었다.

　차 안에 앉아 있다곤 하지만 자동차의 지붕은 거민의 키를 감당하기엔 너무 낮았다.

　그래서 거민은 허리를 똑바로 펴지 못하고 앞으로 숙이고 있었고, 무릎 또한 자동차 앞좌석에 닿아 옆으로 비스듬히 기울이고 있었던 것이다. 일정 시간이 지날 때마다 수시로 다리를 바꿔줘야만 다리가 저려오는 것을 그나마 피할 수 있었다.

　'젠장, 이 자식 왜 이리 안 나오는 거야.'

　거민은 자신도 강찬이와 같은 적당히 큰 키에 미끈한 얼굴을 가졌으면 하는 부질없는 생각을 다시 한 번 해보았다.

　앞좌석의 룸미러에 비춰지는 자신의 얼굴은 스스로도 외면하고 싶을 만큼 흉악해 보였다. 어렸을 때 입은 화상으로 한쪽 볼에는 일그러진 피부가 아직도 남아 있는 데다 원래 뼈가 굵직한 통뼈라 몸통은 물론 얼굴 자체도 엄청 커 보였다. 게다가 또 키는 왜 이리 자랐는지…….

　그의 모든 신체적 조건은 '너는 나쁜 놈일 수밖에 없다'라고 말해주는 듯했다.

　외모에 부응이라도 하듯 사냥에 나설 때면 자신은 항상 뒤처리를 맡거나 위협을 가하는 역할을 맡아왔다. 범상한 얼굴로는 절대 할 수 없는 일들을 주로 해치우는 것이다.

　남들은 거민이 주어진 그 역할에 만족할 거라 생각하지만, 사실 거민은 절대 그렇지 않았다.

거민도 강찬이 작업을 하러 간 저 나이트클럽에 들어가 또래의, 혹은 그보다 어린 여자들과 잠시라도 몸을 부비며 춤을 추고 싶었다. 하지만 그럴 수 없다는 것을 거민은 다른 누구보다 잘 알고 있었다.

자신이 해야 할 일이라곤 고작 이 좁은 자동차 안에서 몸을 웅크린 채 먹잇감이 도착하기만을 기다리는 것뿐이었다.

자신도 모르게 한숨을 내쉬며 거민은 진화에 대해 생각해 보았다.

이제 자신과 강찬, 그리고 마을의 몇몇 친구들도 진화가 허락되는 나이에 거의 도달했던 것이다. 그것은 곧 완벽한 성인을 의미했다.

그 이후로는 본인이 원한다면 언제든지 진화를 할 수 있지만, 마을 사람들은—거의가 친척이지만—이왕 진화를 하려면 첫 번째 진화 시기를 택하는 것이 가장 좋다는 충고를 했다. 그 시기가 되면 인간의 몸이 신체적으로나 정신적인 모든 면에서 최상의 상태가 되기 때문이라고 했다.

하긴 얼마 전에 죽음을 두려워한 학평이 할아버지에게 뒤늦게 진화를 요구했었다. 그래서 진화를 하긴 했지만 이미 늙을 대로 늙어버린 그 쇠약한 몸으로 영생을 해야 한다.

거민은 자신이 지금의 학평 할아버지처럼 늙은 모습으로 지팡이를 짚고 살아갈 생각을 하니 끔찍하기만 했다. 불과 3, 40년 후의 자신의 모습일 수도 있는 것이다.

거민이 느끼는 3, 40년은 정말 순식간이다. 영생을 하는 사람들이 모인 곳에서 살고 있는 그에게는 자신이 실제로 살아온 날보다 더 많이 남은 그 시간이 순식간에 지나가 결국 닥칠 것이라는 것을 인식하고 있었다.

하지만 거민은 아직 진화를 결심하지 못하고 있었다. 원인은 단 하나, 자신의 모습 때문이었다. 진화를 하게 되면 항상 피를 원할 수밖에 없다는 것은 그렇게 두렵지 않았지만 지금의 끔찍한 모습 그대로 끝도 없는 세월을 살아간다고 생각하니 몸서리가 쳐졌다.

'내가 강찬이 반만이라도 생겼으면……'

강찬과는 아직 얘기해 본 적은 없지만, 녀석은 분명 오래지 않아 진화를 할 것이다. 그렇게 되면 지금의 매력적인 몸으로 녀석은 멋진 삶을 살 수 있을 것이다.

거기까지 생각한 거민은 강찬에 대한 질투와 함께 자신에 대한 연민으로 고개를 가로젓고 말았다.

저벅저벅.

순간 밖에서 들려온 발자국 소리에 고개를 번쩍 든 거민은 자동차 바로 앞에 두 사람이 바짝 다가와 있는 것을 보았다.

'아차!'

거민은 그들이 강찬 일행이라는 것을 그제야 알았다.

가슴이 서늘해지는 것을 느끼며 거민은 의자 밑바닥으로 그 큰 몸을 재빨리 날렸다. 너무 갑자기 움직이는 바람에 사이드 브레이크 뒷부분에 갈비뼈가 부딪쳤으나 미처 아픔을 느끼지도 못했다.

"까아앗!"

차 문을 열려던 유키코는 비명을 지르며 강찬의 팔에 매달렸다.

놀란 상태에서 일본말로 지껄이며 차에서 떨어지려는 유키코를 강찬이 잡았다. 강찬은 눈살을 찌푸리며 차 안을 쳐다보았다.

'저 자식, 뭐 하고 있었던 거야.'

거민이 허둥지둥 의자 사이로 숨는 모습이 강찬의 눈에도 보였던 것이다.

큰 몸집이 갑자기 움직이니 차까지 흔들릴 정도인데 유키코가 놀라는 것은 당연했다. 곧바로 강찬은 유키코 쪽으로 몸을 돌렸다. 어느새 강찬의 얼굴엔 부드러운 미소가 떠올라 있었다.

"아, 괜찮아요. 제 동생입니다. 가는 길에 집에 내려다 주기로 했거든요."

유창한 일본말로 이야기하는 강찬의 얼굴을 올려다본 유키코는 마음을 진정시켰다.

'그래, 동생이겠지. 동생일 거야.'

순간적으로 호들갑을 떤 자신의 모습이 푼수처럼 느껴졌다.

유키코는 얼굴에 미소를 지으며 강찬에게 미안하다고 사과했다.

강찬은 유키코에게 조수석 문을 부드럽게 열어주며 자신의 어설픈 거짓말에 이렇게 쉽게 넘어오는 것을 보고 작은 쾌감을 맛보고 있었다. 사람들은 어떤 상황에서든 강찬이 미소만 지으면 그의 말이나 행동이 모두 옳다고 생각한다. 이상한 일이긴 하지만 그렇다고 기분이 나쁜 건 아니었다. 강찬은 그 상황을 즐겼다. 잘생기면 뭐든지 다 잘할 것 같고 예쁘면 다 용서가 되는 게 세상인 것이다.

유키코는 강찬이 열어준 문으로 올라타려다 상황을 모른 채 그때까지도 뒷좌석에 숨어 있던 거민과 다시 눈이 딱 마주치고 말았다.

거민이 호기심을 참지 못하고 고개를 들었던 것이다.

거민의 얼굴을 보는 순간 유키코는 자신의 의지와는 상관없이 또다시 비명을 지르고 말았다.

강찬 정도는 기대하지 않았지만 동생이라는 말에 그래도 잘생긴 사내를 연상했는데, 이건 좀처럼 보기 힘든 흉물이었다.

순간 뭔가 잘못되어 가고 있다는 생각을 한 유키코는 몸을 돌려 차에서 나가려고 했다.

하지만 차 밖에서 누군가 자신의 머리를 강제로 누르는 것을 느꼈다. 그 힘으로 자신의 몸이 뒤로 쓰러지고 있는 것을 느낀 유키코는 비명을 질렀다. 하지만 유키코는 자신의 비명 소리가 좁은 차 안에서 메아리치며 돌아 다시 자신의 귀로 돌아오는 것을 들었다. 곧 이어 어마어마한 힘이 자신의 목을 조여오는 것을 느꼈다.

희미해져 가는 의식 속에서 시동 거는 소리와 차가 출발하는 소리를 들으며 유키코는 의식을 잃고 말았다.

"너 이 자식, 무슨 생각 하고 있었던 거야? 일 다 망쳐 버릴 뻔했잖아, 이 병신아!"

차를 출발시키며 강찬은 다짜고짜 거민에게 소리를 질렀다.

"아, 아니, 저 그, 그냥 어, 어쩌다 보니까……."

거민은 우물거리며 변명을 하려 했다. 덩치에 어울리지 않는 쥐꼬리만한 목소리가 거민의 입에서 흘러나왔다.

'아차! 나는 말도 잘 못하지.'

매사에 자신이 없었던 거민은 어릴 적부터 주눅이 들었는지 말도 더듬게 되었다. 거민은 부끄러움을 느끼며 순간 죽고 싶은 충동이 들었다.

분명히 이번 일은 자신의 실수였다.

이렇게 요란하게 납치해 오라고 마을 분들이 둘씩 짝을 지어 보내는 것이 아닌 건 분명했다.

지금까지 단 한 번의 실수도 없었지만, 진화의 때가 다가오자 마음이 안정되지 않는 것은 사실이었다.

거민은 강찬이 자신을 질책하는 것이 당연하다고 생각했다.

항상 강찬이 옳았다. 자신들이 가야 하는 운명을 알기 전인 훨씬 어렸을 때부터 거민은 그렇게 생각해 왔다. 숨바꼭질을 할 때 강찬만 쫓아다니면 술래가 되는 일이 없었다. 편먹고 하는 일에도 강찬 편에만 들면 항상 이겼다. 그리고 그건 지금도 마찬가지였다.

강찬은 거민을 이끌어주는 존재인 동시에 거민에게 열등감을 느끼게 하는 존재였다.

거민은 아직도 투덜거리고 있는 강찬의 뒷모습을 보았다.

질투심이 불같이 솟아올라 목을 졸라 죽여 버리고 싶은 충동을 느꼈다. 거민은 두 손을 들어 강찬의 목 쪽으로 서서히 가져갔다.

"끄으응~"

그때 여자가 깨어나는 소리가 들렸다.

거민은 강찬에게 향하던 손을 들어 여자의 머리 뒤쪽 급소를 가볍게 쳤다.

여자가 다시 정신을 잃는 것을 보며 거민은 손을 거두었다.

"자식, 이번엔 제법 행동이 빨랐는데."

강찬이 거민을 돌아보며 말했다.

거민은 그런 강찬에게 미소를 지어 보였다. 비록 타고난 얼굴 탓에 흉측해 보이는 미소였지만.

다음날 귀의는 평소보다 일찍 일어났다.

보건소에서 마을로 의료 봉사를 나오기로 한 날이었기 때문이다.

몇 년 동안 몇 번이나 계속되는 방문 제의에 번번이 거절해 왔으나 이제는 더 이상 거절할 명분이 없었다. 보건소장이 강제로 방문 날짜를 잡은 것이다.

사실 이 마을에는 의사도, 병원도 필요 없었다.

진화를 한 사람들은 병에 걸리거나 몸이 아프지 않았고 진화를 하지 않은 사람들은 단적이 치료해 줄 수 있는 능력이 있었기 때문이다.

단적은 731부대의 마루타 실험으로 유전자 조작으로 추정되는 실험을 겪어내면서 갖가지 불가사의한 능력을 몸에 지니게 되었다. 원하는 사람들을 자신과 같은 존재로 진화시키는 것은 물론이고 웬만한 병자는 모두 단적의 손을 거치는 족족 완쾌되곤 했다. 아직도 귀의가 모르는 능력이 있을지도 몰랐다.

귀의는 마을 곳곳을 돌아다니며 혹시라도 보건소 사람들이 수상하게 생각할 것이 있는지 살피고 다녔다. 그들에게는 이곳이 그저 평범한 시골 마을이라는 것을 보여줄 필요가 있었다. 마을을 돌며 아무 이상이 없는 것을 확인한 귀의는 진화를 하지 않은 마을의 노인 몇 명을 불렀다.

그들에게 위장 진료를 받게 하려는 의도였다. 하지만 귀의 또래의 그 노인들은 너무나 건강해 보였다. 귀의는 그들에게 사정을 설명하고 최대한 아픈 척을 해달라고 부탁했다.

"아프지도 않은 사람보고 아픈 척을 하라구? 이런 싸가지를 봤나!"

노인 사이에서 고함 소리가 터져 나오자 귀의의 가슴은 덜컹 내려앉았다.

분명 국범 당숙의 목소리였다. 확인하고 싶지 않았지만 마지못해 고개를 돌린 귀의의 눈에 역시나 햇빛에 잔뜩 그을린 검은 피부에 하얀 수염이 가득한 국범 당숙의 얼굴이 들어왔다.

'누가 국범 당숙까지 모셔온 거야?'

귀의는 속으로 껄끄러웠으나 겉으론 미소를 띠며 말했다.

"죄송합니다, 당숙. 당숙께선 수고 안 해주셔도 됩니다. 들어가서 쉬세요."

말이 끝나기가 무섭게 당숙은 또 한 번 호통을 쳤다.

"싫어! 이번 기회에 정식 의사에게 치료를 받아봐야지. 요즘 소화가 안 되는 게 병이라도 난 것 같아. 그러니까 난 실제로 아프니까 아픈 척 안 해도 된다고. 알겠나, 귀의?"

귀의는 그 말을 듣자 속으로 혀를 내둘렀다.

국범 당숙이 어제저녁에도 동네에서 잡은 돼지고기를 맛있게, 그것도 아주 많이 뜯어 먹는 것을 보았던 것이다.

'소화가 안 된다니……'

귀의는 단적이 만주에서 살아 마을로 돌아온 날을 떠올렸다. 59년 전 그날도 국범 당숙은 혼자 앞에 나서서 철없는 행동을 했었다. 물론 국범 당숙이 지금보다는 훨씬 젊었을 때의 일이지만.

1945년, 59년 전 그날 밤, 마을로 이어진 고갯마루를 넘어오는 세 명의 사내를 처음 발견한 것은 어두워진 것도 모른 채 고개에서 강아지와 함께 놀고 있던 열두 살의 귀의였다. 그들은 몇 년 전 강제로 징용되어 끌려가 마을 사람 모두가 죽은 줄로 알고 있었던 사촌 형 단적과 일본인들이었다.

"네 이름이 뭐지?"

처음 단적이 귀의에게 한 말은 그것이었다.

귀의는 어렴풋이 단적을 기억하고 있었지만 몇 년 동안 마을을 떠나 있었던 단적은 귀의를 알아보지 못했다. 그사이 귀의가 훌쩍 커버린 탓도 있을 터였다.

"귀의인데… 단적이 형 아니에요?"

"귀의였구나! 그래, 사촌 형 맞다. 니가 이렇게 크다니……."

단적은 귀의에게 한 걸음씩 다가왔다.

귀의는 그때의 느낌을 지금도 생생히 기억하고 있었다.

단적이 한 발자국씩 자신을 향해 내디딜 때마다 싸늘한 냉기가 느껴졌던 것이다. 그 냉기는 저녁 무렵의 어둠을 흡수하려는 주위의 공기를 싸고 돌아 귀의의 양팔에 소름이 돋게 했다. 그 냉기가 순식간에 자신의 몸 안까지 침투하는 것을 느끼며 귀의는 자신도 모르게 조금씩 뒷걸음질쳤다.

하지만 어느새 바로 앞까지 다가온 단적은 귀의를 양팔로 꽉 껴안았다. 귀의는 자신을 감싸는 단적의 팔을 느끼며 어쩔 수 없이 단적의 허리춤에 얼굴을 박았다.

아! 그 순간 코끝으로 들어온 냄새란…….

단적의 몸에서 퍼져 나오는 역한 피비린내가 귀의의 몸 안으로 들어왔다. 지금은 익숙한 냄새지만 당시 귀의는 역겨움을 참지 못하고 자신을 안고 있던 단적을 밀어냈다. 그리고 곧바로 구토를 하기 시작했다. 역한 기운에 속이 발칵 뒤집힌 듯했다.

놀란 단적은 귀의에게서 떨어진 뒤 그가 구토를 하는 모습을 지켜보았다. 구토가 끝난 귀의는 고개를 들어 단적을 바라보았다. 단적은 창백한 얼굴로 귀의를 지켜보고 있었다.

귀의는 그때 그의 눈에서 슬픔을 보았다. 아직 아무것도 모를 나이였지만 자신이 단적에게 무엇인가 큰 상처를 주었다는 것은 알 수 있었다.

"마을 사람들을 불러줄래… 느릅나무로……."

단적은 떨리는 목소리로 귀의에게 말했다.

"…예."

귀의는 조그만 목소리로 간신히 대답을 하고 마을로 뛰어내려 갔다. 있는 힘을 다해 뛰면서 귀의는 수없이 속으로 외쳤다.

'미안해요, 형! 미안해……!'

귀의는 자신을 바라보던 단적의 슬픈 눈을 떠올리며 앞도 제대로 안보고 마구 뛰었다.

"아앗!"

돌부리에 걸려 넘어진 귀의는 아픈 줄도 모르고 그 자리에 잠시 멍청히 앉아 있었다.

'단적이 형한테 미안하다고 할까? 아냐……. 그것보다 단적이 형이 다시 안아주면 나도 꼭 안아줘야지!'

마음속으로 굳게 다짐한 귀의는 훨씬 가벼워진 마음으로 마을을 향해 뛰기 시작했다. 그러나 그날 이후 단적은 두 번 다시 귀의를 안아주지 않았다. 귀의뿐 아니라 단적은 지금은 돌아가신 할아버지 외엔 더이상 어느 누구도 안으려 하지 않았다.

그날 느릅나무 밑으로 모여든 마을 사람들 앞에 단적은 우뚝 서 있었다.

어린 귀의는 잘 이해가 안 갔지만 어느 누구도 단적에게 무얼 물어보는 사람이 없었다. 단지 자신들 앞에 서 있는 단적의 말이 계속될수록 슬픈 눈으로 그를 바라보며 그와 같이 아파하며 분노하고 있었다.

어린 귀의가 기억할 수 있었던 말은 단지 '저주받았다…' 는 말뿐이었다.

그러나 불편한 몸을 이끌고 단적의 할아버지가 그를 보기 위해 잠시 다녀간 뒤에 일어났던 일을 귀의는 지금도 생생히 기억하고 있었다. 할아버지를 보낸 뒤 잠시 동안 눈을 감고 있던 단적은 그 옆에 무릎 꿇고 앉아 있던 두 명의 일본인들에게 손을 뻗었다.

귀의는 손으로 그들의 머리를 잡고 목덜미의 피를 빨아대는 단적의 모습을 보았다. 잠시 후, 점차 피가 빠져나가는 일본인들의 살갗이 오그라드는 처참한 과정을 귀의는 두 눈을 똑바로 뜨고 담담하게 지켜보았다.

그것은 그곳에 모여 있던 다른 사람들도 마찬가지였다. 울며 외면하려는 꼬마 아이의 얼굴을 똑바로 해서 그 모습을 보게 하는 사람도 있었다.

땅 위에 고인 피가 땅속으로 스며들어 갈 때 비로소 고개를 든 단적의 눈은 아까 귀의를 바라보았던 그런 슬픈 눈이었다. 귀의는 그런 그의 모습을 보며 외치고 싶었다.

'내가 도와줄게요, 형! 내가 도와줄게요!'

무엇인지 모를 증오와 고통이 귀의의 가슴속에서 불길이 되어 타올랐다.

그러나 그건 귀의만의 감정은 아니었다. 그 자리에 있던 마을 사람들 모두 최면에 걸린 듯 비슷한 감정을 느끼고 있었다.

그렇게 마을 사람 모두 이제는 살아와 마을 사람들 앞에 선 단적이 지닌 저주와 고통을 함께하려 했다.

단 한 사람만 빼고. 그것이 국범 당숙이었다.

"잠깐! 모두 왜 이러는 거야? 단적, 자네 어찌 된 건가? 개돼지도 아니고 사람을 이렇게 만들다니……!"

국범 당숙이 앞으로 나섰다. 마을 사람들은 일제히 눈살을 찌푸렸다.

항상 그래 왔다. 해방 전에도 국범 당숙은 출세 한번 해보겠다고 마을을 떠나 도시로 가서 일본인을 도와주는 등 기회주의자처럼 행동했다. 그래도 김씨 자손이라고 마을에서 친척들이 용서해 주지 않았다면 아마 지금쯤 이 자리에 있지도 못했을 것이다. 천성이 나쁜 사람은 아니지만 판단력도 없고 항상 철이 없었다. 그래서 착하지도, 또 철저한 악인도 아닌 그저 그런 인물로 지금까지 살아오고 있었다. 여하튼 국범 당숙이 분위기 파악도 못하고 나서자 마을 사람 모두가 국범 당숙을 강제로 끌고 가 더 이상 아무 소리도 못하게 아예 집 밖으로 나오지 못하게 했다.

귀의는 그때를 떠올리며 투덜거리는 국범 당숙을 바라보았다.

지금 생각해 보면, 국범 당숙이 당시 했었던 말도 틀린 것은 아니었다. 인간은 개돼지가 아니기 때문이다. 그러나 일본인들에게 당한 뼈저린 아픔을 몇 가지씩 가슴에 품고 있던 마을 사람들에게 그런 생각이 들 리 만무했다.

특히 단적과 그 가족이 당한 고통을 한 번이라도 생각한 사람이라면 더욱 그러했다.

그 시각, 동해 건너 일본 도쿄 지요다구에 위치한 일본 최대의 신사인 야스쿠니 신사의 담을 넘는 한 사내가 있었다.

일본에서 신사의 의미는 컸다. 일본 고유의 민족 종교, 즉 조상의 유풍을 따라 가미(神:신앙의 대상)를 만들어 모시는 국민 신앙이라 할 수 있기 때문이다. 그렇게 자신이 사는 세계에 입각하여 신을 인정한 것이며 우주의 삼라만상을 모두 신령의 표현으로 보기 때문에 일본은 다

신교 국가라고 볼 수 있다. 때문에 일본에는 지역마다 각각 다르게 존재할 정도로 많은 신사가 있다.

그중에서도 지금 사내가 넘고 있는 야스쿠니 신사는 더욱 특별하다고 할 수 있었다.

야스쿠니 신사는 '죽어서도 나라를 편안하게 한다' 라는 뜻이다.

그러나 그 뜻에 어울리지 않게 제2차 세계대전 당시 참전해서 사망했던 전범들의 위패를 갖다 모셔놓은 곳이자 그들을 호국의 신(神)으로 받들어 모시는 곳이었다.

때문에 2차 세계대전 때 일본에게 치가 떨릴 정도의 고통을 받은 한국을 비롯한 다른 나라에서 야스쿠니 신사 하면 치를 떠는 게 다 그런 이유에서다. 다른 사람들에게 고통을 준 인간들을 신으로 떠받들어 모시고, 게다가 참배까지 하니 누군들 화가 나지 않겠는가.

한쪽에서는 숭상하고 한쪽에서는 경멸해 마지않는 전범들을 모신 야스쿠니 신사는 오늘도 조용한 밤을 보내고 있었다.

최소한 방금 담을 넘은 사내가 안으로 들어오기 전까지는.

담을 넘은 사내는 주위를 둘러보았다. 그러나 곳곳에서 어둠을 밝히고 있는 횃불 말고는 아무것도 눈에 띄지 않았다.

아무도 없는 것을 확인한 사내는 조심스레 본당 안으로 들어갔다. 본당 안에도 고요한 기운만 감돌 뿐 별다른 인기척은 없었다. 사내는 본당 안에 모시고 있는 위패 앞으로 다가갔다. 그리고 주머니에서 뭔가를 꺼내더니 그 위패 뒤쪽에 조심스레 놓고 있었다.

조심스럽지만 나름대로 경건한 모습이었다. 사내는 현재 국회의원이자 얼마 남지 않은 국회의원 선거에 재출마하려는 요시모토였다. 그는 야스쿠니 신사에 있는 전몰장병의 위패 뒤에 자신의 이름과 생일

등을 적은 부적을 놓으면 반드시 재선된다는 얘기를 듣고 고민 끝에 오늘 실행에 옮기고 있는 것이다. 미신이라 치부하고 넘어갈 수도 있겠지만 지금까지의 경험상 이런 일은 안 해서 손해지 행해서 손해 볼 것은 없었다.

요시모토는 주위를 두리번거렸다. 이곳은 마음의 평안을 찾아 자주 찾던 곳이지만 이런 한밤에 온 것은 당연히 처음이었다. 낮에는 그런 기분이 들지 않았는데 밤에 오니 왠지 으스스한 게 온몸에 소름이 돋는 듯했다.

쉬익쉬익.

부적을 놓고 나오려던 요시모토는 문득 발을 멈추었다.

어디선가 이상한 소리가 들렸기 때문이다.

귀를 기울이던 요시모토는 소리가 나는 곳이 어딘지 금방 감지했다.

위패를 모시고 있는 제단 밑이었다.

끓어오르는 호기심을 참지 못한 요시모토는 자신이 불법으로 이곳에 들어왔다는 사실을 망각한 채 제단 쪽으로 다가갔다.

쉬익… 쉬익… 쉬익…….

분명히 제단 밑에서 무슨 소리가 나고 있었다. 그러나 그것은 더 이상 요시모토의 호기심을 끌지 못했다. 문뜩 불길한 예감이 든 요시모토는 뒤로 물러나고 있었다.

"제길, 뭔가 불안해. 빨리 나가야지."

혼자 중얼거리며 몸을 돌린 요시모토는 순간, 숨이 멎는 듯했다.

요시모토의 뒤에 수없이 많은 검은빛의 혼령들이 좌우로 정립하고 있었던 것이다.

마치 궁전에서 왕을 모시고 있는 신하들의 모습과 같았다.

"허어억!"

심장이 밖으로 튀어나올 만큼 놀란 요시모토는 그 자리에서 딱 굳고 말았다.

창백한 얼굴을 한 그들의 몸에서 발산되는 검은 빛은 무척 강렬해서 온 본당 안을 다 뒤덮고 있는 듯했다.

"저, 저……."

요시모토는 말을 잇지 못한 채 더듬거리며 그들을 손가락으로 가리켰다.

그들이 전몰장병들이라는 것은 누구나 알 수 있었다. 모든 영들이 일본 군복과 검을 차고 있었고 그들 중에 최초의 가미가제로 숨겨 정문 앞에 동상으로 만들어져 추앙받는 아시쿠라의 모습도 보였기 때문이다.

그러나 그들이 왜 여기에 나타났는지 알 수 없었다. 요시모토의 생각은 딱 하나였다. 여기서 빨리 나가는 것! 바로 그것이었다.

"아라시아바 기사이아라비……."

그때 밖에서 사람의 목소리가 들렸다.

무슨 말인지는 몰랐지만 반가운 마음에 달려나가려던 요시모토는 뭔가가 본당의 문을 획 닫는 것을 느꼈다.

순식간에 갇혀 버린 요시모토는 그 자리에 납작 엎드려 두 손을 위로 올린 채 빌기 시작했다.

"살려주세요! 살려주세요!"

그러나 그게 패착이었다. 요시모토의 그런 모습을 본 영들이 그에게 다가간 것이다.

영들은 요시모토를 빙 둘러쌌다. 그리고 여전히 조아리고 있는 요시모토를 향해 아시쿠라가 입을 열었다. 입에서는 검은 안개 같은 것이 뿜어져 나왔다.

어떤 일이 있어도 사내는 비겁하게 행동하면 안 된다.

요시모토는 문득 고개를 들었다. 어디서 많이 듣던 말이었다.

고개를 든 요시모토의 시선에 자신을 향해 다가오는 아시쿠라의 손을 보았다.

"아!"

순간 그 말을 어디서 들었는지 떠오른 요시모토는 탄성을 내뱉었다.

'아시쿠라의 동상에 새겨진 말이었어······!'

그러나 그것은 한순간이었다. 아시쿠라의 손이 요시모토의 머리에 닿는 순간, 그의 몸이 오그라들면서 빈 거죽만 남긴 채 그 자리에 쓰러졌기 때문이다.

아시쿠라는 주변을 보았다. 신사 안에 봉인된 혼령들이 하나둘 깨어나고 있었다.

드디어 그때가 온 것인가?

아시쿠라의 영은 주변의 다른 영들을 바라보며 말했다.

그때였다. 제단 위에 있었던 위패들이 흔들리기 시작했다. 계속해서 흔들리던 위패들은 어느 순간 공중으로 어지럽게 날아올랐다.

쾌쾅!!

엄청난 굉음과 함께 제단 밑에서 뭔가가 튀어나왔다. 커다랗고 붉은 색이었다. 마치 동그랗게 뭉쳐진 고무덩어리처럼 보였다. 본당 안에 모여 있는 영들은 눈을 크게 뜨며 그것을 지켜보았다.

저것인가? 저것이 우리를 부른 건가?

아시쿠라는 조용히 중얼거렸다.

영혼들의 호기심 어린 눈초리를 받던 동그랗게 말린 붉은 덩어리는 서서히 펴지기 시작했다. 사람이었다. 아니, 사람을 닮은 괴물이었다. 처음에는 그냥 고무덩어리 같던 그것은 점차 완벽한 사람의 외모가 되어갔다. 다만 몸 전체가 피처럼 붉은색이라는 것이 다를 뿐이었다.

성인 남자의 크기로 커진 그것은 발가벗은 채 뒤돌아 있었다.

아시쿠라를 비롯한 영들은 말없이 변신하는 모습을 지켜보고 있었다.

뒤돌아 있는 괴물이 드디어 입을 열었다.

"너희들은 뭔가?"

혼령들은 서로를 바라보았다. 죽기 직전까지, 아니, 죽은 후에도 자신들이 저런 거만한 물음을 들어본 적이 없었다.

너부터 정체를 밝혀라!

"……."

정체 모를 그것은 천천히 혼령들에게로 고개를 돌렸다.

그것을 본 영들은 모두 놀란 표정이 되었다. 멋있었다. 죽기 직전의 보잘것없던 외모를 그대로 간직하고 있는 자신들에 비해서 그 괴물은 온통 근육질에다가 컬러풀하기까지 했다.

불에 타는 듯한 붉은 머리에 붉은 눈동자, 게다가 붉은 입술 사이로 보이는 저 붉은 이. 모두가 붉은색이었다. 하지만 그것이 어색하거나 안 어울리지 않았다. 그리스 신화에 나오는 신이 저럴까? 마치 태고 때부터 저 괴물은 그 자리에 붉은색으로 단장한 채 있었던 것 같다.

아무 말이 없던 붉은 괴물은 손을 들어 올렸다.

지익, 지직, 직…….

손에 붉은 빛의 뇌전이 맺혔다.

뇌전이 점점 커지자 그것은 주위를 둘러보았다. 그리고 어딘가를 향해 손을 휘둘렀다.

쿠앙!

뇌전이 본당에 있는 기둥에 부딪치자 기둥은 쩍 갈라지더니 굉음을 내며 부서졌다. 때문에 본당의 일부도 기우뚱했지만, 다행히 기둥 하나가 없다고 해서 쓰러질 만큼 건물이 약하진 않았다. 열도에 자주 발생하는 지진을 대비한 설계였는데 이럴 때 빛을 발한 것이었다.

그러나 영들의 분위기는 무너지지 않은 건물같이 호의적이지 않았다. 온몸에서 나오는 검은 빛이 더욱더 검게 변하고 있었던 것이다.

아시쿠라 옆에 있던 영이 앞으로 나섰다.

네놈이 그 딴 잡술로 감히 협박을 하려는 게냐!

고개만 돌려 뒤를 보고 있던 정체 모를 그것은 몸을 완전히 돌렸다. 발가벗은 몸이 그대로 드러났다.

으음…….

그 몸을 본 영들의 입에서 가벼운 신음 소리가 터져 나왔다. 붉은색의 피부 외에도 다른 어떤 생명체와 확연히 다른 점이 있었던 것이다. 암수를 구별할 수 없는 자웅동체였다. 영들은 자신들도 죽은 몸이지만 저것은 지구상에서 볼 수 없는 괴물이라는 생각이 들었다.

"너희들이 나를 깨웠느냐?"

붉은빛의 괴물은 말했다.

네가 우리를 깨운 것이 아니냐?

좀 전에 나서서 말했던 혼령이 반문했다. 말을 이어가려는 혼령의 앞을 아시쿠라가 막았다. 그리고 괴물을 보며 말했다.

그보다 네가 감히 우리 제단 밑에서 뭘 하고 있었는지 말해라!

"나도 잘 모른다."

괴물은 고개를 흔들며 말했다.

잘 모르다니? 네놈이 모르면 누가 아느냐?

아시쿠라 옆의 혼령이 다시 한 번 격양된 목소리로 호통 쳤다. 그러나 괴물도 만만치 않은 상대였다.

"거슬리는군!"

한마디를 하더니 손을 내저었다. 순간적으로 지익 하는 소리와 함께 손에서 붉은 뇌전이 나갔다.

파팟!

뇌전은 호통 치던 혼령의 가슴에 적중했다. 혼령의 가슴엔 구멍이 뻥 뚫렸다.

아니?!

혼령은 황당한 표정으로 뒤로 몇 걸음 물러서더니 순식간에 검은 안개로 변해 흩어졌다.

순간 본당 안은 다른 영들의 놀람과 분노의 소리로 웅성거리기 시작했다. 혼령들은 동료 혼령이 뇌전 한 방에 어이없게 소멸되는 것을 보고 귀성(鬼性)을 잃기 시작한 것이다.

그들은 이내 정신을 수습하고 붉은 괴물 앞으로 조금씩 다가가기 시작했다. 뇌전이 조금 두렵기는 했지만 모두 나름대로 전쟁 영웅들이었다. 그리고 아까 그 혼령은 아무 대비 없이 맞는 바람에 타격이 컸다고 믿었다.

분노는 하늘을 찌를 듯했지만 실질적인 리더 격인 아시쿠라의 눈치를 보느라고 천천히 움직이고 있었다.

그때 아시쿠라의 손이 올라갔다.

잠깐!

혼령들의 움직임이 딱 멈췄다. 드디어 아시쿠라가 분노를 하는 것이었다. 자신의 옆에서 항상 책사 역할을 하던 혼령이 어이없이 소멸되었으니 분노를 하는 건 당연한 일이었다.

혼령들은 아시쿠라의 반응을 살폈다.

살아생전에도 전투기를 몰고 적진으로 무모하게 뛰어들어 자폭한 인간이니 죽어선 더 뛰어난 능력을 지닌 지금 얼마나 더 난폭해졌을지 모를 일이었다.

혼령들은 다시 붉은 괴물을 향해 공격하기 위해 움직이려 했다.

멈춰라! 저놈은 잘 소멸되었다.

……?

59년간 바로 옆에 봉인되어 있으면서 어찌나 쫑알거리던지……. 사실 누군가 우리를 불러 봉인이 풀리면 저놈부터 소멸시키려고 했다.

아시쿠라는 소멸된 영이 있던 곳을 가리키며 말했다.

그때였다.

짝! 짝! 짝!

어디선가 박수 소리가 났다. 영들과 붉은 괴물은 박수 소리가 나는 곳을 바라보았다. 문 쪽에서 박수를 치며 들어오는 일단의 인간 무리가 있었다.

"사이좋게 지내셔야죠."

사내의 굵은 목소리가 들려왔다. 그 무리는 대치한 혼령들과 붉은 괴물 사이에 섰다. 가까이 다가오자 앞장선 사내의 얼굴이 드러났다. 사내는 정체를 알 수 없는 괴물과 혼령들 사이에 있는 것이 조금도 두렵지 않은 듯 평온한 얼굴이었다. 다가오던 사내는 발 밑에서 뭔가가 걸리자 가만히 내려보았다. 요시무라의 시체였다.

"쓰레기 같은 정치인……."

사내는 요시무라의 시체를 발로 걷어찼다. 가볍게 걷어찼지만 시체
는 강하게 날아가 벽에 쿵 소리를 내며 부딪쳐 떨어졌다. 사내는 그쪽
을 돌아보지도 않은 채 모여 있는 괴물과 혼령 쪽을 보며 입을 열었다.

"이렇게 만나게 되는군요, 이 세상을 뒤흔들 귀인들을!"

사내는 감개무량한 듯 말했다.

너는 뭐냐?

아시쿠라가 그를 보며 물었다. 사내의 태평함이 신경에 거슬리는 듯
여차하면 공격할 태세였다.

"당신을 깨운 사람이지요. 그리고 저 붉은 악마도 깨웠고요."

뭐라?

아시쿠라의 놀라는 목소리를 끝으로 장내는 일순 조용해졌다.

아시쿠라는 붉은 악마라 불린 괴물을 바라보았다. 그 시선을 따라
다른 혼령들도 모두 그를 바라보았다.

그렇다면…….

아시쿠라는 떨리는 목소리로 말하기 시작했다.

그렇다면… 드디어 시작되는 것인가?

사내는 아시쿠라의 말에 고개를 끄덕였다.

그것을 확인한 아시쿠라의 눈에서 눈물이 흘러내렸다. 죽은 영은 눈
물을 흘릴 수 없다는데 아시쿠라의 눈에선 분명히 눈물이 흘러내리고
있었다.

"무슨 말이지?"

붉은 악마라 불린 괴물이 물었다.

"당신도 짐작하고 있을 텐데요?"

사내는 붉은 악마를 보며 말했다.

"내가 당신을 살렸고 이리로 데려왔지요. 그동안 숱한 영능력자들의 정기를 당신에게 주입시켰고."

그 말을 듣는 순간 붉은 악마의 머리 속으로 그동안의 일들이 떠오르기 시작했다.

지난번 오구려교의 전대 교주인 각원이 부활하는 사건을 주동한 것은 자신이었다. 그때는 단순히 자신의 부모님을 해한 노승과 만해라는 두 인간에게 복수를 하기 위해서 시작한 일이었지만 마계의 실력자인 플뤼톤 경이 자신을 도와 합류하자 사건은 커졌다. 세상을 혼란스럽게 만들 수 있는 엄청난 사건으로 번진 것이다. 처음에는 의도한 대로 각원도 부활하고 군대도 장악하는 등 모든 일이 다 잘되는 듯했다.

그러나 그것은 플뤼톤의 계략이었다. 각원을 봉인시켰던 천계(天界)를 한번 떠보기 위한 술수에 자신이 말려든 것이었다. 결과적으로 붉은 악마 자신은 플뤼톤에게 이용만 당한 것이다. 사실 떠올리고 싶지도 않았다. 인간들 앞에서 명색이 악마인 자신이 이용당하고 버려지는 꼴을 보이다니……

그렇게 모든 것이 밝혀진 뒤 붉은 악마는 하얀 막 안에 갇혀 발버둥치던 자신의 모습이 떠올랐다. 그리고 응징을 당해 공중으로 날아 떨어지던 그때… 붉은 악마는 그때 자신의 몸에서 흘러나가던 피를 잊을 수가 없었다. 그것이 자신이 기억하는 마지막 모습이었기 때문이다. 그리고 지금은……?

붉은 악마는 자신의 몸을 보았다. 자신의 팔도 보고 다리도 보았다. 달라져 있었다. 팔뚝도 다리도 굵어져 있었다. 키도 커지고 몸도 더욱

붉어졌다. 어린아이의 모습이었던 자신이 건장한 악마의 모습으로 변해 있었다.

"몸이 좋아졌지요?"

사내는 빙긋 미소 지으며 말했다. 붉은 악마는 그 미소에서 직감적으로 악(惡)을 읽을 수 있었다. 익숙한 감정이었기에 거부감이 느껴지지는 않았다. 오히려 친근함이 느껴졌다.

"구한 이유는?"

"운명이지요!"

사내는 간단히 대답했다.

"몸이 많이 달라진 것을 느낄 겁니다. 마계(魔界)의 마물(魔物)인 당신을 구하기 위해 한국에 있는 많은 영능력자들을 희생시켰지요. 물론 나중에 방해가 될 인간들이니 겸사겸사 해치운 것이지만요. 그리고 최종적으로 이곳 신사로 옮겨와 여기 떠도는 분들의 영적인 기를 받았지요. 왜 그런지는 아마 당신도 잘 알고 있을 겁니다. 나는 당신이 우리에게 꼭 필요한 존재라는 것을 숨기지 않겠습니다."

"꼭 필요한 존재라니?"

사내는 빙긋 미소를 지었다.

"그건 차차 알게 되실 겁니다."

사내는 붉은 악마로부터 시선을 돌려 아시쿠라와 그 옆에 있는 영들을 바라보았다.

"그리고 여기 계신 모든 분들을 만나게 된 것도 운명입니다. 그 이유는 각자 알고 계시겠지만."

아시쿠라는 고개를 끄덕이며 입을 열었다.

드디어 다시 때가 된 건가?

사내는 고개를 끄덕이며 답했다.

"된 것이지요! 악(惡)과 마(魔)가 공존하는 세상을 다시 만들 때가 된 것이지요!"

한 반장은 사무실에서 일본 대사관으로부터 극비리에 넘겨받은 자료를 검토하고 있었다.

삼 일 전 받아온 자료였다. 난데없는 대사관 호출에 당황했으나 막상 가보니 보통 일이 아니었다. 경찰총장과 국가정보원 부장까지 와 있었던 것이다. 처음엔 그런 분들이 일개 반장에 불과한 자신을 왜 불렀는지 의아했다. 하지만 국가정보원에서 나왔다는 직원이 설명을 자세히 해주자 의문은 금방 풀렸다.

최근 5년 사이에 100여 명이 넘는 일본인이 실종됐다는 것이다. 한 반장이 자신의 귀를 의심할 만큼 엄청난 일이 아무도 모르게 벌어지고 있었던 것이다.

일반 국민들은 그 일에 대해 아무도 알지 못했고 한 반장같이 수사계에 근무하는 사람 역시 알지 못했다는 것이 이상했다. 그러나 그 의문도 곧 풀렸다.

어쩐 일인지 일본 정부에서 그 일이 알려지는 것을 원하지 않았다는 것이다. 그저 비밀리에 실종자들을 찾아달라고 조심스럽게 부탁을 했다는 것이다. 그래서 일반 실종 사건같이 경찰이 나선 것이 아니라 국가정보원에서 특별히 나섰던 것이다.

"그렇군요……."

대답을 하면서도 한 반장은 고개를 갸우뚱했다. 일본 자국민들이 행방불명되었는데 정부에서 쉬쉬했다는 것이 이상했던 것이다. 그러나 그것에 대해 더 이상의 설명이 없었기에 그냥 넘어갈 수밖에 없었다.

만약 신문 기자가 이 사건을 알게 된다면 그야말로 초특종급의 사건인 것이다.

"그런데 저를 이곳으로 부른 이유는……?"

한 반장은 대사관으로 올 때부터 가지고 있던 의문을 표했다.

"자네의 힘이 필요하네!"

국가정보원의 부장이 한 반장의 어깨를 잡으며 말했다. 유신 시대 같으면 참 황송한 일이었겠지만 지금은 국가정보원 부장이 어깨를 만지는 것이 그리 유쾌하지는 않았다.

한 반장이 뚱한 얼굴로 부장을 바라보자 그가 설명하기 시작했다.

"일본인들이 처음 실종됐을 때는 단순 강도 사건이나 가출 등으로 사건 수사를 진행시켰는데 지금에 와서는 그게 모두 잘못된 것으로 판명이 났지."

"그럼 어떻게 된 거죠?"

"납치일세!"

"예?"

한 반장은 어이가 없어서 반문했다. 실종이라면 당연히 납치 가능성을 생각했어야 하는 게 아닌가라는 생각이 들었다.

"물론 납치 가능성은 생각해 보지 않은 게 아니네만 그게… 웃지 말게…… ."

부장은 말하기 민망한 표정을 지었다. 그러나 결심한 듯 한 반장을 똑바로 쳐다보며 말했다.

"흡혈귀에게 납치된 것 같다네!"

"예… 예?"

한 반장은 순간 자신이 여기 불려온 이유를 명확히 알 수 있었다.

사건이었다, 악귀와 악령, 괴물 전담 심령 수사대인 자신들이 맡아야 하는.

대사관에서 돌아온 한 반장은 건네받은 자료들을 지난 삼 일 동안 살펴보고 있었던 것이다.

맞은편에 있는 박 형사는 흥미로운 것을 발견했는지 한 장의 서류에 머리를 박은 채로 보고 있었고 마 형사는 서류 뭉치에 얼굴을 파묻고 자고 있었다.

"휴우……."

한 반장은 서류를 밀어놓고 한숨을 쉬었다.

뭐, 특별히 눈에 띄는 이상한 점이 없었던 것이다. 수사 기록이라는 것도 형식에 맞춰놓았을 뿐 실질적으로 도움이 될 만한 것들은 거의 없었다.

단지 일본 측과 국가정보원이 실종자별로 어떻게 입을 맞췄는가만 자세히 나누어놓은 걸로 봐서는 특별히 비밀 유지에 신경을 더 쓴 눈치였다.

그러나 하나의 성과는 있었다.

그 사건들이 최근 들어 훨씬 빈번해지고 있다는 점이었다. 5년 동안에 벌어진 일이라고는 하지만 거의 최근 일 년 사이에 실종자들이 집중되어 있었던 것이다.

그리고 한 가지 의문점은 또 있었다.

국가정보원에서는 왜 이 사건을 흡혈귀에 의한 납치 사건이라 확신을 하는 건지도 명확하지가 않았다. 부장에게 슬쩍 물어보았으나 자신도 알 수 없다는 것이었다. 단지 일본 대사관 측에서 그럴 것이라는 말을 흘렸다고 했다. 그동안 해왔던 수사 경험을 감안해 봐도 이번 사건의 피의자가 흡혈귀라는 증거는 어디에도 없었다. 만약 피해자가 죽어 있고 목에 구멍이라도 두 개가 나 있다면 가능한 추측이겠지만, 대사관 측에서는 어떻게 그런 확신을 하는지 가르쳐 주지 않았다.

"예감이 안 좋아!"

한 반장은 문득 이 사건에 자신이 개입되면 안 되는 것이 아닐까 하는 생각이 들었다. 영화 같은 데서 보면 항상 이런 사건에 애매하게 끼어들어 간 사람은 반드시 죽거나 문제가 생겼다. 지금 자신의 모습이 꼭 그런 것 같았다. 뭔가 엄청난 음모에 자신이 끌려 들어가는 것처럼 느껴졌다.

그때였다. 사무실 문을 열고 누군가가 들어왔다.

"왜 이리 늦게 왔어?"

아까 주문한 자장면이 배달된 줄 알았던 한 반장은 자리에서 일어났다. 그리고 보니 시장기가 느껴졌다.

그러나 들어온 것은 자장면 배달부가 아니었다.

"엇!"

한 반장의 눈이 커졌다. 그러나 그 얼굴은 곧 반가움으로 변했다.

공지였다. 그는 지난번 각원 사건 이후로 물심양면으로 자신들을 돕고 있었다. 물론 평범했던 자신들을 만만치 않은 심령 수사대로 발령시킨 장본인이기도 했지만, 어쨌든 자신들에게 큰 힘이 되는 인물임은 틀림없었다. 그러잖아도 일본 대사관을 다녀오고 나서 이 사건에 대해 상의하기 위해 연락을 했지만 해외 출장 중이라 메모만 남겨놓았었다.

"오랜만이군."

공지가 한 반장에게 반갑게 인사했다. 한 반장 역시 반갑게 인사하며 박 형사와 마 형사를 깨웠다.

잠시 후 공지의 뒤를 이어 기다리던 철가방이 들어섰다. 잠시 후 테이블에는 자장면 그릇 몇 개가 비워져 있었고 네 남자가 자못 심각한 표정을 하고 앉아 있었다.

"그래서……."

공지가 입을 열었다.

"그래서 결국 그런 의뢰만 했지 어떤 지원도 해주지 못한다는 거군."

"예, 사실 이런 수사를 저희가 해야 하는 이유도 잘 모르겠습니다. 흡혈귀의 소행이라고는 하나 그런 증거 비슷한 것도 없고, 또 모른 척하자니 100여 명이나 실종된 것은 엄연한 사실이니까 반드시 수사를 해볼 필요는 있을 것 같고…… 휴, 진퇴양난입니다."

한 반장은 요 며칠 사이의 고민을 자연스레 털어놓았다.

그러나 공지에게선 뜻밖의 말이 나왔다.

"흡혈귀의 소행이 사실이라면 짚이는 곳이 있긴 한데……."

"옛? 정말요?"

한 반장은 놀라 물었다. 공지는 고개를 끄덕이며 말을 이었다.

"예전에 악귀 포덕단에 있을 때 노승 사형과 같이 그 부분을 수사한 적이 있었지. 흡혈귀가 득세를 한다는 소문이 한동안 떠돌아서 말이야."

"그래서요?"

한 반장은 자신이 모르던 노승의 악귀사수대 시절의 비화가 나오자 의자를 바짝 당기며 물었다.

"그때 사형과 찾아간 마을이 있었는데, 그곳에 정말 흡혈귀가 있었지. 아니, 정확히 흡혈귀라고 표현하기는 좀 힘들군."

"왜요?"

"우리가 익히 아는 그런 흡혈귀의 이미지는 아니었으니까. 그는 자신이 살기 위해 살아 있는 사람의 피를 강제로 빨지 않았어. 피가 필요하면 그 주변에 있는 사람들이 알아서 갖다 바쳤으니까."

"피를 어디서 구해서요?"

"자신들의 몸에서 빼기도 하고 가끔가다 헌혈 차를 습격하기도 했지. 왜, 예전엔 헌혈 차가 전복된 뉴스가 간혹 나왔잖아. 그게 다 그 측근들의 소행이지."

"그래요?"

"그래. 아무튼 우리가 갔을 때도 그는 전혀 당황하지 않았어. 우리도 그를 잡거나 응징할 생각은 없었어. 왜냐하면 그때까지 나쁜 짓을 한 적은 없었으니까. 하지만 그것보다 응징하지 못한 다른 이유가 있었어."

공지는 말을 하다가 단무지 하나를 주워 먹었다.

"음… 간만에 먹으니 맛있군!"

"뭐지요?"

공지가 쓸데없이 뜸을 들이자 마 형사가 답답한지 재빨리 물었다.

"쩝쩝…… 그는 역사의 희생자야."

"예?"

뜬금없는 소리에 모두 놀라 되물었다.

"그는 역사의 희생자라고."

"그러니까 그게 무슨 말씀이냐고요?"

마 형사가 답답한지 큰 소리로 물었다.

"그건 가보면 알게 돼. 그보다 이봐, 한 반장."

"예."

"사형하고 만해는 어디 있나?"

"글쎄요… 아직도 공원에서 아르바이트 하나?"

"빨리 수배해서 모셔오도록 하게. 사형도 이 사실을 안다면 같이 가고 싶어할 거야."

"예!"

한 반장은 대답을 하면서도 의아해했다. 공지가 범인으로 추정되는 사람에게 꼬박꼬박 존칭을 써주고 있었기 때문이다.

마을의 한복판에서는 커다란 모닥불이 타오르고 있었다. 아니, 단순히 모닥불이라고 표현하기는 민망할 정도로 큰 불이었다. 지금은 많이 사라졌지만 학교 수련회 때 하곤 하는 캠프파이어 정도로 큰 모닥불이었다.

그 옆으로 마을 사람들은 모두 모여 있었다.

그들의 앞에는 젊은 청년이 서 있었고, 그 옆에는 나이 든 노인이 시중이라도 드는 듯한 모습으로 옹립해 있었다.

젊은 청년은 단적이었고 나이 든 노인은 귀의였다. 겉으로는 귀의가 할아버지뻘로 늙어 보였지만 나이는 단적이 열 살 넘게 많았다. 다른 마을 사람들과는 달리 진화를 거절한 귀의는 제 나이로 보일 수밖에 없었던 것이다.

귀의는 고개를 들어 하늘을 보았다. 달이 밝았다.

오늘은 몇 년 만에 한 번씩 돌아오는 윤달의 마지막 날이었다. 이때는 하늘과 땅의 신이 사람들에 대한 감시를 잠시 쉬는 기간으로, 그때는 불경스러운 행동도 신의 벌을 피할 수 있다고 널리 알려졌다. 그래서 윤달에는 이장(移葬)을 하거나 수의(壽衣)를 하는 풍습이 전해지고 있는 것이다.

윤달의 마지막 날인 오늘, 이 마을에서 4년마다 한 번씩 있는 진화가 이뤄지는 날이다.

물론 희망자에 한해서지만, 지금까지 많은 마을 사람들이 진화를 택했다.

그리고 이번의 진화 행사는 특별했다. 드디어 그때가 올 것이라고 단적이 말했기 때문이다. 지금 진화를 하지 않는다면 어쩌면 보고자 하는 것을 보지 못하고 고통을 당할 수도 있었다.

귀의가 온갖 생각에 잠겨 있을 때 단적이 입을 열었다.

항상 느끼는 거지만 단적의 목소리는 사람을 잡아끄는 힘이 있었다.

"여러분, 이제 그날이 머지않았습니다. 이제 우리가 그동안 준비해 온 일을 실행에 옮길 때가 오고 있습니다."

귀의는 눈을 감았다.

단적은 마을 사람들에게 더할 나위 없이 다정했다. 아니, 이 땅에 사는 한국인 모두에게는 단적은 친구 같은 존재일 수 있었다. 피를 마셔야만 유지할 수 있는 신체를 가졌기에 59년을 살아오면서 다른 사람들에게 해를 끼칠 수 있었지만 단적은 그렇게 하지 않았다. 처음에는 인간의 피를 필요로 했으나 점차 동물의 피로 바꿔 나갔다. 그리고 그것이 자신의 몸 안에 확실히 정착된 후에나 마을 사람들의 진화를 돕기 시작했다.

때문에 진화가 된 마을 사람들 역시 귀의 덕에 동물의 피로 생활할 수 있게 된 것이다. 하긴 그렇게 되지 않았다면 지금쯤 사람들에게 사낭당해 이 마을 사람들은 한 명도 남아 있지 않을 수도 있었다. 물론 그래도 뛰어난 생존 능력을 지닌 단적은 살아남았겠지만.

귀의는 앞으로 나와 있는 몇 명의 마을 사람을 보았다. 강찬과 거민은 맨 앞쪽에 서 있었다.

"저 녀석들도 벌써 진화할 나이가 됐구나……."

귀의는 세월의 빠름을 다시 한 번 느꼈다. 저 나이에 진화를 한다면 최상의 신체를 영원히 갖게 되는 것이다.

귀의와 같은 생각을 하는지 강찬은 무척 만족스러운 미소를 짓고 있었다. 그러나 거민의 표정은 그리 밝지 않았다. 거민의 고민을 알 리 없는 귀의는 그저 좀 긴장을 해서 그렇겠거니 하고 넘어갔다. 앞에서는 단적의 말이 계속되고 있었다.

"준비해 온 일을 되도록 빨리 실행해야 할 것 같습니다. 동쪽 하늘의 움직임이 심상치 않습니다……."

그 이후로 한참을 말한 단적은 앞에 나와 있는 사람들을 돌아보았다.

강찬이 단적을 보고 씩 웃었다. 단적 역시 당숙 조카인 강찬에게 미소를 지어주었다. 한창때의 자신의 모습을 보는 것 같았다. 그러나 자신은 저 나이 때 전쟁터에 있었다. 아니, 전쟁터에 있었던 것은 잠깐, 조선인 위안부를 구해주었다는 이유로 731부대에 마루타로 끌려갔었다. 그리고 계속되던 뭐지 알 수 없는 주사……. 팔 한쪽이 주사 바늘로 인해 생긴 구멍으로 가득했다. 그러나 어느 날부터 강제로 먹여진 파란 액체, 그것이 바로 오늘날의 자신을 만든 것이었다.

온몸에 솟아오르는 기운을 이기다 못해 쇠창살을 구부리고 도망쳐 나온 것까지는 좋았다. 아니, 그 이후에 만나는 일본군들을 무적의 힘으로 해치울 때까지도 좋았다. 그러나 한번 정신을 잃었다 깨어나 보면 피가 다 빨린 미라 같은 시체가 자신의 옆에 누워 있었다. 아무리 부인하려 해도 그건 분명 자신의 짓이었다.

그렇게 자신이 피에 굶주린 괴물로 변한 것을 알았을 때 절망한 단적은 자살을 기도했다. 해안가 절벽에서 몸을 날린 것이다. 그러나 소용없었다. 물속에서도 물고기처럼 자유롭게 숨을 쉴 수 있었던 것이다. 또 한 번은 산속에서 나무에 목을 매었다. 그러나 역시 숨은 끊어지지 않았다.

단적은 자신이 저주를 받은 것이라 생각했다. 하지만 마침 산중을 지나던 어떤 노인과의 만남을 계기로 고향으로 돌아올 수 있었다. 도포에 갓을 쓰고 잘 차려 입은 그 노인은 미래를 읽고 있었다. 얼마 있으면 우리 나라가 해방이 된다고 했다.

그리고 현재의 상황도 단순히 일본군이 우리 나라를 침범하고 있다는 사실이 중요한 것이 아니라고 했다. 뒤이어 나온 노인의 이야기는 단적의 눈을 크게 뜨이게 했다. 일본군의 조선 침략에는 더 엄청난 음모가 도사리고 있었던 것이다.

단적과 며칠을 함께 보낸 노인은 앞으로의 미래도 예언을 했다. 그 미래의 이야기를 듣던 단적은 다시 한 번 놀라움을 금치 못했다. 세상이 경천동지할 일이 벌어진다는 것이다.

다음을 기약하며 작별을 하는 단적에게 노인은 훗날 자신이 검(劍)이 되어 만날 날이 있을 거라는 알 수 없는 이야기를 던졌다.

검이라니?

단적은 노인의 말을 이해할 수 없었지만 작별을 고하고 고향으로 향했다. 비록 괴물이 된 몸이지만 자신의 고향이라면 받아줄 것이라고 생각했다. 그리고 노인이 말한 것이 사실이라면 자신은 지금 죽으면 안 되었다. 그곳에서 미래에 대한 대비를 해야 했다.

미래는 현재만이 바꿀 수 있는 것이라고 믿었기에 고향에 돌아와 자신의 솔직한 모습을 보여주고 도움을 청했다. 고향 분들은 흔쾌히 단적을 받아주었기에 지금 이 순간 그는 이곳에서 있을 수 있는 것이다.

단적은 자신의 앞으로 다가오는 청년들을 보며 계속 생각했다.

'결국 그 노인의 예언은 맞았지.'

단적은 고향으로 돌아오는 길에 해방을 맞았다. 그리고 단적은 미처 도망치지 못한 일본군들을 식량 삼아 고향까지 올 수 있었다.

단적은 노인이 말한 미래의 그 일이 곧 닥치리라는 것을 직감적으로 알았다. 내년이면 해방된 지 60년이 지나는 해였다.

"어르신!"

"어르신!"

단적은 자신을 부르는 소리에 문득 정신을 차렸다. 귀의가 옆에 서서 자신을 부르고 있었다.

"준비됐습니다!"

단적이 앞을 보니 강찬이 바로 앞에서 두 손을 모은 채 자신이 뭔가 조치해 주기를 바라고 있었다. 강찬을 보며 단적은 입을 열었다.

"이제 너도 진화를 하는 것이다. 마음의 준비는 됐겠지?"

"예!"

강찬은 씩씩하게 대답했다. 얼마나 기다리던 순간이던가. 강찬은 빨리 진화가 되기를 바랐다. 영원의 삶. 생각만으로도 짜릿했다.

"영원한 삶이 결코 행복하지만은 않다는 것은 알고 있겠지?"

자신의 생각을 그대로 읽은 듯한 단적의 말에 강찬은 놀라 얼결에 고개를 끄덕였다.

"그래, 그거면 됐다."

강찬의 목으로 자신의 입을 가져가면서 단적은 생각했다.

앞으로 얼마 후에 일어날 일이 아니라면 결코 자신이 사랑하는 이 고향, 자신의 친척들을 진화 따위는 시키지 않았을 것이라고.

그러나 지금은 능력자가 한 명이라도 더 필요할 때였다. 그 대상이 마을 밖의 사람일 수는 없었다. 그럼 지금까지 유지해 왔던 비밀이 탄로나고 모든 일들이 물거품이 되어버릴 것이다.

빠직.

살이 뚫리는 소리가 났다. 뒤이어 나오는 뜨거운 피……

강찬은 온몸의 피가 거세게 회전하는 것을 느끼며 눈을 감았다. 영혼이 빨려 나가는 느낌이었다. 정신이 몽롱해지려는 순간 단적의 목소리가 들렸다.

"다 됐다."

뒤이어 자신의 목에서 떨어지는 단적을 느꼈다. 이제 자신도 진화를 한 것이다. 그것은 곧 영생을 얻는 것이었다. 강찬은 만세를 부르고 싶은 충동을 억누르며 뒤로 물러났다.

"다음."

그 말이 끝나기 무섭게 단적은 진화를 위해 앞으로 나오는 거민을 보았다. 거민은 뭔가 불안한 표정을 하고 있었다. 거민은 이 진화가 무엇을 뜻하는 것인지 뭔가 알고 있는 것처럼 보였다.

단적은 시선을 돌려 자신의 옆에 부복해 있는 귀의를 보았다. 늙었다. 지금은 진화해서 살기엔 너무 늙었고 신체적 기능들이 너무나 떨어져 있었다. 그러나 귀의는 판단을 잘 한 것이다, 영생은 결코 좋은 것이 아니니까.

"좀 쉴 만하나까 또 부르네."

신마리로 향하는 차 안에서 노승은 쉴 새 없이 투덜거렸다.

"저는 사형이 가고 싶어할 줄 알고……."

옆에서 공지가 죄스러운 듯 말을 흐렸다. 딴 사람한테는 당당한 공지가 노승 앞에만 서면 작아지는 모습을 만해는 흥미롭게 바라보았다. 만해가 보기엔 공지가 자신의 사부인 노승보다 훨씬 더 능력이 많아 보였다. 그러나 역시 사회는 능력보다는 짠밥이 우선이었다.

"하긴 그가 어떻게 지내나 궁금하지 않은 것은 아니지만… 정말 오래간만이구만……."

노승은 창밖을 보며 말을 흐렸다.

한 반장은 노승의 그런 모습을 보며 자신이 지금 만나러 가는 인물이 도대체 누구일까 더 궁금해지고 있었다.

"자, 이제부터 비포장도로니까 불편하더라도 참아주세요!"

마 형사가 뒤를 돌아보며 말했다.

말을 마치자마자 마 형사는 핸들을 꺾어 비포장 길로 접어들었다. 겨우 차 한 대가 지나갈 만한 길이었다. 곳곳에 자갈이 널려 있고 웅덩이가 파여 있었다. 길옆으로 억새풀과 잡초가 무성히 자라 있었다. 마 형사가 나름대로 조심스레 운전을 하고 있겠지만 차는 심하게 흔들렸다. 만해는 흔들림에 몸을 맡기다 입을 열었다.

"호, 이것도 나름대로 재미있는데요. 이리저리 흔들리는 게 꼭 놀이기구 탄 것 같아요."

"돈 내놔! 바이킹이 한 번 타는데 얼마더라? 하하하!"

마 형사가 유쾌하게 되받아 쳤다.

"하하하! 마 형사님도. 저 돈 없는 거 아시면서. 하하하."

만해가 다시 답하며 웃었다.

"하하하! 놀이동산에서 아르바이트한 거 다 알고 있는데. 하하하!"

"하하하! 그 돈 다 사부님이 관리하시는 거 아시면서. 하하하!"

차 안은 두 사람의 웃음소리로 가득 찼다. 잠시 웃던 그들은 차 안의 분위기가 썰렁하다는 것을 느끼고 입을 다물었다. 눈치를 보자 공지와 노승은 뭔가 깊은 생각에 잠겨 있었고 한 반장도 긴장되는지 팔짱을 낀 채 고개를 숙이고 있었다.

괜히 머쓱해진 두 사람은 한 번 눈을 맞춘 뒤 조용히 앞을 보았다.

그렇게 조용한 가운데 얼마나 갔을까. 꽤 경사가 급한 오르막길을 간신히 오르자 탁 트인 언덕 밑으로 마을이 하나 나타났다.

"아아!"

운전하던 마 형사의 입에서 탄성이 터져 나왔다. 다른 사람들 역시 앞을 보더니 탄성을 한 번씩 내뱉었다. 눈앞에 펼쳐진 경치가 아름다웠기 때문이다.

답답할 정도로 좁은 길을 달리다가 갑자기 탁 트인 경치에 산들이 멀리 병풍을 치듯이 있는 마을의 모습을 보자 탄성이 절로 나온 것이다. 그 밑으로 80여 호에 이르는 집들이 옹기종기 모여 있었다. 밥 때라서 굴뚝에서 연기가 모락모락 나는 집도 있었는데 분지 지형인데다 날씨까지 좋아서인지 그것만으로도 그림 엽서의 한 장면 같았다.

"저런 곳에 흡혈귀가 산다고요?"

한 반장이 공지에게 물었다.

"흡혈귀라니?"

공지가 뭐라 대답도 하기 전에 노승이 공지와 한 반장을 보며 물었다.

"아, 그분을 흡혈귀로 알고 있습니다."

"뭐라고?"

노승이 큰 소리로 외쳤다. 어이없다는 표정이었다.

"그게… 설명해 줄 시간이 없어서…….."

공지는 머리를 긁으며 변명했다. 노승은 그런 공지의 모습을 보며 화를 벌컥 냈다.

"아니, 그거 설명해 주는 데 얼마나 걸린다고!"

"죄송합니다."

"이게 죄송하다고 해결될 문제야! 가장 중요한 일을 안 한 건데! 그럼 이들을 데려가는 의미가 없잖아!!"

"저……."

순간 만해가 끼어들었다.

"뭐냐?"

"사부님, 저한테도 설명 안 해주셨잖아요?"

"뭐? 내가 안 했냐?"

"예. 어제 그분에 대해 물으니까 오래 걸린다고 하셨는데요."

"음……."

얼굴색이 약간 변한 노승은 공지를 보며 입을 열었다.

"공지야!"

"예."

"얼른 얘기해 줘라. 마을이 코앞이다! 짧게 추려서. 알지?"

"예!"

공지는 마 형사에게 차를 세우게 했다. 마을이 보이는 언덕 위에서 공지의 말이 시작됐다.

"그러니까 지금 우리가 만나러 가는 분을 처음 만난 것은 사형과 내가 악귀 포덕단에서 한창 악귀포교 활동을 할 때였지. 그때가 그러니까 박통 시절이었지 아마? 당시 우리 나라에 부두교가 처음 들어왔을 때인데… 그 종교를 가지고 들어올 것은 아이티 난민이었어. 미국으로 망명하기 위해 바다에 배를 띄웠다가 표류하는 바람에 우리 나라 선원에게 구조가 된 거지. 그런데 그가 하필이면 부두교의 한 지부를 맡고 있던 사람이었어. 그의 미국으로의 망명 시도도 부두교를 퍼뜨리기 위한 것이었지. 인천항에 입항한 그는 부두교라는 이름에 걸맞게 부두에다가 신전을 세워놓고 포교 활동을 시작했지. 음… 부두교에 대해서는 모두 상식으로 대략 알고 있겠지만……."

"전 모르는데요."

공지의 말을 딱 끊는 목소리가 있었다.

"만해지? 공지야, 그냥 계속해라."

노승의 목소리였다. 공지는 사형의 말에 따라 개의치 않고 설명을 계속 이어 나갔다.

"부두교는 주술에 무척 강한 종교이지. 그것을 주재하는 사람을 승려라고 하는데… 아, 우리 나라의 승려라는 개념하고는 물론 다르지. 부두교의 승려는 피의 저주를 내리는 데 능하지. 그는 인천항의 노동자들을 대상으로 저주를 내리고 그것을 풀어주는 일을 반복했어. 그러다 보니 그의 위대함에, 혹은 그에 대한 두려움으로 부두교에 가입하는 사람들이 많아졌지. 그런데 승려의 목적은 단순히 포교가 아니었어. 당시 민주화가 안 되고 경제 발전이 없는 후진국이었던 우리 나라를 부두교의 성지로 만들 생각이었던 거지. 그래서 자신의 편에 서는 사람들을 늘리고 또 교세를 확장해 나갔지. 모두 비밀리에 추진해서 일반 사람들은 아무도 몰랐어. 하지만 우리 포덕단에서 그 사실을 알아냈지. 그래서 파견된 것이 사형과 나였고."

"가서 꽉 쏴 죽이지 그랬어요?"

마 형사의 목소리였다. 모든 사람들의 시선이 마 형사에게 가서 멈췄다. 마 형사는 아무렇지도 않은 표정이었으나 한 반장의 얼굴이 발개졌다.

"무시하고 계속하세요."

한 반장은 공지를 보며 재촉했다.

"그래서 파견을 나갔는데… 이미 일반인들의 피해가 시작되고 있었던 거야. 인천항이 발칵 뒤집혀 있었지. 사람 반 좀비 반이었으니……."

"좀비요?"

한 반장이 놀라 물었다.

"그래, 좀비였어. 살아 있는 시체, 바로 그거 말이야."

그때가 생각난 듯 공지와 노승의 미간에 주름이 살짝 생겼다가 사라졌다.

"어떻게 그런 일이……?"

"그 승려가 좀비를 만든 거지. 놈은 교세를 확장하면서 사람들을 납치해 좀비로 만드는 작업도 병행하고 있었던 거야. 당시 우리 나라는 워낙 못살기 때문에 주위에서 한두 명 사라지는 일은 비일비재했거든. 그렇게 납치된 사람들은 주술에 의해 좀비로 변해 있었던 거지. 한데 워낙 그 수가 많았어. 인천항의 컨테이너 박스 안이 좀비들로 우글거렸으니까."

"헉! 전 전혀 몰랐는데……."

한 반장이 놀란 눈을 하며 어이없다는 듯 중얼거렸다.

"당연하지! 신문이든 방송이든 보도가 되지 않고 비밀리에 쉬쉬하고 끝났으니까."

"그래서요? 영화에서처럼 머리를 갈겼나요, 기관총으로?"

마 형사가 재촉했다. 좀비 떼가 나오니 신나는 모양이었다.

"음… 그러지 못했지. 지금도 그렇지만 당시는 우리들의 존재가 더더욱 비밀이었으니까."

그때였다.

"좀 짧게 해라, 짧게! 이러다 해 떨어지겠다."

노승의 목소리였다.

"예! 여하튼 인천 항구를 폐쇄하고 좀비 소탕 작전을 펼치다가 사형과 나는 좀비 떼에 둘러싸였는데 그때 그분을 만난 거지!"

"흡혈귀요?"

마 형사가 물었다.

"어허! 흡혈귀가 아니라니까!"

공지는 사형의 눈치를 보며 답했다.

"아무튼 그때 그분이 나타나서 엄청난 괴력으로 좀비 떼를 뚫고 우리를 구해줬어. 그리고 우리가 부두교의 승려를 해치우는 데도 일조하셨고 말이야."

"그랬구나."

한 반장이 고개를 끄덕이며 말했다.

"물론 단순히 우리를 구해준 것 때문에 사형과 내가 그분을 높게 생각하는 게 아니야. 바로 그분이 흡혈귀, 아니, 피를 필요로 하는 인간이 될 수밖에 없었던 과거를 생각해서이지."

"그리고 그분이 우리보다 나이가 좀 많지."

노승이 옆에서 거들었다.

"그분의 과거가 어때서요?"

"좀 복잡하지. 아무튼 일제 시대 때 살아 돌아오신 분이라는 것만 알아둬."

"예? 그럼 할아버지겠네요?"

"음… 그게 좀…… 여하튼 일단 만나보면 알 거야."

공지는 거기서 말을 끝냈다. 그리고 노승을 바라보았다.

"다 끝난 거야?"

노승이 어이없다는 듯 물었다.

"예!"

"허…… 진짜 중요한 얘기는 안 한 것 같은데. 왜 그분이 그렇게 된 건지에 대한 얘기가 더 중요한 거 아닌가. 쯧쯧."

불만에 찬 목소리로 중얼거리던 노승은 혀를 찼다. 하지만 조금 전부터 배에서 울리는 꼬르륵 소리를 듣고 있던 터라 더 이상 잔소리를 하지 않고 다시 차를 출발시켰다.

마을로 들어간 일행은 커다란 느티나무가 있는 곳에 섰다. 그 옆으로 마을회관이 보였다.

"우리가 오는 것을 알고 있었나 본데요?"

한 반장이 앞을 보며 말했다.

그 말을 뒷받침이라도 하듯 마을회관 앞에는 한 젊은이가 서서 그들을 바라보고 있었다.

눈에 확 띌 정도로 잘생긴 얼굴에 날카로운 눈초리를 지닌 사내였다. 한 반장은 왠지 싸늘한 기분에 휩싸이는 것을 느끼며 먼저 차에서 내렸다. 그러나 차창을 열고 고개를 내민 뒤 먼저 입을 연 것은 마 형사였다.

"얘야, 여기서 가장 나이 많으신 어르신을 모셔와라!"

그러나 사내는 어떤 표정 변화도 없었다. 표정 변화가 있는 것은 소리 지른 마 형사였다.

뒤에서 노승이 뒷머리를 잡아 내렸기 때문이다.

"아야! 왜 그래요?"

"내가 웬만하면 폭력을 안 쓰려고 했는데…… 쯧!"

노승은 혀를 차며 차에서 내렸다. 그 뒤를 공지가 따랐다.

"원래 성질이 더러우니까 마 형사님이 참아요."

만해는 마 형사를 위로하며 차에서 내렸다.

청년에게 다가간 노승은 반가운 표정으로 고개 숙여 인사를 했다. 그 모습을 본 만해는 깜짝 놀랐다. 노승이 누구에게 고개를 숙여 인사를 하는 것은 오구려교의 교주인 각원 이후로 처음이었던 것이다.

그런 만해를 더욱더 경악스럽게 한 것은 노승의 입에서 나온 말이었다.

"형님!"

"헉!"

만해는 자신도 모르게 입을 딱 벌렸다. 형님이라니?!

자기보다 나이가 많아도 절대 형님이란 소리를 하지 않던 노승이 새파랗게 젊은 청년에게 형님이라니?

그러나 놀라는 만해를 전혀 신경 쓰지 않는 노승의 기행은 계속됐다.

"형님, 그동안 별고없으셨습니까?"

"그렇지. 내 오늘쯤 자네들이 올 줄 알았네."

청년은 노승과 뒤에 있는 공지를 보며 말했다.

"예, 형님이 당연히 아실 거라 생각했습니다."

공지가 미소를 띠며 말했다. 그 모습을 지켜보고 있는 만해와 한 반장 일행은 정신이 없었다. 공지마저 형님이라는 단어를 쓰다니…….자신들이 지금 헛것을 보는 것 같았다. 하지만 엄연히 현실이었다.

그들에게 공지가 소개를 했다.

"자, 이분이 김단적 어르신이시네. 모두 인사드리게."

"예에?"

만해와 한 반장 일행은 다시 한 번 놀랐다.

자신들이 생각한 것보다 너무 젊었기 때문이다.

하지만 어쨌든 그들도 악귀사수대와 심령 수사대로 일하는 인재들. 그동안 희한한 일을 겪어온 경험으로 더 이상 의문을 갖지 않고 공지가 시키는 대로 인사를 했다.

"아, 안녕하세요."

일행의 당황하는 모습을 보며 노승이 혀를 끌끌 찼다.

"내 이럴 줄 알고 간단히 설명하란 거였는데! 쯧쯧쯧!"

"자, 안에 들어가서 얘기하지."

단적은 마을회관으로 일행을 이끌었다. 그러나 안으로 들어가려던 단적이 만해를 보더니 갑자기 멈췄다.

"자네……?"

단적은 떨리는 목소리로 만해를 가리켰다. 예상치 못한 단적의 행동에 모두들 의아해했고 더욱이 당사자인 만해는 어쩔 줄을 몰라 했다.

"자네 혹시…… 아니다. 그런 일은 있을 수 없지."

뭔가 말을 하려던 단적은 만해를 가리켰던 손가락을 내리며 고개를 흔들었다. 그리고 다시 들어가기 위해 몸을 틀었다. 순간 같이 움직인 만해의 뒤에 매달려 있던 혼월천검이 흔들거리며 앞으로 살짝 튀어나왔다.

"헉!"

이번엔 정말 놀랐는지 단적의 냉철해 보이던 얼굴이 놀람으로 가득했다.

"그 검!"

단적은 만해가 차고 있는 검을 가리키며 큰 소리로 말했다.

"자네… 자넨 누군가? 자네가 이 검을 어떻게 가지고 있는 거지?"

당황한 만해는 그 검을 갖게 된 계기를 갑작스럽게 논문 발표를 하게 된 새내기 대학생처럼 더듬거리며 이야기했다.

결국 만해 고조할아버지의 영혼이 검 안에 봉인되어 있다는 얘기에 이르자 갑자기 단적은 무릎을 꿇었다. 그리고 검을 향해 절을 했다.

"어르신, 이제야 다시 만나게 되었군요! 결국 그 말이 전부 사실이었군요!"

영문을 모르는 일행은 황당한 표정으로 서로를 바라보았다. 단적은 잠깐 옛날 생각에 잠겼다. 죽음을 생각할 당시 산길에서 만난 그분을 떠올리고 있는 것이리라.

잠시 후 단적은 자리에서 일어나 만해의 손을 꼭 잡았다.

"할아버지의 정신이 봉인된 그 검을 잘 간수하여 이용하도록 하게."

만해는 고개를 끄덕였다. 아니, 이 상황에선 그것밖에 할 일이 없었다.

안으로 들어가 자리를 잡고 앉은 노승 일행에게 잘생긴 젊은 청년이 차를 내왔다.

노승과 공지, 그리고 단적 세 사람은 옛날이야기를 꺼내며 담소를 나누었다.

주로 예전의 부두교 사건을 이야기했는데, 당시엔 급박했지만 지금은 즐거운 추억인 듯 간간이 웃음도 터져 나왔다.

그렇게 한참을 이야기하던 세 사람은 갑자기 화제를 바꾼 공지의 한 마디로 인해 조용해졌다.

"형님이 하신 거지요?"

"……."

싸늘한 공기가 방 안에 가득 찼다. 한 반장은 침을 꿀꺽 삼키고 단적의 말에 귀를 기울였다.

한참을 말없이 있던 단적이 드디어 입을 열었다.

"모른 척해주게."

"하지만……."

"됐네."

공지가 다시 말을 하려는 찰나 노승이 가로막았다. 그리고 단적을 향해 말했다.

"알겠습니다."

노승은 간단히 말하고 다시 화제를 다른 곳으로 넘겼다.

한 반장은 그런 노승을 보자 답답했으나 자신이 나설 수 있는 상황이 아니었다.

그러는 사이에 밖이 어두워졌다.

"오늘 밤은 여기서 자고 내일 떠나게."

단적은 자리를 정리하며 일어섰다. 그 뒤를 노승이 따라나섰다.

공지도 따라가려고 했으나 노승이 눈치를 주며 말리는 통에 노승만 나가게 되었다.

밖으로 나온 노승은 느릅나무 아래서 뒷짐을 지고 서 있는 단적의 옆으로 다가섰다.

"참 오랫동안 자라지, 이 나무는."

단적은 혼잣말처럼 중얼거렸다. 노승은 아무 말 없이 단적이 보는 나무를 같이 바라보았다.

"조만간 다시 시작될 걸세."

"……?"

"내가 전에 말했던 그 일 말일세."

"정말입니까?"

노승이 떨리는 목소리로 물었다. 단적은 대답없이 고개만 끄덕였다.

"그래서 지금 준비 중이네. 내년이면 그가 말한 60년이 되는 해야. 그전에 우리가 먼저 시작해야지."

"그럼… 그래서 일본인들을 납치하는 겁니까?"

단적은 노승을 한 번 보았다. 그리고 시선을 다시 돌려 앞을 보았다.

"어쩔 수 없는 희생이라 생각하네. 지난번처럼 넋 놓고 당할 수 없지 않나?"

"그래도 단순히 복수만으로 그러시는 건……!"

"복수 때문만은 아니야. 이번은 저번과는 비교도 안 될 만큼 엄청난 일이 벌어질 거야. 그때 실패했던 일들이 다시 시도되는 것이니 말일세!"

"그들이 있는 곳을 볼 수 있을까요?"

"안 되네!"

단적은 고개를 저으며 단호히 말했다.

노승이 다시 뭐라 말하려 할 때 어디선가 자동차 소리가 들렸다.

그리고 어둠을 밝히며 멀리서 다가오는 자동차 불빛이 보였다.

두 사람은 말을 멈추고 자동차가 다가오는 것을 보았다. 가까이 다가온 그것은 일반 자가용이 아니라 1톤 트럭이었다.

끼이익!

두 사람이 서 있는 것을 보았는지 그 앞에서 트럭이 멈췄다. 이어 중년의 사내 두 명이 문을 열고 내렸다. 그들은 단적에게 인사하며 뭔가를 내밀었다.

"제천에 있는 신선봉에서 뽑은 것입니다."

단적은 그것을 들어 이리저리 보더니 노승에게 내밀었다. 그것은 쇠로 만든 커다란 말뚝이었다. 보통 쓰이는 작은 크기의 것이 아니라 /어른 팔뚝만한 굵기였다.

"쇠 말뚝이네요?"

받자마자 쇠 말뚝임을 알아본 노승이 말하자 단적은 고개를 끄덕였다.

"계속해서 뽑고 있는데 아직도 나오고 있지. 이게 왜 산에 박혀 있는지 알고 있나?"

"일본 놈들이 우리 나라의 정기를 끊으려고 박은 거 아닙니까?"

"그렇기도 하지만 알려지지 않은 다른 이유가 있지. 그것이 진짜 목적이지."

"뭐지요?"

"음… 조금 있다가 말해 주지."

노승은 궁금했으나 더 이상 물어보지 않았다. 알려주지 않으려 마음먹은 단적에게 알려달라고 설득하는 것은 불가능하다는 것을 알고 있기 때문이다.

"그런데 일본 사람들은 앞으로 어떻게 하려는 거지요?"

단적은 노승의 눈을 똑바로 보았다.

"돌려보낼 걸세."

"예?"

너무나 간단한 대답에 오히려 당황한 노승이 물었다.

"다시 돌려보낼 걸세."

단적은 강조하듯 한 자 한 자에 힘을 주어 말했다.

"자넨 일본이 왜 우리 나라를 침범했는지 아나?"

"우리 나라를 식민지화하려는 거였잖아요? 자기들 땅덩어리가 좁으니……."

"표면적인 이유는 그거지. 하지만 그것보다 더 정확한 이유가 있지 않나? 국사 시간에 배웠을 텐데?"

"아, 학교를 안 다녀서… 절에서 대강 공부는 했는데……."

머리를 긁적이며 답하는 노승을 보며 단적은 고개를 끄덕였다.

"그럼 모를 수도 있겠군. 정한론(征韓論)이라고는 들어봤나?"

"그럼요! 메이지유신을 거치면서 일본이 중앙 집권적 국가를 건설해 갈 때 불만있는 무사 계층의 관심을 해외로 돌리기 위해 조선을 침범하자는 주장을 한 거잖아요. 임진왜란 때도 결국 비슷한 이유로 침략했었던 거고요."

매번 만해에게 질문을 하고 대답을 듣는 입장이었던 노승은 단적 앞에서 그 반대의 입장에서 열심히 답하고 있었다.

"음… 잘 알고 있군."

"그쯤이야 뭐……."

"그럼 그게 실질적인 이유라고 생각하나?"

"글쎄요, 아까 말한 식민지화시킬 나라를 찾았던 이유와 정한론이 복합돼서 침범한 거 아닐까요?"

"아니야. 그럼 아까 말하려다가 만 이야기를 해주지."

"무슨 이야기요?"

"말뚝 이야기."

"예에……."

노승은 대답은 했지만 별 기대를 하진 않았다. 어차피 조선 땅의 정기를 막으려고 박아놓은 것일 것이다.

"그건 단순히 조선 땅의 정기를 막으려고 박은 게 아니야."

노승의 생각을 읽기라도 한 듯 단적이 말했다.

"옛?"

노승이 놀라 반문했다.

"일본이 우리 나라를 친 것은 단순히 식민지나 자신들 무사의 관심을 밖으로 돌리려고 한 것이 아닐세. 마계(魔界)와 관련되어 있지."

"예에?"

단적이 갑작스럽게 마계를 언급하자 노승은 눈을 동그랗게 떴다.

그 시각, 일본 요미우리신문을 비롯한 주요 일간지엔 야스쿠니 신사 사건이 연일 대서특필되고 있었다. 일본인들의 정신적 상징으로 여겼던 신사의 본당이 폐가처럼 변했기 때문이다. 겉모습도 많이 상해서 본당은 기울어져 있었고, 그 안에 있던 위패나 각종 기구들이 부서지거나 심하게 훼손되어 있었다.

게다가 그 안에서 발견된 국회의원인 요시모토의 수수께끼 같은 죽음도 화제였다.

도대체 어떻게 죽었는지 사체를 부검한 부검의들도 알 수 없다는 결론에 도달했다. 머리에 있는 뇌와 온몸의 피가 다 빠진 채 거죽만 남아 죽어 있었던 것이다. 지문으로 간신히 신분을 확인했지 얼굴만 봐서는 도무지 누군지 알 수 없을 정도로 심하게 훼손되어 있었다.

그 밤에 왜 그가 거기서 죽어 있었는지 설명할 수 있는 사람은 아무도 없었고, 또 신사가 훼손된 것과는 어떤 연관이 있는지 찾을 수도 없었다.

그러나 일반 시민들이 생각하는 것 이상으로 자위대의 수뇌부는 이 문제를 심각하게 생각하고 있었다.

그 사건과 관련해 자위대에서는 연일 수뇌부들만이 참석하는 통합막료회의가 열리고 있었던 것이다.

"이건 필시 조선 놈들 짓이오!"

방위장관인 아사다로의 말이었다. 내각총리대신을 제외한 자위대 최고 통수권을 지닌 방위장관의 말치고는 상당히 과격한 언사였다.

"무슨 근거로 그렇게 말씀하시는 거지요?"

고위 장교인 무시야마가 말했다. 그 역시 격앙된 말투였다. 무시야마로선 지금의 회의 내용을 이해할 수 없었다.

최고 수뇌부들이 신사가 훼손된 것을 무조건 한국 탓으로 돌리는 것이었다.

그리고 더 황당한 것은 한국이라는 현재의 나라 명을 말하는 것이 아니라 조선이라는 케케묵은 이름을 들춰내는 것이다.

"아무튼 빨리 조선을 쳐야 하오!"

무시야마의 의견을 무시하고 아사다로가 다시 한 번 말했다. 여기저 기서 '옳소'라는 의견이 들려왔다. 무시야마는 답답해졌다. 뜬금없이 한 나라와 전쟁을 벌이자는 게 말도 되지 않는다는 것도 모른 채 모두 들 쉽게 말하고 있었다. 설령 한국인들이 신사를 일부러 망가뜨렸다 할지라도 고작 그런 문제로 전쟁을 시작하면 안 되는 것이다.

더군다나 자위대는 방어만을 목적으로 만들어진 치안 유지용 부대 이지 다른 나라를 침범하기 위해 만들어진 군대가 아니었다. 2차 세계 대전의 패전 후 일본 헌법에서 다른 나라의 침공을 위한 군사 행동을 법으로 금지했으며, 그래서 태어난 것이 자위대였던 것이다.

그런 자위대를 이끌고 한국을 무력으로 쳐야 한다는 게 무시야마로 서는 이해가 되지 않는 것이다. 지금 전쟁을 시작한다면 제3차 세계대 전으로 번질 수도 있었다.

"절대 우리가 먼저 공격하는 것은 안 됩니다!"

무시야마가 벌떡 일어나 말했다. 아사다로를 비롯해 회의에 참석한 모든 장교들이 무시야마를 쳐다보았다.

"그럼 어쩌자는 거요? 우리의 정신적 상징인 야스쿠니 신사가 저리 훼손된 것을 보지 않았소?"

아사다로가 격앙된 목소리로 말을 이었다.

"우리가 예전에 36년 동안 한국을 지배하면서도 왜 결국 점령을 하 지 못했는지 아시오?"

"힘이 부족해서죠! 그리고 미국 놈들만 아니었어도!"

무시야마는 이를 갈며 말했다. 전쟁을 반대하지만 그 역시 제국주의 자였다.

"그랬죠. 하지만 더 큰 이유는 따로 있습니다. 우리가 해야 할 일을 하지 못했기 때문이지요."

"그게 무슨 말이죠?"

아사다로는 좌우를 살폈다. 그리곤 조용히 입을 열었다.

"그건 나중에 얘기하도록 하죠."

"예?"

"당장 말씀해 주세요!"

"여기서 밝히지 못하는 이유가 뭡니까?"

회의장 여기저기서 말을 멈춘 아사다로에게 비난의 말들이 쏟아졌다. 그러나 아사다로는 고개를 끄덕이며 회의 진행을 계속할 뿐이었다. 임진왜란, 대동아전쟁 때도 그랬듯 옆 나라 한국을 치기 위한 논의는 이렇게 시작되고 있었다.

한참이 지나서야 회의장을 나온 아사다로는 복도를 걷고 있었다. 그 옆으로 투명한 공기덩어리가 꾸물거리며 다가갔다. 그리곤 아사다로의 옆에서 같이 움직이기 시작했다.

정말 바보 같은 인간들이군. 옛날보다 더 바보들이 모여 있는 것 같아.

꾸물거리는 공기덩어리에서 소리가 났다. 그러자 아사다로는 고개를 끄덕이며 동의한 후 입을 열었다.

"어쩌면 바보 같은 것들이 모여 있으니 일이 더 쉬울 수 있겠지."

말을 마친 아사다로는 음산한 미소를 지었다. 붉은 악마를 살려낸 바로 그 남자, 그리고 영들이 신사를 망가뜨린 자리에 있었던 바로 그 의문의 남자가 바로 아사다로였다.

그 옆의 굴절되는 공기덩어리 사이로 순간적으로 아시쿠라의 얼굴이 보였다 사라졌다.

다음날 노승 일행은 마을에 도착해 처음 만났던 그 느릅나무 앞에서 단적과 작별 인사를 나누고 있었다.

"잘 가시오."

단적이 무겁게 입을 열었다.

"예, 부디 잘 계시기 바랍니다."

인사를 하며 노승은 안타까운 눈으로 단적을 바라보았다. 그러나 더 이상의 말은 하지 않았다.

노승이 차에 오르자 그 뒤를 따라 공지와 만해, 한 반장도 마지막 인사를 한 뒤 차에 올라탔다.

출발한 차는 다시 비포장도로를 덜컹거리며 달리고 있었다.

노승은 차가 출발할 때부터 계속 심각한 표정을 하고 있었다.

"사형."

공지가 슬쩍 불렀으나 노승은 못 들은 듯 계속 멍한 표정으로 창밖을 내다보고 있었다. 옆 자리의 만해는 오랫동안 봐왔지만 저렇게 심각한 표정을 한 노승은 처음이었다.

"사형, 사형."

"응? 으응."

서너 번을 불러서야 노승은 반응을 했다.

"괜찮아요?"

걱정스러운 듯 물어보는 공지에게 노승은 고개를 끄덕여 줬다. 심상치 않은 노승의 눈치를 보면서 공지는 조심스럽게 다시 말을 꺼냈다.

"저…… 근데 어젯밤에 단적 형님에게 그것에 대해 물어보셨나요?"

"뭐? 납치되는 일본인들에 대해서?"

"예. 우리가 온 이유는 그것 때문인데 그것에 대해선 아무 언급도 못했잖아요."

공지의 말을 들은 한 반장도 고개를 끄덕이며 거들었다.

"저는 우리가 여길 왜 왔는지조차 헷갈린다니까요. 두 분이 이곳에서 그 열쇠를 찾을 수 있을 거라고는 하셨는데 뭐가 어찌 되는 건지……."

노승은 두 사람을 바라보다가 입을 열었다.

"그분이 일을 벌이는 건 맞네."

"옛?"

한 반장은 놀라 자신도 모르게 큰 소리를 냈다.

"아니, 그렇다면 빨리 가서 잡아야죠!"

"맞아요! 차 돌릴까요?"

마 형사가 한 반장의 말에 맞장구쳤다. 하지만 노승은 고개를 저었다.

"우리가 어쩔 수 있는 일이 아니야. 그리고 우리가 간다고 해도 그분의 마음은 바뀌지 않을 걸세."

"예? 그런 게 어디 있어요? 만약 일본인들을 정말 납치라도 하는 거라면 당연히 그에 따른 벌을 받아야죠."

"벌?"

노승은 한 반장에게 되물었다.

"예! 저는 사실 그 납치 사건이라는 게 정말 일어나는 건지도 의심이 가거든요. 그런데 실제로 확실한 범인이라고 나서는 사람이 있다니 당연히 잡아서 처벌을 해야죠!"

"그분은 평생 동안 벌을 받으셨네. 그리고 벌을 줄 권리가 우리에겐 없어."

"예?"

한 반장이 의아한 얼굴로 물었다.

"자네들 내가 그분에게 경어를 쓰는 거 보고 이상하다고 생각하지 않았나?"

"예, 당연히 그랬죠. 나이가 저보다도 더 어려 보이는 것 같던데."

"휴……. 그게 그분에게 내려진 업보일세. 물론 그분의 의지는 아니었다네."

"그게 무슨 말씀이신지?"

"나무아미타불……."

옆에서 듣고 있던 공지가 염불을 외우며 눈을 감았다.

노승은 다시 한 번 한숨을 짓고 말을 이었다.

"원래는 어제 여기 오는 길에 이 이야기를 먼저 했어야 했는데 공지가 쓸데없이 부두교 사건을 먼저 이야기하는 바람에 지금에야 말을 하게 되었네."

공지는 노승의 지적에 쑥스러운지 머리를 긁적거렸다.

노승은 단적의 정체에 대해 좀 더 구체적으로 이야기했다.

"음… 그러니까 그분의 연세는 정확히 알 수 없네. 단지 80세 전후일 거라고만 추정하고 있을 뿐이지. 그분은 열여덟 살 때 일본군에게 강제 징집당해 끌려가고 말았어. 그리고 동아시아전투에까지 끌려가 전쟁을 치르다가 그만 조선인 정신대를 도와주는 바람에 731부대의 마루타로 끌려갔지. 왜, 지난번에 만해의 본가에서 그 부대 출신 악귀와 싸운 적도 있지 않았나?"

한 반장은 고개를 끄덕였다. 참 끔찍했던 기억이었다.

"그래서 그 이후에……."

노승은 단적이 걸어온 길을 차근차근 설명해 주었다. 한 반장 일행과 만해는 마치 영화 속 이야기라도 듣는 듯한 멍한 표정으로 노승의 입만 바라보고 있었다.

"……그렇게 죽지 않고 살아 있는 몸이 된 거지."

노승의 이야기가 끝나자 모두들 놀란 눈빛으로 서로를 응시했다. 도무지 믿기지 않는 일이었다. 외국 영화에나 나오는 흡혈귀가 엄연히 존재하고 있다는 것도 놀라운 일이었지만, 그것이 단순히 물려서 전이(轉移)가 된 것이 아니라 약물에 의한 변종으로 인해 새로운 흡혈인의 탄생이었다는 데 더욱 놀랐다.

"그럼 그분도 영화 속 흡혈귀들처럼 힘도 세고, 상대에게 최면도 걸 수 있고, 변신도 할 수 있나요? 실제로 그렇게 다재다능한가요?"

노승은 고개를 저었다.

"나도 정확히 그분이 어떤 능력을 갖고 있는지는 알 수 없어. 다만 한 가지 확실한 건 그분은 인간 한계를 뛰어넘은 육체를 지녔다는 거야."

"예에……. 그런데 그런 분이 왜 일본인들을 납치하는 건가요?"

"휴우. 이게 또 얘기가 긴데, 이 이야기를 하려면 일제 시대까지 거슬러 올라가야 해."

"아직 서울에 도착하려면 멀었어요. 빨리 얘기해 주세요!"

한 반장이 시계를 보며 재촉했다.

"맞아요! 해주세요!"

"얼른 해주세요!"

차 안 여기저기서 유치원생들처럼 이야기해 달라고 아우성이었다.

결국 그들의 성화에 못 이겨 노승은 계속 말을 이었다.

"복수야!"

딱 한 마디였다.

일행은 노승의 다음 말을 기다렸으나 노승은 눈을 감은 채 꼼짝도 하지 않았다.

"사부님."

만해가 조심스레 노승을 불렀다.

"왜?"

"그게 끝인가요?"

"그거면 다 설명이 되지 그럼 뭐가 또 있을까 봐?"

"에이, 그래도 너무 짧아요."

"머리가 있으면 좀 상상 좀 해봐, 왜 그분이 일본인들을 납치하려는지. 왜 복수를 하려는지!"

노승이 버럭 소리를 지른 뒤 다시 눈을 감았다. 잠시 후 차 안엔 코고는 소리가 진동하기 시작했다. 노승이 잠을 자자 만해가 구시렁거렸다.

"난 아직 이해가 안 가요."

"뭐가?"

공지가 물었다. 그러자 만해는 공지를 바라보며 물었다.

"복수라는 것이오. 벌써 흘러간 세월이 60년이 다 되어가는데 이제야 복수를 운운한다는 게 이해가 안 가요. 복수심이라는 것은 시간이 갈수록 무뎌지는 거 아닌가요?"

"일반적으론 그렇지. 하지만 저분은 좀 특별한 경우가 아닐까? 일본인에게 당했던 게 보통 일은 아니었을 테니까 말이야."

나름대로 분석을 하며 공지가 말했다.

"아니에요! 분명 그거 말고 뭔가가 있어요. 이건 단순히 복수 때문에 벌어진 일이 아니에요. 뭔가 거대한 음모가 숨어 있는 게 틀림없어요!"

만해가 확신하듯 이야기할 때 자는 줄 알았던 노승의 눈이 꿈틀거렸다.

"제 생각에는 그분이 뭔가를 알고 계신 게 틀림없어요. 예를 들면 일본이 우리 나라를 다시 침략해 온다든지 하는 거요!"

"쪽발이들이 우리 나라를 다시 침략한다고?"

마 형사가 잔뜩 흥분하며 외쳤다.

"내가 제일 싫어하는 게 일본 놈들이야! 겉으로는 친한 척 살살거리지만 알고 보면 음흉한 놈들이잖아!"

"예를 들어 그렇다는 거지 꼭 침략한다는 건 아니에요."

"그런데?"

공지가 만해의 얘기를 재촉했다.

"그런데라니요?"

"그분이 일본인들을 납치한 거랑 일본 놈들이 침략하는 거랑 무슨 상관이냐고!"

"그거야 납치한 일본인들을 흡혈귀로 만들어서 방패로 삼으려는 거 아닐까요? 한마디로 흡혈귀 부대를 만드는 거죠!"

"뭐야?"

눈만 꿈틀거리며 누워 있던 노승이 소리를 지르며 벌떡 일어났다.

"아니, 사부님! 주무시던 거 아니었어요? 코도 골더니?"

만해가 놀라 물었으나 노승은 대답없이 마 형사의 어깨를 쳤다.

"이봐! 차 돌려서 다시 그 마을로 가자고!"

"예? 왜요?"

"글쎄, 빨리 돌려서 가자니까!"

노승은 다시 한 번 재촉했다. 그리고 만해를 슬쩍 바라보았다.

'내가 왜 그 생각을 못했지?'

만해의 분석은 비교적 정확했다. 일본인들을 왜 납치하는지 그 이유를 알았어야 했다.

노승은 단순히 복수로만 여겼던 자신의 편협된 생각이 부끄러워졌다.

"막아야 해……."

노승은 혼자 중얼거렸다.

일행을 보내고 집으로 돌아온 단적의 얼굴은 더욱더 수심으로 가득 찼다. 그 모습을 지켜보던 귀의는 단적에게 말을 건넸다.

"너무 신경 쓰지 마십시오. 우리는 우리의 의지대로 진행하면 되는 겁니다."

단적은 귀의를 바라보며 고개를 끄덕였다. 그동안 자신의 옆에서 항상 한결같은 모습으로 자신을 보위해 준 귀의가 새삼스레 고마웠다. 점점 노화가 진행되어 결국 귀의가 죽는다면 자신은 못 견디게 외로울 것이다.

그러나 단적은 그 상황을 인정하고 싶지 않은 듯 고개를 저었다. 당장에라도 귀의에게 달려들어 강제로라도 진화를 시키고 싶었다.

"한번 가볼까?"

단적이 자리에서 일어나며 귀의에게 말했다. 단 한 마디였지만 귀의는 무슨 뜻인지 이내 알았다는 듯 고개를 끄덕이더니 앞장섰다.

두 사람은 마을길을 따라걷다가 산길로 올라섰다. 길은 있는 듯 없는 듯 좁았으나 두 사람은 별 어려움 없이 걷고 있었다. 그리고 그 뒤를 따라 검은 그림자가 그들을 좇고 있었다. 그렇게 20여 분을 걸어가던 두 사람 앞에 건장한 청년 두 명이 나타났다. 그들 뒤로는 나무로 만든 문이 하나 보였다.

"오셨습니까?"

그들은 단적과 귀의를 보더니 허리를 90도로 숙여 인사했다.

"별일없지?"

귀의가 물었다.

"예. 얼마 전 들어온 한 명이 먹을 것을 거부하는 통에 좀 고생하긴 했습니다만 지금은 괜찮습니다."

"음……."

귀의가 손짓을 하자 다른 청년 하나가 나무 문을 열었다.

끼이익.

육중한지 문은 제법 큰 소리를 내며 열렸다. 두 사람은 안으로 들어섰다. 그 안은 천연 동굴이었다.

안에서는 신음 소리와 비명 소리 등 온갖 소리들이 들려오고 있었다. 그건 우리 나라 말이 아니었다. 일본말이었다. 가까이 다가갈수록 그 소리들은 점점 크게 들려왔다. 단적과 귀의는 평지를 지나 어느 순간 길이 아래로 뚝 떨어지는 막다른 곳에 섰다. 직각으로 깎여진 그곳은 작은 절벽이나 마찬가지였다. 사람들의 소리는 바로 그 아래에서 들려오고 있었다.

두 사람은 아래를 내려다보았다.

참혹한 광경이었다. 밧줄에 묶인 사람들이 절벽 아래 잔뜩 몰려 있었던 것이다.

남자 여자 할 것 없이 잔뜩 뒤엉켜 있는 그들은 어림잡아도 수백 명은 넘어 보였다.

그들은 단적과 귀의를 발견하고 뭐라고 소리를 질렀다.

일본말이었지만 단적과 귀의는 알아들을 수 있었다.

"우리 좀 살려줘!"

"왜 묶어놓는 거야!"

"나를 일본으로 보내줘!"

"차라리 나를 죽여줘!"

"야, 이놈들아! 이 나쁜 놈들아!!"

그 밖에 심한 욕설을 퍼붓는 이들도 있었다.

단적과 귀의는 꼼짝도 하지 않았다. 동정 어린 시선을 보낼 수도 있지만 그들은 아무런 미동도 없이 그들을 내려다보고 있었다. 진실로 냉랭한 시선이었다.

"언제 시작하실 겁니까?"

귀의가 단적에게 물었다.

"곧."

단적은 짧게 대답하고 뒤돌아 섰다.

그때였다. 동굴 앞쪽에서 누군가 다가왔다.

"누구냐?"

귀의가 소리 질렀다. 이곳에 자신들이 들어와 있을 때에는 다른 누구도 절대 들어올 수가 없었다. 그러나 누군가 그것을 철저히 무시하듯 유유히 들어오고 있으니 놀라지 않을 수 없었다.

"노승이군."

단적이 조용히 말했다.

귀의는 그제야 자신이 저지른 실수를 깨달았다. 단적은 어둠 속에서도 천 리를 내다볼 수 있는 능력이 있다는 것을 깜빡 잊은 것이다.

가까이 다가온 사람은 과연 노승이었다. 노승도 긴장했는지 얼굴이 굳어져 있었다.

"찾아올 줄 알았네. 자네가 그냥 물러날 사람이 아니지."

단적이 노승을 보며 말했다.

"문 앞에 있던 청년들은?"

귀의가 노승에게 물었다.

"잠시 잠들게 했습니다."

"그 친구들도 진화를 했기에 만만치 않았을 텐데……."

"예, 힘이 제법 장사더군요."

노승은 긴장을 놓지 않고 단적과 귀의가 서 있는 곳으로 바짝 다가왔다.

귀의가 앞을 가로막으려 했으나 단적이 이내 괜찮다는 듯 손짓을 했다.

노승은 아래를 내려다보았다.

"음……."

신음 소리가 절로 나왔다. 인간 사육장이 따로 없었다. 마치 동물들을 우리에 가두어놓고 감시하는 것처럼 보였다. 그곳에서 아우성치는 인간들을 본 노승의 미간은 저절로 찌푸려졌다. 그리고 단적을 향해 말했다.

"대체 뭘 하려는 거죠?"

"음… 뭐랄까. 아, 부대를 양성하고 있지."

"부대라니요?"

"일본 정벌 부대. 우리가 먼저 선수를 쳐야 해. 내 어젯밤에 얘기했지만 안 그러면 우리가 또다시 당한다네."

단적의 확신에 찬 말에 노승은 고개를 저었다.

"이러시면 안 됩니다. 이런 식으로는……."

"못 본 걸로 하게."

단적은 차갑게 쏘아붙였다.

"이미 봤잖아요! 전 이대로 두고 보지 못하겠습니다."

"어제 내가 다 말하지 않았던가?"

"하지만 고작 그 방법이라는 게 무고한 사람들을 이렇게 잡아두는 건가요?"

"무고하다니? 저주받은 일본인으로 태어난 것이 죄라면 죄지."

"형님, 형님은 이런 분이 아니지 않습니까? 빨리 이들을 돌려보내 주세요!"

"안 돼! 59년을 기다려 온 계획이야! 저들이 아니면 막을 수 없어! 이미 늦었어. 여기서 약해질 수는 없네!"

"단 한 명이라도 무고한 희생자가 발생한다면 인류를 구한들 무슨 소용이 있습니까? 저도 죄지은 사람은 그에 상응하는 벌을 받아야 한다고 생각합니다만…… 이들은 무슨 죄가 있습니까? 한국에 방문한 죄밖에 없지 않습니까?"

"죄?"

단적이 노승 쪽으로 몸을 돌렸다.

"죄라면 있지! 이들이 평범한 일본인들로 보이나? 자, 가까이 가서

눈을 크게 뜨고 자세히 보게!'

단적의 요구대로 노승은 절벽 앞까지 가까이 다가가 그들을 다시 들여다보았다.

헝클어진 머리, 그을린 듯 지저분한 얼굴, 찢어진 옷들……. 겉모습이나 우리 안에 갇혀 있는 그들의 처절한 모습은 이미 인간이 아닌 듯했다. 하지만 오랜 동굴 생활에 겉모습이 망가지면서 신경질적으로 변하는 건 당연한 일이다. 특별히 그들이 보통 일본인들과 다른 점은 찾지 못했다.

"차이점을 못 느끼겠나?"

단적이 물었다. 노승은 고개를 흔들며 답했다.

"이들은 그저 인간입니……."

"이들은."

옆에서 단적이 노승의 말을 끊었다.

"이들은 충분히 죄를 지은 인간들이지. 한국으로 섹스원정을 온 발정난 사내들, 나이트로 원 나잇 스탠드를 즐기러 온 여자들. 조직을 불리기 위해 온 야쿠자들. 이들은 일본인이라는 원죄에, 거기다 도덕적으로 용납될 수 없는 큰 죄를 지었어. 여긴 그런 사람만 있네! 죄없는 사람은 건드리지 않았어. 이제 좀 이해가 되나?"

그러나 단적이 말을 할수록 노승은 반감만 커져 갔다. 그동안 단적에게 가지고 있던 경외감마저 사라지는 느낌이었다.

노승은 단적을 강한 눈빛으로 보며 말했다.

"그런 억지 주장을 하시다니… 인간은 인간이 심판할 수 있는 존재가 아니라는 것을 누구보다도 잘 아시면서!"

그러나 단적은 노승의 말에 한마디 대꾸도 하지 않고 다시 동굴 아래를 내려다보았다.

노승은 단적이 눈을 감고 있다는 것을 바로 알 수 있었다.

"나는 내 방식대로 응징을 하네. 그래서 내 방식대로 이 세상을 지킬 걸세."

노승이 뭐라고 따지려 할 때 자신의 어깨에 누군가의 손이 얹혀지는 것을 느꼈다. 바로 귀의였다. 귀의는 고개를 흔들었다. 그만 나가라는 무언의 압력을 하는 것이다.

노승은 가슴에 맺힌 뭔가가 터져 나오려는 것을 꾹 참았다.

곧바로 귀의의 손을 뿌리치고 동굴 밖으로 걸어나왔다.

점점 작아지는 발소리를 듣고 있던 단적은 귀의에게 물었다.

"내가 잘못된 것인가?"

귀의는 고개를 저었다.

"어르신이 잘못되었다면 이 세상 모두가 잘못된 것이지요."

단적은 눈을 감았다 떴다. 그리고 단호한 목소리로 말했다.

"오늘 밤부터 시작하지!"

"예?"

귀의는 놀라 되물었다. 그러나 이내 입술을 굳게 다물고 고개를 끄덕였다.

드디어 시작이다. 그토록 오랫동안 기다렸던 복수의 순간이, 그리고 반드시 지켜져야만 하는 순간이…….

노승은 어두운 표정을 한 채 밖으로 나왔다. 밖에서 기다리고 있던 공지와 만해는 방정맞게 노승을 맞이했다. 그러나 그의 표정을 보자 분위기가 심상치 않다는 것을 느끼고 조용히 말을 건넸다.

"어땠나요? 정말 저곳에 납치된 일본인들이 있었나요?"

공지의 질문에 노승은 고개를 끄덕였다.

"생각보다 더 많이."

그 말에 공지도 덩달아 심각해졌다.

"정말인가요? 그럼 어쩌죠?"

그러나 노승은 아무 말도 하지 않고 앞장서서 걸어갔다.

마을 어귀에 대기하고 있던 차로 돌아와서야 노승은 뒤에 따라오던 만해에게 물었다.

"어떻게 알았어?"

"뭐를요?"

"저들에게 일본을 치기 위한 흡혈귀 부대를 만들 계획이 있다는 걸 어떻게 알았냐고?"

"예? 정말이에요? 전 그냥 예를 들었을 뿐인데……."

오히려 만해가 놀라 다시 물었다.

"음……."

노승이 신음 소리를 내며 의자에 기대 생각에 잠겼다.

눈치를 보던 한 반장이 그 사이로 끼어들었다.

"그나저나 핵무기가 왔다 갔다 하는 이 시대에 흡혈귀로 무슨 부대를 만든다는 거예요?"

"그야 나도 모르지. 다만 무슨 계획이 있었던 것 같았어. 그토록 오랜 세월 동안 준비를 했으니 비장한 계획 같은 게 있지 않겠나?"

"그렇군요. 우리가 그들을 구할 수는 없을까요? 예를 들면 경찰력을 동원해서 저곳을 습격한다든지……."

한 반장이 산 위를 가리키며 말하자 노승은 고개를 저으며 말했다.

"그 생각을 안 해본 건 아니지만 어떻게 해도 소용이 없을 거네. 어째 나는 이 일이 진작부터 철저하게 예정된 것 같단 말이야. 만약 우리가 그 예정된 틀에서 어긋나는 행동을 한다면 뭔가 꼬일 것 같은 예감이 드는군."

"왜 그런 예감이 드시죠? 사형의 예감은 지금까지 거의 틀린 적이 없잖아요."

"아무래도 어제 단적 형님과 나누었던 얘기 때문인 것 같아. 믿기 힘든 얘기였지만 그 얘길 듣고 나니 어째 그런 예감이 계속 들어."

"대체 어떤 얘기죠?"

"휴우……."

공지의 질문에 노승은 한숨으로 단적과 어젯밤에 나누었던 이야기를 시작했다.

"어제 단적 형님과 얘기를 나누고 있는데 동네 청년들이 쇠 말뚝을 가지고 오더군. 그것은 일제가 우리 산하에 박은 쇠 말뚝이었어. 요즘도 제거 작업을 하러 다니고 있다더군. 왜, 가끔 뉴스에 쇠 말뚝을 제거했다고 나오는 소식 있지 않나?"

"예."

한 반장이 대답하며 고개를 끄덕였다.

불과 얼마 전에도 백두대간 줄기에 있는 하나의 산중에서 뽑았다는 기사를 봤던 기억이 났다.

"그런데요?"

"그거 뽑으러 다니는 사람들이 이곳 마을 사람들이 주축이더라고."

"그랬군요. 좋은 일 하고 다니시네요."

"근데 그 쇠 말뚝의 의미를 알고들 있나?"

노승이 차에 탄 사람들에게 물었다. 가장 먼저 대답한 사람은 마 형사였다. 운전 중인 마 형사는 룸미러로 노승을 보면서 얘기했다.

"그거야 우리 민족의 정기를 끊으려고 한 거 아니에요?"

"잘 아는군."

"고맙습니다! 헤헤."

마 형사는 뒤통수를 긁으며 말했다. 간만에 듣는 칭찬이 기분 좋았던 모양이다.

"그러나 우리가 잘 아는 그것이 정답은 아니었어."

"예?"

마 형사가 뒤통수를 맞은 듯한 표정으로 외쳤다.

공지 역시 당황한 얼굴이었다. 얼마 전 뉴스에서 쇠 말뚝이 뽑히는 것을 본 대통령이 공지에게 같은 질문을 했다. 대통령 자신도 알고 있으면서 혹시나 하는 생각에 던진 질문이었기에 공지는 물론 자신이 아는 대로 대답해 줬다. 한데 그게 마 형사가 알고 있는 것과 별다를 게 없었던 것이다.

그런데 그 이유가 아니었다니…….

"정기를 끊으려는 게 아니었다면 무슨 이유가 있다는 거죠?"

"그렇다면 혹시……."

가만히 듣고 있던 만해가 심각한 표정으로 입을 열었다. 모두의 시선이 집중되자 만해는 상기된 표정으로 말했다.

"혹시 산에서 기르던 소를 묶어놓으려고 쇠 말뚝을 박아놓고 나중에 까먹고 그냥 가버린 게 아닐까요?"

"끄응……."

노승의 신음 소리가 유난히 애처로웠다. 한참 동안 만해를 노려보던 노승은 다시 말을 이었다.

"우리의 정기를 끊으려고 했던 게 아니라 수호령(守護靈)들을 억누르려는 것이었다는군!"

"예?"

갑작스러운 얘기에 일행은 모두 놀랐다.

"난데없이 수호령이라니요?"

한 반장이 물었다.

"글쎄 너무 엄청난 얘기라 나도 어디까지 믿어야 할지 모르겠네만…단적 형님이 허튼 말 하실 분도 아니라 그냥 넘어가기도 그렇고……."

"절대 그럴 분이 아니죠!"

옆에서 공지가 단호하게 맞장구쳤다.

"그건 그렇다 치고, 수호령을 억누르려고 했던 이유가 뭐죠?"

한 반장의 질문에 노승은 난감한 표정을 지으며 말했다.

"나나 공지나 여기 만해나 그리고 심령 수사대에 편입되어 일하고 있는 자네들도 그동안 참 믿을 수 없는 일들을 겪었지만 이번에는 그 정도가 좀 심하네."

노승의 말이 잠시 끊기자 일행은 더욱 궁금한 표정으로 노승의 얼굴만 빤히 바라보았다.

"우리 땅, 아니, 우리 산하에 이 세상을 멸망으로 이끌 수도 있는 마계의 통로가 있다는 걸세."

"예에?"

모두들 눈이 동그래졌다. 전혀 예상치 못한 말이 튀어나온 것이다.

마계의 통로라니……. 이건 너무 심하지 않은가! 노승의 말이 계속 이어졌다.

"그래서 일본이 그렇게 우리 나라를 노렸던 것인데. 우리 나라에 쳐들어와서는……."

"잠깐만요!"

한 반장이 노승의 말을 멈췄다.

"마계의 통로가 뭔지부터 알려주세요."

"그건 내가 얘기하지."

마계의 통로라는 이야기를 듣고부터 가장 얼빠진 얼굴을 하고 있던 공지가 나섰다.

"자네들도 알다시피 이 세상은 우리가 살고 있는 3차원의 세계만 있는 게 아니야. 악귀들의 세계도 있고, 또 사후의 세계도 있지. 간혹 차원의 벽을 넘어 그 구성원들 간에 우연찮게 만나기도 하지만 각자 부딪치지 않는 범위 내에서 살아가고 있지. 다른 세계의 존재를 모르고서 말이야. 그러나 마계의 통로는 다르네. 그건 이 세상에 단 한 곳에 자리잡고 있다는 전설의 통로야. 그 통로는 우리가 살고 있는 이 세계와 악귀, 마물들이 득실거리는 마계와 직통으로 연결되는 통로라고 할 수 있지. 그 통로 때문에 옛날 옛적에는 마계의 마물들이 인간계를 수시로 들락거리며 못된 짓을 많이 해왔었지. 결국 그들에 의해 아틀란티스라는 진보적인 문화를 이룩했던 대륙도 사라졌고 그 밖의 다른 국가들도 하루아침에 멸망하고 말았지. 그러자 그에 분노한 천신(天神)의 응징이 있었어. 문제의 마계의 통로를 봉인한 거지. 그때까지 마계의 통로는 이곳저곳으로 옮겨 다닐 수 있었거든. 그런 마계의 통로를 어딘가에 고정시키고 봉인을 시켜 버린 거지. 그 마계의 통로가 어디 있는지는 의견이 분분했어. 아마존에 있다고 주장하는 이도 있었고, 사람의 발길이 닿기 어려운 북극이나 남극의 얼음 밑에 존재한다는 설도 있었지. 하지만 근래에는 그저 입으로 전해지는 전설의 이야기라는 주장이 설득력을 얻고 있지. 그 따위 통로는 어디에도 없다는 주장 말이야."

"근데 있다잖아요?"

갑자기 마 형사가 툭 튀어나오며 말했다.

"그러니까 지금 내가 이렇게 설명하는 거 아닌가!"

공지는 갑자기 끼어들어 쓸데없는 참견을 하는 마 형사가 귀찮은 듯 보다 강한 어조로 답했다.

노승이 그들 사이에 끼어들며 말했다.

"방금 공지가 설명한 대로 그 마계의 통로는 존재했던 것 같지만 그 증거를 찾기 힘든 미지의 불가사의였지. 그런데 그 통로의 이야기가 뜻하지 않게 단적 형님 입에서 나온 거야. 더구나 우리 나라에 그것이 있었다고 말이야."

"있었다니요? 그럼 지금은 없다는 건가요?"

공지가 물었다.

"있을 거야. 확실히 답은 하지 않았지만 지금 준비 중인 것들이 통로가 열리는 것을 막기 위한 것이라고 했으니 말이야."

"도무지 연결이 안 되는데요. 그냥 자신의 납치를 정당화하기 위해서 그렇게 말하는 게 아닐까요?"

"아닐걸세."

한 반장의 말에 노승이 단호하게 답했다.

"그런데 마계의 통로를 그들이 어떻게 막는다는 거예요? 그리고 또 그렇게 오랫동안 잠잠하던 그 마계의 통로가 왜 열린다는 거죠?"

"질문 잘했네. 나도 같은 것을 물어보았었지. 그런데 그분의 대답은……."

느릅나무 아래의 단적은 고개를 들어 노승을 보았다.

단적의 서늘한 눈길에 노승은 다소 위축되는 것을 느꼈다. 어떤 악귀를 대하더라도 이런 느낌을 받은 적이 없었다. 아마 단적은 이미 인간의 범주를 벗어난 제3의 종족으로 오랫동안 생활해 왔기에 자신이 그렇게 느낄 수밖에 없는 거라고 자위했다.

노승은 자신의 질문에 대한 답변을 기다리고 있었다.

마계의 통로가 왜 갑자기 열린다는 것인지, 그리고 왜 하필 우리 나라 땅에서 열린다는 것인지 물었던 것이다.

"그건 통로 앞에 때가 되기를 기다리는 마계의 마물들이 넘쳐 나 그 통로는 외부에서 자극만 해준다면 열릴 수밖에 없기 때문이네. 마계의 통로는 이미 5천 년 전에 지구상의 어느 곳보다 기운이 강한 우리 나라로 이전해 와 있었지."

"그렇다면 마계의 통로는 어디에 있나요?"

"그건 아직 잘 모르네. 아는 사람은 아무도 없지. 그러나 일본 측에서 철저히 조사를 하고 있어. 아마 지금쯤 그들은 위치를 파악했을지도 모르네."

"예? 일본요?"

"그래, 일본!"

난데없이 나온 일본이라는 말에 노승은 되물었으나 단적은 조금의 스스럼도 없이 일본이라고 강조를 하고 있었다.

"그들이 왜요?"

"자네도 알다시피 일본에는 수많은 신들이 있네. 오죽하면 동네마다 모시는 신이 다르겠는가. 그러나 그중에서 일본의 위대한 천신이라는 이자나기노미고토를 섬기는 밀교가 있네. 그들이……."

"잠시만요!"

노승이 갑자기 단적의 말을 가로막았다.

"이자나기노미고토요?"

"그렇지."

"그거 어디서 많이 듣던 신인데……."

잠시 생각하던 노승은 고개를 번쩍 들었다.

"맞다! 그놈이다, 흑술법을 부리던 놈!"

지난번 만해의 누이가 있던 신국병원이란 이상한 병원을 찾아갔을 때 자신들과 전투를 벌였던 밀교 사내가 모시고 있는 신이었다.

"여기서 또 듣게 되다니……."

노승은 왠지 불길한 예감에 사로잡혔다.

당시 그 사내는 붉은 악마를 구해 신국병원에서 수많은 영능력자들을 납치해 붉은 악마에게 기를 불어 넣어주고 있었다. 그리고 결국 상처 입은 붉은 악마를 다 치료하지 못한 채 노승 일행에게 쫓겨 어디론가 사라졌다.

"왜, 무슨 일이 있었나?"

노승의 표정이 심상치 않은 것을 보며 단적이 물었다. 그러나 노승은 고개를 저으며 계속 하라고 했다.

"아무튼 이자나기노미고토를 모시는 그 밀교가 종파가 꽤 많은 편인데 그들은 흑술법을 쓰고 있다고 알려져 있지."

이미 경험한 노승은 고개를 끄덕였다.

"그들이 마계의 통로를 찾으려고 예전부터 덤비고 있네. 그들의 경전에 마계의 통로에 대해 언급이 되어 있다고 하네. 그들의 궁극적인 목표는 단 하나! 마계와 인간계의 경계를 무너뜨리는 것일세. 그럼으로써 인간에게도 진정한 자유가 찾아온다고 믿는 것이지."

"그런 말도 안 되는……."

노승은 어이없어하며 고개를 흔들었으나 순간 머리 속을 스치는 말이 있었다. 예전에 청부 악귀를 잡으러 미래에서 온 퇴마사 일행이 했던 말이었다.

"미래는… 그리 머지않은 미래는 한 악귀의 주도에 의해 마계와 인간계의 경계가 무너져 카오스적인 혼란을 맞게 됩니다. 힘을 키운 인간들은 그 가운데서도 살아갈 수 있지만 대부분의 인간들은 악귀의 지배를 받게 되죠. 그전에 막았어야 했는데……."

그 생각이 스치자 노승의 온몸에서 식은땀이 흘렀다. 그때는 그냥 무심코 넘겼는데 지금의 상황과 너무나 흡사한 말이었던 것이다.

한 악귀의 주도는 붉은 악마일 것이고 마계와 인간계의 경계가 무너진다는 것은 바로 단적이 말한 마계의 통로일 것이다.

너무나 아귀가 잘 들어맞는 그들의 말을 떠올리자 노승의 마음은 급해지기 시작했다.

"더 큰 문제는……."

단적이 이야기를 계속했다.

"그 밀교를 믿는 대부분의 사람이 일본 내 고위 관직에 있는 사람들이란 것이지. 그들은 자위대 수장과 내각 쪽에서 근무를 하고 있네. 그런 식으로 그 밀교의 인물들은 대대로 국가의 주요 기관의 장으로 근무하고 있네. 그럼으로써 때가 왔을 때 신속하게 행동하고 큰 힘을 발

휘하고 있지. 자네도 알다시피 국가라는 게 몇천만 명이 모여 있어야
운영되는 것은 아니지 않는가? 이번에 미국의 이라크 침공을 보듯이
단지 한두 사람의 기분만으로도 한 나라가 좌지우지될 수 있고 결국
세상을 멸망시킬 수 있지 않는가?"

"그렇죠."

노승은 고개를 끄덕이며 동의를 표했다. 세상을 쑥대밭으로 만들 수
있는 것은 미국만이 아니었다. 핵무기를 보유하고 있는 인도, 파키스
탄, 중국 등도 버튼 하나와 고위직 한두 사람의 결정만으로도 세상을
혼란스럽게 만들 수 있는 것이다.

"일본의 조선 침략도 그렇게 시작되었지. 마계의 통로를 찾기 위한
이자나기노미고토의 밀교를 믿는 사람들에 의해 말이지!"

"예?"

"자네가 아까 말했듯이 정한론이나 단순히 식민지 때문에 일본이 우
리 나라를 침범한 게 아니라는 말이네. 그들은 마계의 통로를 열기 위
해서 우리 나라를 침범했던 것이야. 그것이 진짜 이유지!"

"옛?!"

노승의 눈은 경악으로 인해 부릅떠졌다. 흰자위에 몰려 있는 실핏줄
이 터질 것 같았다.

"그런 일이?! 그럼 그들이 자행했던 모든 일들이 단지 마계의 통로
를 열기 위해서란 말입니까?"

"믿기지 않겠지만 사실일세."

"그런데 어떻게요? 그들은 36년 동안 우리 땅을 차지하고 있으면서
도 마계의 통로를 열지 못했잖아요? 아니, 만약에 마계의 통로가 진짜
로 존재했다면 말이죠!"

"그들은 준비를 하고 있었어, 36년 동안. 그러나 너무 빨리 전쟁에서 패배한 것이지."

"무엇을 준비했나요? 우리 나라를 다스리기 위한 준비요?"

"아니지, 마계를 열기 위한 준비!"

노승은 정신이 하나도 없었다. 자신도 희한한 일은 다 겪어보고 또 겪으며 다니는 사람이지만 우리 민족이 처한 일제 치하의 치욕에 대해서는 추호의 의심도 없었다. 다른 사람들이 알고 있듯이 정한론으로 인한 식민지화가 목적이었다고만 생각한 것이다.

그런데 그것이 허구였고 사실은 마계를 열기 위한 침략이었다니…….

그게 실행이 됐더라면? 노승의 등골이 오싹했다. 그 순간 노승의 머리에 떠오른 궁금증이 있었다.

"아, 그런데 그 계획이 어떻게 실패한 거죠?"

"그게 마계를 열기 위해 준비를 하는 과정에서 실패한 것이라니까."

"그러니까 그 준비가 뭐였냐고요?"

"음… 내가 아직 말을 안 했었군. 그 준비는 이 땅에 있는 수호령들을 억누르는 것이었지."

"예? 수호령요?"

"그래. 자네도 알다시피 우리 땅이 보통 땅이 아니지 않은가? 영험한 기운이 가득 차 있는 우리 땅엔 수호령들도 곳곳에 자신의 웅장한 기(氣)를 감추며 숨어 있지."

"예, 그건 저도 들었어요. 세상에 거의 모습을 드러내지 않는 진짜 센 수호령들이 있다는 거요. 거의 전설처럼 내려온 것인데 그게 사실인가요?"

"수호령들이 5천 년에 한 번 나올까 말까 하니까 전설이 되어버린 거지."

"그런데 수호령이 왜 여기랑 관계가 있는 거죠?"

"쇠 말뚝을 한번 생각해 보게! 왜 쇠 말뚝을 그렇게 박으려는 것인지를. 놈들은 마계의 통로를 감시하는 이 땅의 수호령들이 잠들어 있는 곳을 찾아 특별한 주술이 담은 쇠 말뚝을 박아 나오지 못하게 억압을 시키고 있었던 거야."

"예에?"

노승은 다시 한 번 경악했다.

"예에?"

차 안의 일행은 노승의 말이 끝나자 모두 놀라움을 감추지 못했다.

"그러니까 정리하자면……."

한 반장이 노승이 방금 말한 얘기를 정리해서 말하기 시작했다.

"일본이 우리 나라를 침략한 것은 단순히 식민지 때문이 아니라 이자나기노미고토를 숭상하는 밀교의 고위 인사들이 마계의 통로를 열기 위해서였다는 거잖아요?"

노승은 고개를 끄덕였다.

"그리고 그러기 위해서는 먼저 마계의 통로를 막고 있을 것이라 짐작되는 수호령들을 찾아 억압시켜야 하는데 그러려면 주술이 가미된 쇠 말뚝을 박아야 한다는 거죠. 그런데 그 장소를 모두 찾기도 전에 일본이 패망하는 바람에 일을 다 처리하지 못하고 본국으로 쫓겨갔다는 거죠?"

"그렇지. 잘 이해하고 있군!"

노승은 한 반장을 바라보며 뿌듯하게 말했다. 자신의 설명이 제대로 먹힌 것이다.

"그렇다면……."

공지가 입을 열었다.

"단적 형님 생각으로는 이번에 일본이 다시 침략할 수도 있다는 건가요?"

노승은 무겁게 고개를 끄덕였다.

"그렇지. 무엇보다 그들은 붉은 악마를 부활시켜서 데리고 있네. 하나의 악귀가 이 세상에 혼란을 가져올 수 있다는 말을 들은 적이 있어서 나도 그분의 생각에 어느 정도 공감하고 있네."

"그런데 일본 사람들은 어떻게 되는 거죠?"

한 반장이 궁금한 것을 물었다. 그에게는 나중에 닥칠 마계와의 혼란보다 지금 이 순간 일본인 납치 사건 해결이 더 시급했다. 사실 그렇게 일이 크게 벌어질 것이라고 믿지도 않았다.

"단적 형님이 선제공격을 한다고 하시던데 그때 쓰이겠지. 한데 어떻게 그 인원으로 선제공격을 한다는 건지……."

노승은 걱정스러운 표정으로 중얼거렸다.

단적은 피투성이가 된 입으로 다음에 나오는 여자를 바라보고 있었다.

젊은 여자였다. 무슨 나쁜 짓을 해서 이곳에 잡혀왔는지는 몰라도 상당한 미인이었다.

단적 앞에 끌려 나온 유키코는 피투성이가 된 입을 가진 청년을 보고 겁에 질렸다.

이곳에 잡혀와서 어두운 동굴 안에 갇혀 있었던 것도 두려웠지만 지금 저 청년이 자신에게 하려는 짓에 비하면 아무것도 아니었다.

청년은 영화 속에서나 보던 흡혈귀였다.

그는 앞에 섰던 사람들의 목에 입을 대고 피를 빨았다. 그리고 최면을 걸듯 뭐라고 중얼거린 뒤 그 사람을 놓아주었다. 물론 동굴 밖으로 놓아준 것은 아니지만 자신의 자리에 돌아온 사람들은 넋을 잃은 듯 조용히 앉아 있었다.

좀 전까지 내보내 달라고 그토록 아우성치던 사람들이었다.

"으으……."

유키코는 자신의 목으로 다가오는 청년의 숨소리를 느꼈다. 생각보다 달콤한 숨소리였다.

곧 이어 자신의 목에 구멍이 뚫어지는 것을 느꼈다. 그리고 뭔가 울컥 쏟아져 나가는 것이 그대로 느껴졌다. 피가 빠져나갈수록 온몸이 불타오르는 것 같았다.

"으으흥……."

유키코는 자신도 모르게 신음 소리를 냈다. 이상하게 느껴지는 쾌감에 정신없었다. 그때 유키코의 귀에 무슨 소란가가 들렸다.

"네 가장 친한 친구를 물어라!"

유키코는 그 뜻을 정확히도 모르는 상태에서 고개를 끄덕이고 말았다. 자신의 목에 닿던 입술의 촉감은 어느덧 사라졌다.

유키코는 눈을 뜨고 그녀 앞에 있는 사람을 보았다.

그리고 아주 작은 목소리로 중얼거렸다.

"주인님……."

그러더니 유키코는 아주 얌전히 자신의 자리에 가서 앉았다.

단적은 그런 유키코를 보며 다음 사람을 불러오라고 귀의에게 말했다.

그리고 혼자 나지막하게 중얼거렸다.

"이제 시작이야! 그리고 이번엔 우리가 먼저야."

다음날 단적은 마을 사람들을 모두 불러 모았다. 이제 본격적인 계획 실행에 앞서 출사표를 던지려는 것이다. 신마리 마을회관 앞에는 버스가 여러 대 도착해 있었다.

사람들 가운데 서 있는 단적은 주위를 둘러보았다. 변해 버린 몸으로 고향에 도착한 지 수십 년이 흘렀지만 아직도 그 시간을 그대로 살아가는 것 같았다. 단적은 마을 사람들을 하나하나 둘러보았다.

이제 영원한 젊음으로 살아가게 될 강찬과 거민의 모습이 보였다. 그리고 그 속에는 이제 늙을 대로 늙어버린 귀의도 있었다. 단적은 그들 모두에게 눈을 맞췄다. 그리고 입을 열었다.

"이제 때가 왔습니다."

마을 사람들은 조금의 미동도 없이 단적이 말하는 것을 듣고 있었다.

"드디어 우리의 복수를 시작할 때입니다. 이건 우리 개개인의 복수가 아닙니다. 그리고 단순히 복수만이 아닙니다. 이건 미래를 위한 저항입니다."

마을 사람들이 고개를 끄덕였다. 그 후로도 단적의 말이 잠시 이어졌다. 연설이 끝난 뒤 강찬에게 손짓을 했다.

강찬은 고개를 끄덕이며 마을 청년들과 함께 어딘가로 사라졌다.

잠시 후 나타난 그들의 뒤에는 지하 동굴 안에 있던 일본인들이 따르고 있었다.

하지만 그들의 행동은 어딘지 이상했다. 뭔가 부자연스러웠던 것이다.

붉은 악마는 사내가 마련해 준 거처에 머무르고 있었다.

그곳은 자신들이 믿는 밀교의 예(禮)를 드리는 곳인 사원이었다.

붉은 악마는 최상의 대접을 받고 있었다. 태어나서 이런 대접은 처음이었다. 자신들 같은 악마가 인간으로부터 귀한 대접을 받는다는 것 자체가 말도 안 되는 것이지만 꼭 그렇게 이상하게만 생각하지 않기로 마음먹었다.

아무리 생각해도 자신은 피해자였다.

태어나자마자 캥거루 새끼처럼 엄마 뱃속에서만 자란 것도 억울한데, 부모님의 원수를 갚기 위해 음모를 꾸미는 족족 탄로가 나는 바람에 별다른 재미를 못 봤었다. 그중에 가장 최악은 역시 마계의 실력자인 플뤼튼에게 속은 것이었다.

"언젠가는 복수하고 말 거야!"

붉은 악마는 다시 한 번 다짐했다. 세상을 혼란하게 하는 것도 재미있을 것 같았지만 자신에게 피해를 준 자들을 응징하지 않고서는 아무 일도 하지 못할 것 같았다. 또한 그 응징의 대상에는 노승과 만해도 포함되어 있었다.

그들이 없었다면 자신의 인생도 이렇게 꼬이지는 않았을 거라는 생각이 강하게 들었다.

하지만 그들에게 복수는 이미 하고 있는 거나 마찬가지였다. 사내가 알려준 계획에 의하면 마계와 직통으로 다닐 수 있는 길이 머지않아 열린다고 했다.

완전히 님도 보고 뽕도 딸 수 있는 절호의 기회가 온 것이다.

쇠 말뚝만 제대로 박으면 마계의 마물들이 쏟아져 나올 것이다. 그것만으로도 노승과 만해에게 복수를 한 셈일 것이다. 하지만 그들의 숨통을 직접 끊어놓는다면 그보다 더 행복할 수는 없을 것 같았다. 그런 다음 마계로 건너가 플뤼튼에게 처절한 복수를 할 것이다.

지직.

붉은 악마는 손에 뇌전을 일으켰다. 이리저리 굴리듯 뇌전을 가지고 장난을 치던 붉은 악마는 한쪽 벽에 뇌전을 날렸다.

펑!

뇌전이 벽에 작렬하며 한쪽 벽면 전체가 터져 나갔다.

"무슨 일입니까?"

밖에서 대기하고 있던 밀교의 사내들이 들이닥쳤다.

"음… 아무것도 아니야."

사내들이 물러가고 문제의 그 사내가 들어왔다. 거의 죽음 직전에 몰렸던 자신을 구해주고 앞으로의 계획에 동참할 사내였다. 자신을 아사다로라고 밝힌 그는 붉은 악마에게 다가와 미소를 지었다.

"어때요? 좀 편하신가요?"

붉은 악마는 고개를 끄덕였다.

"저희가 악마를 모셔보지 못해서 좀 불편하실지도 모르겠습니다."

"그 계획에서 내가 할 일이 뭔가?"

붉은 악마는 한마디로 물었다. 아사다로는 미소를 지며 답했다.

"당신이 해야 할 일은 아주 상징적인 것이죠."

"상징적인 것이라는 것은?"

"그냥 존재 그 자체요."

"존재 그 자체?"

"예. 우리의 신성한 신의 군대가 악마의 존재를 믿게 하는 거지요."

"단지 그것뿐인가?"

붉은 악마는 실망감을 감추며 물었다. 대단한 역할을 할 줄 알았는데 겨우 존재 그 자체가 할 일이라니…… 너무나 하찮아 보였던 것이다. 붉은 악마의 그런 심정을 눈치 챈 듯 아사다로는 웃으며 말했다.

"그게 가장 큰일이지요. 당장 이곳에 있는 우리 밀교의 사람들도 당신의 존재를 직접 보고 나서야 확실한 믿음을 갖게 되었죠. 원래 인간들이란 자신의 눈앞에서 뭔가가 보여져야 진정으로 믿는 동물 아닙니까?"

"음."

붉은 악마는 신음 소리를 냈다.

"그럼 저는 이만."

붉은 악마를 방에다 두고 물러 나오는 아사다로의 얼굴에 간악한 미소가 떠올라 있었다.

'악마도 별수없군. 내가 더 악마 같은걸.'

아사다로가 생각하기엔 붉은 악마는 너무 다루기가 편했다. 악마라고 하기엔 너무 단순한 모습이었던 것이다. 어쨌든 좋았다. 붉은 악마가 있기에 마계의 통로를 찾는 작업은 더욱 쉬워질 것이다.

물론 그러기 위해서는 한국을 차지해야 하고, 차지하기 위해선 전쟁도 치러야 할 것이다. 비록 한국의 무기들이 비약적인 발전을 했다 해도 세계 3위의 군사 대국이 된 일본의 최첨단 전투기기들 앞에선 당할 수가 없을 것이다.

문제는 전쟁을 일으킬 명분을 어떻게 찾느냐 하는 것이다. 군 수뇌부 중 밀교에 관계있는 몇 명은 전쟁을 일으키는 데 암묵적으로 동의한 상태였고, 이제 남은 건 국민들의 이해를 얻는 일과 국제 사회에 전쟁을 해야만 하는 타당한 이유를 알리고 여론을 조성하는 것이다.

쉽진 않겠지만 해볼 만한 충분한 가치는 있는 일이다. 어쨌든 전쟁이 터지면 괜히 이 말 저 말 하며 끼어들어 가장 골칫덩이가 될 미국이 있었지만 결국 이기는 쪽의 편을 들 것은 자명한 일이었다. 물론 나중에 그것을 뼈저리게 후회하게 되겠지만 말이다.

게다가 일본에는 현재 제2차 세계대전의 영웅들의 영들이 돌아와 있었다.

전쟁을 일으킬 뿐만 아니라 영웅들의 영들을 이용해 한국이란 나라를 대혼란에 빠뜨릴 수도 있는 것이다.

아사다로 일당은 전쟁 중의 혼란한 틈을 이용해 수호령들이 쉬고 있는 장소를 찾아 쇠 말뚝을 박고 결국 마계로 통하는 통로를 열 작정이다. 이 계획을 실행하기까지는 수십 년 전 밀교의 수장이었던 다나가찌가 그랬던 것처럼 오래 걸리지도 않을 것이다. 물론 그는 36년이란 긴 세월 동안 쇠 말뚝만 박다가 결국 마계의 통로는 찾지도 못하고 실패하고 말았다.

그들은 수호령들이 있는 모든 곳을 찾아 쇠 말뚝 박기부터 봉인의 과정을 거쳐 마계의 문을 열기까지 단 1년 안에 완벽히 마무리할 작정이다.

'이제 곧 세상은 바뀔 것이다!'

아사다로의 얼굴에서 미소가 끊이지 않았다.

그때였다.

"큰일났습니다!!"

청년 하나가 문을 박차고 들어왔다.

"무슨 일인가?"

"총리께서 이번 건을 절대 승인하지 않겠답니다!"

"뭐야?"

아사다로는 가슴이 덜컹했다. 다른 고위 직 공무원들이 그렇듯 총리도 밀교의 인물이었다. 총리와도 그 부분에 대해 서로 입을 맞춘 상태였다. 그런데 갑작스런 취소라니……

아사다로는 총리가 있는 곳으로 급히 달려갔다.

"너무 상황이 안 좋아."

고기즈미 총리는 아사다로를 보자마자 먼저 얘기를 꺼냈다.

"상황이 안 좋다니요?"

"요즘 한일 양국이 이 일 저 일 너무 첨예하게 대립하고 있어. 이번에 고작 신사 하나 부서진 것으로 괜한 시비를 건다면 예상치 못한 충돌이 벌어질 수 있네."

'예상치 못하다니…… 그걸 예상하고 벌이는 일 아닌가?'

아사다로는 갑작스런 고기즈미 총리의 변화를 이해할 수가 없었다.

지금 아사다로에겐 이 일보다 더 중요한 건 없었다. 양국 간의 대립 따위나 관계에는 아무 관심도 없었던 것이다. 그는 흥분을 가라앉히며 차분히 물었다.

"어떤 상황이 안 좋다는 겁니까?"

고기즈미는 기다렸다는 듯이 대답했다.

"독도 영유권 문제와 아직 해결되지 않은 교과서 문제 한일 어업협정 등이 바로 그것이지. 아무리 봐도 지금은 때가 아니야. 조금만 더 기다려 보자고."

"……?"

아사다로는 어이가 없었다. 그것은 그들이 이때를 대비해 일부러 만들어놓았던 시빗거리들 아닌가. 지금에 와서 오히려 그게 문제가 된다고 하니 그로서는 고기즈미가 원망스럽게 느껴질 뿐이었다. 그런 아사다로를 바라보는 고기즈미의 눈에는 탐욕스러운 기운이 감돌았다.

그 기운을 읽은 아사다로는 고개를 끄덕였다. 고기즈미가 갑자기 태도를 바꾼 이유를 알 것 같았다.

고기즈미는 달콤한 권력의 맛에 빠진 것이다. 따라서 지금 자신의 자리를 내놓고 싶지 않은 것이다! 분쟁이 잦아지고, 결국 자신들이 원했던 전쟁이 벌어지게 된다면 고기즈미는 여지껏 총리로서 쌓아왔던 기득권을 포기하고 총리 직에서 물러나야 하기 때문이다.

'이런 썩어 빠진 인간 같으니라고!'

마음 같아서는 주술로 혼령을 불러내 그 자리에서 죽여 버리고 싶었다. 그러나 고기즈미도 절대 만만치 않은 영능력자였고, 무엇보다 그가 죽게 되면 일본이 온통 혼란에 빠지게 될 것이다. 그렇게 된다면 오히려 계획이 더 틀어질 수 있었다.

자신의 집무실로 돌아온 아사다로는 잠시 생각에 잠겼다.

"계획을 잠시 연기해야 하나……."

그러나 아무리 생각해도 지금 이때를 놓친다면 다시 이런 좋은 기회를 잡는다는 건 거의 불가능하다는 생각이 들었다.

영생을 얻고자 하는 일인데 아사다로 자신이 죽은 뒤에 마계의 통로가 열린들 무슨 소용이 있겠는가.

아사다로는 수화기를 들어 이지스함의 함장인 다케무라를 연결했다.

이지스함은 이지스 전투 체계를 갖춘 전투함으로 일본이 보유한 공고(金鋼)급은 배수량 9천 톤에 가까운 거함이었다. 동시에 열여덟 개 표적과 교전할 수 있고, 90발 이상의 미사일을 탑재한 전투함이었다. 단 한 대만으로도 웬만한 소국들과 거뜬히 전쟁을 치를 수 있는 위력을 가진 대형 무기였던 것이다. 일본은 현재 네 척만을 가지고 있으며 앞으로 두 척이 더 건조될 예정이었다.

그렇게 대단한 이지스함의 함장이라면 최소한 그 안에서는 대통령과 맞먹는 권력을 갖고 있었다.

아사다로는 다케무라에게 현재 상황을 설명했다. 이자나미노무고토의 열렬한 숭배자인 다케무라는 흥분하며 외쳤다.

[제기랄! 우리라도 쳐들어갑시다! 우리끼리 일을 처리할 수 있잖아요!]

아사다로는 흥분하는 다케무라의 목소리를 들으며 빙긋이 웃었다. 자신의 의도대로 행동하고 있었다.

'그럴 줄 알았어! 단순한 놈!'

그러나 속마음과는 다르게 다케무라에게 조심스레 말했다.

"우리끼리 정말 할 수 있을까?"

[그럼요! 우리에겐 악마도 있고 대동아전쟁의 영웅들도 있잖아요! 거기다가 살아 있는 우리들도 있지, 그까짓 한국의 군대쯤은 이지스함 하나면 충분해요!]

"그렇게 쉽지 않을걸. 이지스함 하나로는 아무래도……."

[뭐가 걱정이에요! 저희가 앞장서서 싸우다 보면 한국 놈들이 방어를 할 테고, 그러다 보면 전쟁으로 비화되겠죠! 그 다음엔 우리가 의도한 대로 흘러갈 거예요. 이쯤 되면 총리고 지랄이고 누구도 말릴 수 없을 정도로 걷잡을 수 없이 확대될걸요!]

역시 그에게서는 군인 출신다운 단순함이 묻어났다. 하지만 아사다로는 다케무라의 그런 점이 마음에 들었다. 그리고 다케무라가 방금 말한 것들은 아사다로가 계획한 것과 그 틀은 거의 같았다.

"그럼 다케무라상은 나와 동참하는 건가?"

[예! 우리 밀교는 진작부터 하나이지 않습니까? 그리고 전…….]

"……?"

다케무라가 말꼬리를 흐렸다.

"뭔가?"

[전 마계 천하를 보고 싶습니다! 우리가 모시는 이자나기노미고토님도 보고 싶고요!]

"거기에다가 영생까지 주어지지."

아사다로는 쐐기를 박는 말을 던졌다.

[옛! 여하튼 무조건 출동해야 합니다! 59년을 기다려 왔습니다! 더 이상 미룰 수는 없습니다!]

오히려 다케무라가 더 흥분하며 외쳤다. 그 말에 아사다로의 가슴도 뜨거워졌다. 대동아전쟁을 시작한 조상들도 이런 기분이었으리라. 아사다로는 큰 소리로 물었다.

"언제쯤 출항할 수 있지?"

[지금이라도 당장 가능합니다. 아사다로상만 이곳으로 오시면 됩니다.]

다케무라는 더욱 큰 소리로 답했다.

"알겠네. 다시 연락하지!"

전화를 끊은 아사다로는 잠시 생각에 잠겼다.

'내가 잘하는 짓일까?'

그러나 이왕 한쪽으로 굳어진 마음을 바꾸기는 힘들었다. 아사다로는 다시 수화기를 들고 명령을 내렸다.

"헬기 대기시켜!"

부산과 후쿠오카 사이를 오가는 여객선 제비호의 선장인 이혁우는 고개를 갸웃거렸다.

7시에 출항하는 배편엔 단체 한 팀만을 싣기로 되어 있었다. 오늘은 보통 때와는 달랐다. 아무리 단체가 넘친다고 해도 일반 승객들도 포함되어야 하는 게 당연했기 때문이다. 그런데 부산 국제여객터미널 대합실 안에는 단체로 보이는 승객은 한 명도 보이지 않았다. 단체 손님들은 아무리 떨어져 있어도 어딘지 모르게 표시가 나는 법이다. 이들은 보통 정신없이 두리번거리며 다른 일행을 찾고 있는 경우가 많다. 또한 아무리 자유로운 여행복 차림을 하고 있어도 어딘가 경직돼 보이기 때문이다. 특히 시골에서 온 단체 관광객들의 경우 더욱 눈에 띄기 쉽다.

"아직 안 왔나?"

이혁우는 대합실을 둘러보며 다시 중얼거렸다. 아직 승선 시간은 두 시간이나 넘게 남아 있었다. 이혁우는 승객들 찾기를 포기하고 화장실로 향했다.

그 시각, 제비호에 탑승하기로 한 단체 관광객들은 선착장과 좀 떨어진 항구 쪽에 있었다. 컨테이너 박스 앞에 있는 인원은 수백 명은 되어 보였다.

그러나 그들에게는 보통 사람들의 모습과는 어딘지 다른 음산한 분위기가 느껴졌다.

핏기 하나 없는 창백한 얼굴에 무표정하기까지 했다. 그렇게 많은 사람들이 있는데도 웃거나 떠들지도 않았다. 너무나 조용했다.

그들은 신마리의 뒷산 동굴 안에 갇혀 있던 일본인들이었다.

그리고 그들 앞에는 단적이 서 있었다. 그 옆으로는 강찬과 거민, 귀의 등 신마리 주민들이 있었다.

단적은 시계를 보았다. 이제 출항할 시간이 두 시간도 채 남지 않았다. 그는 무표정하게 서 있는 일본인들을 보았다.

이 일본인들은 모두 자신이 의도한 대로 변했다. 이들은 이제 더 이상 평범한 사람이 아니었다. 물론 보통 사람들과 생활하는 데는 별문제가 없었다. 하지만 이들은 이제 피를 원한다. 일본군들이 과거에 한국민들을 약탈하고 죽이며 모든 것을 빨아먹었지만, 이젠 일본인들이 자신의 동족인 이들에 의해 피를 빨려야 할 처참한 운명에 처한 것이다.

이들은 바이러스와 같은 존재들이었다. 인류의 최후의 질병이 결국 바이러스가 될 것이라고 예상하는 학자들이 많지만 일본의 경우 그들의 몸에 지니게 된 오염된 피의 바이러스로 멸망의 시기를 앞당기게 될 것이다.

단적은 이를 위해서 오랫동안 준비해 왔다. 그는 자신의 의도대로 몸 안에 있는 저주받은 흡혈의 기운을 전이시킬 수 있는 능력을 개발

한 것이다.

그래서 자신의 마을 사람들은 진화라는 표현을 쓸 만큼 불사의 몸을 지니게 했지만, 눈앞에 있는 일본인들에게는 흡혈의 기운을 넣어주면서 의도적으로 세뇌를 시켰다.

너와 가장 가까운 사람들을 물라고…….

이들을 일본으로 데리고 건너가 풀어놓는다면 자신들의 집으로 찾아갈 것이다.

그리고 일반 사람들과 비슷한 생활을 하다가 피가 그리울 때면 자신과 가장 가까운 사람을 물 것이다. 그러면 그 물린 사람은 또다시 가장 가까운 누군가를 물고 그 사람은 또 누군가를 물고……. 중요한 것은 바이러스처럼 흡혈의 기운을 퍼뜨리는 것이다. 어차피 인간 사회라는 것이 네트워크처럼 연결되어 있기 때문에 흡혈 바이러스가 퍼지기까지는 그리 오랜 시간이 걸리지 않을 것이다.

그리고 물린 인간들은 노화가 빠르게 진행될 것이다. 지금 이 앞에 있는 일본인들이 그렇듯 그들의 수명은 길어야 1년이다.

일본 정부가 이 사실을 알 때쯤이면 이미 손쓸 수 없을 만큼 퍼져 나갈 것이다. 지금은 수백 명이지만 그때에는 수만, 아니, 수십만 명으로 번질 수도 있다. 그들을 다 죽일 수도 없을 뿐더러 그중에 자신들의 가족이 있을 수도 있고 친구도 있을 것이다. 일본 정부가 망설이며 문제를 해결하려는 동안 일본 전역에는 흡혈의 기운이 급속도로 전염될 것이다.

또한 이 사실을 알게 된 다른 나라에서는 그것을 바이러스로 인식, 지난번 사스 때처럼 일본과의 모든 무역이나 교류를 차단할 것이므로 일본은 철저히 고립될 것이다. 결국 일본은 안으로부터 스스로 멸망할 것이다.

단적이 계획했던 시나리오는 바로 이것이었다. 이를 위해 그동안 숱한 일본인들을 납치했던 것이다. 계획을 끝까지 추진하기 위해 단적은 철저히 계산된 인원을 납치했다. 이제 이들을 일본 열도에 무사히 상륙만 시킨다면 단적의 계획은 반은 성공한 셈이었다.

남은 것은 시간 싸움이다. 조만간 마계의 통로를 찾고자 하는 일본의 일당이 다시 한국을 노릴 것이라는 건 자명한 사실이다.

그들이 다시 한국을 친다면 그동안 발달한 일본의 첨단 무기들로 과거의 어느 전쟁 때보다 많은 인명 피해가 생길 것이다.

그렇게 사람도 괴물도 아닌 생명체가 된 그들을 훔쳐보고 있는 눈들이 있었다.

그 눈들은 항구에 있는 컨테이너 박스 위에 납작 엎드려서 아래를 내려다보고 있었다.

"만해야, 검 좀 치워라. 눈 찌르겠다."

"사부님이 옆으로 더 가면 되잖아요."

"아니, 이놈이 사부보고 오라 가라야?"

"제가 더 가면 여기서 떨어져요."

"두 분 조용히 좀 하세요. 이러다 들키겠어요!"

단적의 행동을 예사롭지 않게 여긴 노승과 만해, 그리고 한 반장은 은밀히 단적의 뒤를 좇은 것이다. 단적 모르게 이런 행동을 하는 것이 좀 마음에 걸리기는 했지만 그렇다고 마냥 모른 척할 수도 없었다. 마을 근처에서 며칠째 잠복을 하던 그들은 줄지어 나오는 관광버스를 좇아 여기까지 온 것이다.

그리고 지금은 동굴 안에 있던 일본인들의 변신에 대해 한창 놀라는 중이었다. 분명 그들은 지난번에 동굴에 있을 때와는 달랐다. 정확히 무엇이 어떻게 달라졌는지는 알 수 없었다. 다만 살려달라는 말도 하지 않고, 마치 마약을 한 사람처럼 멍하게 있을 뿐이었다. 그건 정상적인 상태가 분명 아니었다.

　"혹시……."

　노승은 중얼거렸다.

　"혹시, 뭐요? 제가 자리 많이 차지하고 엎드려 있는 걸까 봐서요?"

　만해가 말을 가로채서 말했다.

　"너 말고 저 일본인들 말이다, 일본인!"

　"일본인들이 뭐요?"

　"저들도 흡혈인이 된 게 아닐까 해서."

　"예? 드라큐라요? 헉!"

　한 반장이 놀라 물었다. 그러다 자신도 모르게 큰 소리가 나와서 깜짝 놀라 얼른 고개를 숙였다.

　다행히 아래에 모여 있는 사람들 중 알아챈 사람은 없었다.

　"전에도 말했지만 단적 형님이 그냥 피나 빨아대는 드라큐라라고 하기엔 무리가 있지. 하지만 나도 단적 형님의 능력이 얼마나 되는지 잘 알지 못해서……."

　"능력이 생각보다 없을 수도 있다는 말이네요?"

　"음… 반대로 생각하면 그럴 수 있겠지만 내가 본 형님의 모습은 전혀 그렇지 않았어. 아마 악귀 포덕단에서 활동하셨으면 지금까지 꽤 많은 악귀를 울렸을 인물일걸!"

　"근데 저들을 데리고 여기서 뭘 하려는 걸까요?"

갑작스런 만해의 질문에 노승과 한 반장이 조용해졌다. 잠시 후 노승이 입을 열었다.

"너, 정말 몰라서 묻냐?"

"질문은 죄가 아니죠!"

"그러나 아무 생각도 없이 질문이나 해서 상황을 파악하려는 것은 죄다."

"그럼 모르겠는데 어떡해요. 설마 저들을 데리고 일본 정벌에 나서려는 건 아니잖아요?"

"헉!"

만해의 예리한 판단에 노승이 깜짝 놀랐다.

'이 자식이 알 건 다 알면서…… 일부러 모르는 척하나?'

그들이 컨테이너 위에서 티격태격하고 있을 때 아래에 몰려 있던 무리가 강찬과 거민의 지시에 따라 움직이기 시작했다. 일본인들을 보고 있던 단적은 고개를 약간 들어 컨테이너 쪽을 슬쩍 바라보았다.

누가 와 있는지는 진작부터 알고 있었다. 하지만 굳이 그들을 막을 필요는 없었다. 혹시라도 그들이 거사를 방해할 경우 그들을 막을 자신도 있었다. 그리고 결국 자신이 옳았다는 것을 그들 눈앞에서 확인시킬 수 있기 때문이다.

단적은 무리를 따라 움직이기 시작했다.

그들을 따라 세 명의 추적자가 굼벵이처럼 꿈틀거리며 따르고 있었다.

타타타타타.

요란한 소리를 내며 한밤중에 이지스함에 내리는 헬기가 있었다.

헬기 옆에는 다케무라를 비롯한 이지스함의 주요 부대원들이 정렬하고 있었다. 그들은 헬기에서 내리는 아사다로를 영접했다. 아사다로의 뒤로 롱코트로 몸을 감싼 건장한 체구의 한 사내가 같이 내렸다.

"이지스함에 오신 것을 환영합니다."

다케무라는 아사다로에게 악수를 청하며 반겼다. 그러고 보니 교단에서만 만났을 뿐 이지스함에 직접 탑승해 만난 것은 이번이 처음이었다. 아사다로는 함선의 규모에 놀랐다. 생각보다 훨씬 거대했던 것이다.

"상상한 것 이상이지 않습니까?"

다케무라는 자랑스럽게 말했다.

"그렇군. 이 정도니 한 나라와 전쟁을 해도 이길 수 있다는 말이 나오는 것이군."

"에! 게다가 우리에게는 이 전함을 자유자재로 통솔할 수 있는 뛰어난 재원들이 있습니다."

다케무라의 옆과 뒤쪽에 기립하고 있던 군인들이 하나씩 나와 아사다로에게 경례를 했다. 어쨌든 아사다로는 그들에게도 상관이었다.

잠시 동안 그들과 인사를 나눈 아사다로는 다케무라에게 그들을 해산시키도록 했다.

"나도 소개할 사람, 아니, 소개할…… 음, 여하튼 있네!"

아사다로의 말에 다케무라는 호기심에 가득 찬 눈을 반짝이며 유심히 보았다.

아사다로는 자신의 뒤에 서 있는 사람을 소개했다.

"이분이 그분일세!"

아사다로의 말이 채 끝나기도 전에 다케무라는 경외에 찬 얼굴로 중얼거렸다.

"마계의 악마… 내가 실제로 보게 되다니……."

다케무라는 붉은 악마에게 다가가 손을 내밀었다.

붉은 악마는 자신을 이렇게 존경스러운 눈길로 맞아주는 사람은 난생처음이었다. 인간계에서는 악마라면 모두가 치를 떨며 도망치는 게 당연한데, 이들은 적대감을 표시하지 않을 뿐 아니라 오히려 과분한 환대를 해주고 있었다.

이들을 위해서라면 어떤 일도 해줄 수 있을 것이라는 생각이 잠시 들었으나 붉은 악마는 고개를 저었다. 자신은 악마였다. 악마가 자신에게 호감을 가진다고 해서 잘해줄 생각을 하면 안 된다. 이들을 이용해야 비로소 악마다운 일을 하는 것이다.

붉은 악마는 자신의 손을 어루만지고 있는 다케무라를 보았다.

갑자기 장난을 치고 싶은 생각이 들었다.

지익, 직.

갑자기 손가락에 가벼운 뇌전을 일으켰다.

"윽!"

다케무라는 자신의 온몸에 짜릿하게 가해지는 충격에 놀라 뒤로 펄쩍 물러섰다. 그러나 이내 정신을 차리며 외쳤다.

"오우! 놀랐습니다! 역시 악마다운 인사군요!"

붉은 악마는 자신에게 이런 대접을 받고도 좋아하는 다케무라가 이해되지 않았다.

하지만 이들과 있으면 마음이 편해지는 것을 느꼈다.

이들은 한국을 치러 간다고 자신에게 밝혔다. 그 나라에 마계로 통하는 통로가 있다고 했다. 결국 그 통로를 통해 마물들이 자유롭게 오가게 만든다는 것인데, 지난번 마계에 다녀왔던 경우로 미루어보면 어찌 보면 자신은 마계와 인간계를 마음대로 왕복할 수 있는 몇 안 되는 악마인 듯싶었다.

어쨌든 이들은 이들의 목적을 위해, 자신은 자신의 목적을 위해서 일을 벌이는 것이다.

그 목적을 이루기 위해서 어떤 사악한 짓도 할 용의가 있었다. 그것을 이루기 위해서라면 이제 옆에 있는 이들을 죽일 수도 있다는 뜻이었다.

"그리고 또 소개해 줄 분들이 있지."

아사다로의 말에 붉은 악마는 제정신으로 돌아왔다.

다케무라는 이번에도 호기심에 가득한 얼굴로 아사다로를 바라보았다.

아사다로 주변에 검은 안개가 술렁거리더니 검은 혼령들이 하나둘 나타나기 시작했다.

그런 혼령들이 갑판 안에 가득 찼다. 맨 앞에 아시쿠라의 혼령이 서 있었다.

그가 아시쿠라라는 것을 알아본 다케무라는 그 앞에 부복했다. 감동 어린 표정이었다.

"다케무라가 선배님을 뵙습니다!"

가미가제의 영웅 아시쿠라는 다케무라가 군인의 길을 걷기로 결심하게 이끈 장본인이었다.

현재 일본 자위대에는 아시쿠라와 같은 근성을 가진 군인이 없었다. 그저 월급을 받고 근무하는 일개 샐러리맨과 비슷한 개념으로 근무하는 병들도 상당수 있었던 것이다.

일본에 정식 군대가 없어지고 자위대란 이름만 남은 것을 어쩌나 안 타깝게 여겼던지 다케무라는 내심 이번 출항을 아사다로보다 더 반기 고 있었다. 그는 마계가 열리는 것도 좋았지만 일본의 강한 군의 힘을 전 세계에 다시 보여주고 싶은 욕망이 훨씬 앞섰다. 먼저 한국을 공격 하는 엄청난 일을 꾸미면서도 일말의 망설임조차 없었던 것은 다케무 라의 그런 욕망에서 비롯된 것이다.

이지스함이 한국을 향해 미사일 몇 방을 날리는 순간 일본은 다시 군국주의 시절로 돌아갈 수 있을 것이다. 지극히 단순한 생각일 수 있 겠지만, 현대 사회는 강한 나라만이 지배하는 세상이기 때문에 충분히 가능한 일이었다. 미국이 이라크를 치든 소말리아에 가서 전쟁을 벌이 든 아무도 건드리지 않는 것과 마찬가지였다.

완벽한 군국주의, 그것은 다케무라의 꿈이다.

부복했던 자리에서 일어나 대동아전쟁의 영웅들에게 인사를 드린 다케무라는 출항을 위해 함장실로 들어갔다.

잠시 후 조용한 나팔 소리가 울려 퍼지는 가운데 육중한 이지스함이 조금씩 나아가기 시작했다.

"시간 싸움이다."

함장실에서 다케무라는 중얼거렸다. 얼마나 빠른 시간 안에 한국이 동해라고 주장하는 일본해를 지나 독도까지 가느냐가 관건이었다.

그리고 일단 한 방 먹이면 시작이자 끝이 나는 것이다.

상부의 지시를 받고 일으킨 전쟁은 아니지만 물리적인 충돌이 일어 난다면 그동안의 한일 관계로 볼 때 엄청난 싸움이 시작될 수 있을 것 이다.

한국 정부의 판단을 떠나 일단 월드컵 때 '대한민국'을 미친 듯이 외쳤던 한국 국민들이 일제히 들고 일어설 것이다. 시청 앞 광장에 나가 일본을 깨부수자는 항의 집회를 열 가능성도 농후했다.

한국 정부로서는 국민의 간절한 염원을 무시하지 못해 좋게 협상을 시작하겠지만 결국은 전쟁으로 이어질 수밖에 없을 것이다.

그럼 끝이었다.

일본은 또다시 한국을 식민지화시킬 수 있을 것이다. 미국은 걱정이 없었다. 미국은 예로부터 자신에게 도움이 되는 나라의 편이 아니었던가.

마계의 통로를 열기 전까지 미국의 비위를 잘 맞춰주면 크게 문제가 없을 것이다.

그건 유럽도 마찬가지였다. 유럽연합에서 성명서를 내고 한동안 난리를 치겠지만 곧 사그라질 것이다. 그리고 그때쯤이면 마계 통로의 봉인이 풀릴 수 있을 것이다.

그럼 세계는 끝이다.

마계와 마물들이 지배하는 세상이 올 것이기 때문이다. 그때는 마계에서 나올 이자나기노미고토님께 영생을 얻을 수 있을 것이다. 결국 힘있는 인간과 악마, 그리고 마물들이 함께 어우러져 사는 멋진 신세계가 도래할 것이다. 공룡 시대 이후로 지구의 주인이 재편성되는 것이다.

다케무라가 함장실 안에서 이런 상상을 하고 있을 때 아사다로는 갑판 위에서 어두운 바다를 보고 있었다.

그 주위에는 붉은 악마와 아시쿠라를 비롯한 검은 혼령들이 자리 잡고 있었다.

단적의 일을 노승 일행에게 맡겨두고 청와대로 돌아와 밀린 일을 하다 잠이 든 공지는 한밤중에 울리는 비상 전화벨 소리를 듣고 잠에서 깨어났다.

잠자리에 들기 전 부산항까지 함께 미행했던 한 반장으로부터 단적이 일본인들을 태우고 일본행 제비호에 오를 것이라는 전갈을 받았기에 한 반장이 다시 상황을 알려주려고 전화를 한 줄 알고 받았다.

그러나 그것은 청와대 수석의 전화였다.

[큰일났습니다!]

"무슨 일인가?"

공지는 잠이 덜 깬 목소리였다. 지금껏 한밤중에 자고 있던 자신에게까지 알려줄 비상 사태는 사실 거의 없었다. 아주 급한 심령 사건이나 북한이 쳐들어왔거나 하는 경우를 제외하고는 담당 분야가 전혀 다른 자신까지 깨울 필요가 없었던 것이다.

[일본 전함 한 대가 국내 해상에 들어왔습니다! 벌써 독도 근처랍니다!]

"뭐야?"

깜짝 놀란 공지는 자리에서 벌떡 일어났다. 잠이 확 달아났다. 다른 나라의 전함도 아니고 일본군 전함이 국내 해상까지 들어왔다면 분명 좋은 의도는 아닐 것이다. 그러잖아도 일본으로 향한다는 단적의 일로 뒤숭숭한데 거기다 일본 전함이 들어왔다는 것은 뭔가 좋지 않은 예감이 들었다.

가끔 중국이나 미국 등의 잠수함들이 바다 속에서 장난을 칠 때가 있었다.

바다 속으로 각자의 영해를 몰래 넘나드는 것이다. 자신들의 신형 잠수함을 시운전할 때나 신형 장비들을 시험할 때 주로 그런 일이 일어났다.

하지만 이렇게 떳떳하게 해상을 넘어오는 경우는 처음이었다.

"사전에 아무 연락도 없었나?"

[예!]

공지의 잠까지 깨워가며 알린 이유가 있었다. 공지가 군인은 아니지만 이런 정보는 어쨌든 공유되어야 하는 것이다.

"전함은 혹시 이지스함인가?"

[예, 그런 것 같다고 합니다.]

"대통령도 알고 계신가?"

[예! 방금 보고드렸습니다. 삼군 참모총장에게도 긴급히 보고드렸습니다.]

"우리 측 대응은?"

[일단 가까운 곳에 있던 고속정을 보내 그 앞을 가로막고 대화를 시도하고 있으나 아무런 답변이 없습니다. 지금 대통령께서 전투기를 출동시키는 것을 검토 중입니다.]

"전투기는 안 돼!"

전투기를 출동시킨다면 정말 사태는 걷잡을 수 없이 돌아갈 수 있기 때문이다.

서로 간의 국지전이라도 벌어지게 된다면 국가 간의 충돌로 비화될 수 있는 것이다.

'무슨 의미일까?'

비상 대기를 하겠다는 말과 함께 전화를 끊은 공지는 곰곰이 생각에 잠겼다.

지난번에 단적이 말한 것들이 사실이라면 지금 벌어지는 일이 예사롭지 않은 신호가 될 수 있었다.

"마계의 통로를 열기 위해 일본이 우리 나라를 다시 침범할 것이다……."

'그분의 경고가 결코 과장되지 않았다는 것인가?

공지는 자리에서 벌떡 일어났다. 이것은 단순히 대통령이나 군대가 해결할 문제가 아니라고 생각했다.

수화기를 든 공지는 한 반장의 휴대폰으로 전화를 했다.

[여, 여보세요…….]

한 반장은 모기만한 목소리로 전화를 받았다.

"나 공지인데, 무슨 일 있나? 목소리가 잘 안 들려."

공지는 불길한 마음에 먼저 안부부터 물었다.

[아니오. 지금 배 안에 몰래 타고 있어서 그래요.]

"그렇군!"

공지는 순간, 좋은 생각이 생각났다.

"이봐, 한 반장! 핸드폰에 소곤소곤기능 좀 설정해 봐! 답답해 죽겠어."

[제 거는 그런 기능 없어요. 액정도 흑백인데요. 대신 수화기에 입을 더 가까이 댈게요.]

한 반장은 주위를 두리번거리며 입을 송화기에 접착하다시피 하고 공지에게 조심스레 말했다.

단적 일행이 탄 제비호가 떠나기 직전, 한 반장은 노승과 만해와 함께 배에 몰래 올라타 탕비실에 숨어들었다. 하필이면 청소 도구를 넣어두는 탕비실이라 썩는 냄새가 진동했지만 지금 상황에서 그것을 불평할 수는 없었다.

[배 안에 무사히 탄 건가?]

"예, 지금 탕비실에 숨어 있습니다."

[사형과 만해는?]

"지금 옆에서 자고 있습니다."

[그럴 줄 알았네. 좀 깨워주게!]

한 반장은 곤히 자고 있는 노승을 깨워 전화를 바꿔주었다. 졸린 눈으로 공지의 전화를 받은 노승은 공지의 목소리가 심상치 않다는 것을 느끼고 잠에서 완전히 깨어났다.

[일본의 이지스함이 독도 근방까지 들어왔답니다!]

"뭐야?"

노승은 자신도 모르게 큰 소리를 내며 일어났다.

"쉿!"

한 반장이 화들짝 놀라 노승에게 신호를 보냈다. 노승은 목소리를 낮춰 전화를 받았다.

"일본 놈들이 왜?"

[글쎄요. 아직 정부에서도 상황 판단이 안 된 모양입니다. 이지스함에 교신을 취하는 것 같은데 거부를 한다고 합니다.]

"근데, 이지스함이 뭔가?"

[옛?]

잠시 침묵이 흘렀다.

[이지스함을 모르세요? 근데 왜 그리 놀라셨어요?]

"난 요새 일본이란 단어만 나와도 경기가 나는 것 같아. 지난번 만 해의 집 사건도 그랬지만 이번에 단적 형님이 말해 준 것들 때문에 더 욱 신경 쓰여서."

[그랬군요. 이지스함은……]

공지는 노승에게 이지스함에 대해 자세하게 설명해 주었다.

"세상에나!"

공지의 설명으로 이지스함이 엄청난 무력을 행사할 수 있는 전함이 라는 것이 파악되자 노승은 놀란 표정을 감추지 못했다.

"그런 거함이 왜 독도 근방에서 얼씬거리지?"

[그러게요. 잠깐만요, 비상 전화가 울리네요.]

공지는 노승에게 잠시 기다리라고 말하고 전화를 받았다. 노승이 수 화기 너머로 작게 들려오는 공지의 전화받는 소리를 듣자 하니 심상치 않은 느낌이 들었다.

아니나 다를까, 통화를 끝낸 공지는 노승에게 다급하게 전했다.

[놈들이 우리 고속정에 발포를 했다고 합니다!]

"뭐야?"

노승의 목소리가 높아졌다. 깜짝 놀란 한 반장이 노승에게 조용히 하라는 손짓을 했으나 노승은 전혀 신경 쓰지 않는 눈치였다.

[고속정이 침몰하고 사상자가 발생했다고 합니다!]

노승의 얼굴이 순간 굳어졌다.

"알겠네!"

[사형, 잠깐만요!]

노승은 공지의 뒷말도 듣지 않고 전화를 끊었다. 그러더니 자리에서 벌떡 일어났다.

"왜 그러세요?"

한 반장이 불안한 표정으로 노승에게 물었다. 그러나 노승은 아무 대답 없이 문을 향해 걸어나갔다.

"어어어……."

한 반장이 놀라 말리려 했으나 이미 문은 열린 후였다.

그러나 이번엔 나가려던 노승이 멈춰 섰다. 탕비실 문 앞에 누군가 서 있었기 때문이다. 단적이었다.

다짜고짜 나가는 노승의 뒤에 따라 나오려던 만해와 한 반장도 놀라 멈춰 섰다.

노승과 단적은 아무 말 없이 서로를 보았다.

"저희들이 탄 것을 알았습니까?"

노승이 묻자 단적이 고개를 끄덕였다.

"자네들도 합류하는 게 나쁘지 않다고 생각했네."

"합류가 아니라 말리려 했습니다."

노승의 말에 단적이 다시 고개를 끄덕이며 말했다.

"이미 늦었네. 저들은 이미 변종 인간이 되어버렸어. 흡혈인이 되었지."

"역시 그랬군요!"

"소식 들었나?"

"예, 방금."

"나도 라디오에서 속보로 들었지. 우리가 한발 늦었어. 놈들은 이미 다시 시작한 거야. 생각보다 훨씬 빨랐어."

"어떻게 하실 겁니까?"

"일단 들어온 놈들을 막는 것이 최선이겠지?"

"제 생각도 그렇습니다."

뒤에 선 만해와 한 반장은 두 사람의 대화가 무슨 뜻인지 알 수 없어서 눈만 끔뻑거리고 있을 뿐이었다. 두 사람은 선장실로 향했다.

이혁우 선장은 단체 여행객의 대표로 보이는 사람의 난데없는 항로 변경 요구에 놀랐다.

선장실에 들어온 그는 별다른 설명도 하지 않은 채 독도 방향으로 항로를 변경해 달라고 요구한 것이다. 묘한 분위기의 사내였다. 이제 갓 청년이 된 것 같은 얼굴인데도 범접할 수 없는 관록이 묻어나고 있었다. 그러나 바다에서 잔뼈가 굵은 만큼 이 선장은 당황하지 않고 당당하게 물었다.

"이유가 뭐죠?"

"일본 전함이 들어와 있소."

"그건 아까 속보로 들어서 알고 있소만……."

"놈들이 다시 시작한 거요."

"……."

이 선장은 말없이 단적의 눈을 바라보았다. 잠시 후 이 선장은 항해사에게 무전으로 교신을 했다.

"항로 변경! 동경 132, 북위 37도로!"

[옛? 뭐라고요!]

저편에서 놀라는 소리가 들렸다. 그러나 선장은 다시 한 번 항로를 부른 다음 단적을 돌아보았다.

"잘은 모르겠지만… 내가 할 수 있는 일은 이것뿐이오."

단적은 고개를 끄덕이며 밖으로 나왔다. 노승 일행이 바깥 갑판에서 있었다.

바닷바람이 찼다. 단적은 자신의 계획이 어그러진 것에 대해 깊은 상심에 잠겼다. 하지만 예언된 시간이 아직 좀 남아 있었는데 그보다 빠르게 일이 벌어진 것이기에 어쩔 수 없었다. 무엇보다 빨리 그곳에 도착해야 한다. 아까 속보로는 일본 정부의 뜻이 아니라 이지스함의 함장이 단독으로 벌이는 일이라고 했다. 일본 정부도 사태 수습을 위해서 관계자를 파견한다고 대한민국 정부에 전했다고 했다. 하지만 시간이 흐르면 전면전으로 번질 수 있었다.

단적의 마음을 아는 듯 항로를 바꾼 제비호는 속도를 내기 시작했다.

함장실에 있는 아사다로는 다케무라 옆에서 사악한 미소를 지고 있었다. 아까 발사로 인해 한국의 고속정 하나가 거의 반파되었던 것이다. 순식간에 물거품을 일으키며 침몰되는 것까지 구경했다. 비록 작은 배 하나를 가라앉힌 것이었지만 물거품이 일어나는 모습이 나름대로 장관이었다.

"우리에게 겨우 고속정 하나로 덤비다니!"

"정말 무모한 놈들이었습니다."

"그래도 투지는 대단하더군. 코끼리와 개미 싸움인 줄 알면서도 포를 쐈으니 말이야."

아사다로는 고개를 저었다. 조금 전 상황을 생각하니 잠시 가슴이 섬뜩해졌던 것이다.

한국의 영해를 넘어온 지 20분 만에 자그마한 고속정이 한 대 나타났다. 독도 근방을 순시하는 고속정 같았다. 그들은 자신들의 앞에서 여러 차례 교신을 시도하더니 급기야 경고를 하기 시작했다. 멈추지 않으면 발포한다는 경고였다. 그러나 맘먹고 넘어온 자신들이 멈출 이유는 없었다. 사실 혼령들을 보내 시스템을 엉망으로 만들어 고속정을 작동 불능 상태로 만들 수도 있었지만 아사다로는 정면 돌파를 원했다. 한국과 일본에게 자신들의 존재를 보여주는 계기로 만들 수 있겠다는 생각이 든 것이다.

수차례 경고를 하던 상대 고속정은 정말로 포를 날리기 시작했다. 하나 단순히 위협용인지 이지스함 근처에 떨어뜨리는 일을 반복했다. 하지만 아사다로와 다케무라는 위협 사격 따위는 하지 않았다. 곧바로 고속정을 향해 포탄을 날려 버린 것이다. 그렇게 작은 고속정 한 척은 포 한 방으로 침몰되었다.

쉽게 끝나 버린 일이었지만 이지스함 같이 큰 배를 두려워 않고 정면으로 맞서는 그들의 용기에 가슴이 서늘해진 것은 사실이었다.

그것을 신호로 여기저기서 자신들을 향해 다가오는 한국군들을 느낄 수 있었다. 하늘에서는 헬기가 나타나고 바다에서는 고속정이 몰려들기 시작했다. 그러나 아직 한국이 네 척을 보유하고 있다는 3,200톤급 구축함은 나타나지 않았다. 하긴 그것이 나타나더라도 한꺼번에 오지 않는 한 공고급 구축함인 이지스함과 대적할 순 없었다.

양측은 지금 그렇게 대치하고 있었다.

비록 자국의 고속정 한 척이 침몰했지만 한국 내에서는 평화적으로 해결하기 위해 정신없이 일본 측과 얘기하고 있을 것이다. 그리고 일본도 자신들에게 끊임없는 무전을 보내고 있었다. 하지만 다케무라나 아사다로는 한 번도 무전을 받지 않았다. 그들이 결국 원하는 것은 전쟁이었기 때문이다.

이지스함의 주위를 둘러싸는 고속정과 전함이 늘어나자 아사다로는 자리에서 일어났다. 그리고 옆에 있는 다케무라를 돌아보며 말했다.

"드디어 우리 대동아전쟁 영웅들의 힘을 빌릴 시간이군!"

다케무라는 고개를 끄덕였다. 혼령들을 적의 진지로 침투시킬 생각이었다.

사실 계획대로 전쟁이 일어났다면 아시쿠라를 비롯한 혼령들은 마계의 통로가 어디 있는지 찾는 것과 수호령들을 봉인할 쇠 말뚝을 박을 장소를 찾는 데만 쓸 생각이었다.

두 가지 일은 같이 진행되어야 했다. 수호령을 완전히 봉인시키지 않고 마계의 통로만 찾는다면 한국 땅 어딘가에서 깨어날지 모르는 수호령에게 막혀 별 의미 없는 일이 될 것이기 때문이다.

과거 밀교의 선대들은 36년간이나 이 나라를 침략한 상태로 수호령이 있는 곳과 마계의 통로를 찾았지만 실패했다. 인간의 힘으로만 그것을 찾는다는 생각이 애초부터 무리였다.

아사다로는 그런 선대들의 전철을 밟지 않기 위해 선조들의 혼령들을 깨우는 데 공을 들였던 것이다. 행운도 따랐다. 생각지도 못했던 마계의 악마까지 합류한 것이다. 이보다 더 완벽한 드림팀은 없었다. 따라서 한시라도 빨리 이 땅을 점령하여 수호령을 막고 마계의 통로도 찾아야 했다.

모여드는 적들을 보며 생각에 잠겨 있던 아사다로는 자신의 주변에서 어른거리고 있던 아시쿠라의 혼령에게 말을 건넸다.

한참을 듣고 있던 아시쿠라는 주변에 호위하고 있던 다른 영들과 함께 어디론가 사라졌다.

잠시 후, 이지스함을 향해 큰 소리로 외치던 한 고속정의 스피커 소리가 전혀 들리지 않았다. 그리고 고속정 위를 환히 밝히던 불빛이 하나둘 꺼지기 시작했다.

동시에 고속정 위에 있던 헬기가 갑자기 바다 속으로 추락해 버렸다. 모두 순식간에 벌어진 일이었다.

아사다로와 다케무라의 얼굴에 미소가 번졌다. 모두 잘해주고 있었다. 아시쿠라를 비롯한 혼령들이 고속정과 헬기 등의 시스템을 망가뜨리고 있었던 것이다.

주위에 몰려들어 있던 고속정들과 헬기가 모두 작동 불능 상태가 되자 그 안에서 나온 아시쿠라를 비롯한 혼령들이 어딘가를 향해 공중으로 사라졌다.

"아니, 지금 어디 가는 거예요? 이곳에 다른 적이 몰려오면 해결해 줘야지요."

그 모습을 보던 다케무라가 아사다로에게 물었다.

"저들에겐 더 큰일이 있지. 마계의 통로가 어디 있는지 찾는 일 말이야. 선대들이 조선 땅을 점령하고도 36년 동안 찾지 못해 시간만 허비한 일을 저들은 순식간에 해치울 수 있어. 하하하!"

아사다로의 통쾌한 웃음소리를 듣고 다케무라는 그제야 알았다는 듯 고개를 끄덕였다.

제비호가 전속력으로 달린 끝에 약 3시간 후 독도 근방에 도착했다. 저 멀리 이지스함이 보였다. 워낙 커서 그것은 멀리서 보기에도 하나의 섬 같았다.

그 근방에는 어두운 배 모양의 물체들이 실루엣처럼 둥둥 떠 있었다.

"저건 뭐지?"

노승이 중얼거렸다.

"둘러싸고 있는 걸 보니 우리 측 배인 것 같은데요."

한 반장의 말에 노승은 바라보면서 물었다.

"근데 왜 불은 다 꺼놓고 있을까?"

"글쎄요."

한 반장은 머리를 긁적이며 중얼거렸다.

"그나저나 어떻게 다가가지? 저편에서 금방 알 수 있을 텐데……."

한 반장이 걱정스레 혼자 중얼거렸다. 아마 지금쯤 자신들의 접근이 이미 알려졌을 수도 있었다. 그 말에 노승이 엄숙한 표정으로 한 반장을 보았다.

"아미타불. 다가갈 수 있는 방법이 있지. 내 퇴마행이 끝날 때까지 안 쓰려고 했는데……."

갑자기 노승이 가부좌를 틀더니 눈을 감았다. 갑작스런 노승의 행동에 한 반장과 만해는 의아한 눈으로 쳐다보았다. 단적만이 그런 노승을 신경 쓰지 않고 멀리 보이는 이지스함만 바라보고 있었다.

잠시 후 노승의 몸에서 하얀 빛이 나오기 시작했다.

"오오라?"

만해가 깜짝 놀라 외쳤다. 오오라는 영적인 능력이 극단까지 올라야 발산할 수 있다는 기의 힘이었다. 영능력의 최극단이라고도 할 수 있는 능력이었다. 예전에 미래에서 온 퇴마사 일행 중 한 사람이 그것을 시연한 적 있었다. 그때 만해는 무척 놀라며 부러워했는데 그것을 노승이 하다니……. 그동안 숱한 퇴마행을 하면서도 만해는 노승의 숨겨진 능력에 대해서 몰랐던 것이다.

만해가 이런저런 생각을 하는 사이 노승의 몸에서 시작된 하얀 빛은 점차 노승의 몸을 둥글게 감싸는 막으로 바뀌더니 점점 커져 제비호 전체를 감쌌다.

"우우!"

한 반장의 입에서 절로 놀라움의 소리가 터져 나왔다. 한 반장뿐만 아니라 이 선장과 선원들도 모두 놀라 눈이 휘둥그레졌다.

하얀 빛 속에서 노승의 목소리가 들렸다.

"가세! 이제 괜찮을 걸세. 당분간 적의 육안뿐 아니라 레이더에도 포착이 안 될 거야."

장엄하기까지 한 목소리였다.

노승의 오오라로 전체를 감싼 제비호는 다시 움직이기 시작했다. 발각되지 않는 것이 틀림없다는 확신을 가지고.

"저기 가까이 오는 배는 뭔가?"

갑판에 나와 있는 아사다로는 자신의 배로 접근하는 하얀 빛의 배를 보며 물었다.

"불빛을 보아하니 오징어잡이 배 같습니다."

"오징어잡이 배가 저렇게 밝은가?"

"유난히 밝은 것 같습니다. 전구를 많이 켜놓았나 봅니다."

"겁도 없는 어부들인가 보군, 감히 우리들한테 접근해 오다니. 아니, 저거 민간인들로 위장한 군인들 아니야?"

"그럴 수도 있겠네요. 어떻게 할까요?"

"부숴 버려!"

"옙!"

노승의 효과없는 오오라에 모두의 목숨이 위태로워졌는 줄도 모르고 제비호는 이지스함으로 점점 가까이 다가가고 있었다.

다케무라가 제비호를 겨누고 아사다로의 명에 따르려 할 때였다.

"잠깐!"

그때 아사다로가 다케무라를 제지했다.

"예?"

"이곳으로 올 때까지 기다리는 게 좋겠다. 저들이 민간인이든 군인이든 인질로 잡으면 군인 백 명 죽이는 것보다 더 효과적일 수 있지."

"좋은 생각입니다!"

다케무라는 아사다로의 생각에 동의했다.

그리고 부하들을 시켜 보트 내릴 준비를 서둘렀다. 저들을 자신들의 배 안으로 모두 끌고 올 생각이었다. 그러나 그럴 필요가 없었다.

보트 내릴 준비를 하는 사이 그 배가 바짝 접근해 왔기 때문이다. 어느새 배를 감싸던 하얀 불빛은 사라져 있었다. 아사다로는 그 배를 내려다보았다. 배 갑판 앞에 한 사람이 떡하니 서 있었다. 그는 자신을 보고 있는 아사다로를 발견하자 두 손을 흔들며 소리쳤다.

"와따시와 니혼진데쓰! 강꼬꾸진데와 아리마생(나는 일본인이에요. 한국인이 아니랍니다)!"

명백한 일본어였지만 아사다로는 어이가 없어 코웃음이 나왔다. 저따위의 어설픈 거짓말에 속아 넘어갈 사람은 지구상에 아무도 없었다. 그러나 한편으론 귀여웠다.

자청해서 이곳으로 올 생각을 하다니… 한국 정부가 무슨 꿍꿍이를 가지고 있는지 몰라도 어차피 군인이든 민간인이든 인질로 잡을 거면 빨리 올라오게 하는 게 좋을 것 같아서 사다리형 밧줄을 내려주라는 명령을 내렸다.

"으음……."

잠시 후, 아사다로는 뭔가 수상한 것을 느꼈다. 생각보다 많은 사람들이 배로 올라오고 있었던 것이다. 그 수가 이미 백여 명을 넘어서는 것 같았다. 또 하나 이상한 것은 이미 배에 오른 사람들의 생김새로 보니 아까 배 위의 사람이 말했듯이 일본인임이 틀림없었다.

비슷한 듯 보이지만 한국인과 일본인은 차이가 엄연히 많이 있었다. 약간만 눈썰미가 있다면 그 차이를 파악하는 것은 그리 어렵지 않았다.

아사다로는 아무리 봐도 지금 올라온 사람들은 모두 일본인들이었다. 그러나 이상한 점은 그들 모두 멍청히 서 있다는 점이었다. 이지스함의 병사들이나 아사다로가 뭔가를 물어도 멍한 상태로 가만히 있었다.

"앗!"

별 생각 없이 그들 사이를 돌아다니던 아사다로는 갑작스레 든 생각에 외마디 비명을 질렀다. 그리고 갑판 위에 총을 들고 그들을 감시하고 있던 병사들에게 외쳤다.

"이들을 모두 바다에 빠뜨려!"

"예?"

옆에 있던 다케무라가 의아한 듯이 아사다로를 쳐다보았다. 다른 병사들도 마찬가지였다.

"이들은……."

아사다로가 다급하게 뭔가를 말하려는 순간 저편에서 커다란 목소리가 들려왔다.

"공격해라!"

그 말이 떨어지자마자 그때까지 가만히 있던 일본인들로 추정되는 사람들이 빠르게 움직이기 시작했다. 좀 전까지 멍청히 있던 사람들이 아닌 것 같았다.

"으아악!"

첫 번째 비명 소리가 뒤쪽에서 터져 나왔다. 한 병사가 이들의 공격을 받은 것이었다.

그 비명 소리를 필두로 여기저기서 처절한 비명 소리가 들렸다.

그리고 순식간에 배 안은 피비린내로 가득해졌다.

탕탕탕탕!

여기저기서 총소리가 나기 시작했다. 병사들이 자신들을 향해 달려드는 인간들에게 총을 쏴대고 있었다. 하지만 별 효과는 없었다. 총탄에 맞아도 멀쩡히 살아 자신들에게 달려들어 물어뜯었기 때문이다.

"흐허헉!"

도망치고 쫓는 사람들과 비명 소리로 갑판 위는 난장판이 되었다. 그중에는 웃는 얼굴을 한 강찬과 심각한 표정의 거민도 있었다. 그들은 흡혈인이 된 일본인들을 지휘하며 직접 적을 향해 공격하고 있었다.

"흡혈인(吸血人)들?!"

아사다로는 넋이 빠진 얼굴로 혼란스런 갑판 위를 보았다. 도망치던 일본 군인들이 하나씩 그들에게 잡혀 피를 빨리고 있었다. 그러나 아사다로는 아무 행동도 취하지 못했다. 머리 속으로 예전에 보았던 기록들을 떠올리고 있었던 것이다. 731부대의 극비 문서들이었다.

그들은 한국인, 중국인 포로를 데리고 인간에겐 할 수 없는 갖가지 실험을 했는데 그중에 하나가 유전자 변이였다. 사람과 다른 종의 유전자를 결합시켜서 전혀 새로운 능력을 개발한다는 말도 안 되는 실험이었다. 그러나 어차피 실험 재료인 포로는 널려 있었기에 그들은 악마 같은 실험을 계속했다.

그러던 중 약물의 우연찮은 화학 반응으로 피를 필요로 하는 흡혈인을 만들어냈다는 것이다. 같은 실험을 받던 이들은 모두 죽고 유일하게 살아남았던 그 사람은 탈출하여 행방을 찾지 못했다는 기록이었다. 그 기록의 말미에는 드라큐라같이 피만을 필요로 하는 사람은 있을 수 있다고 끝맺고 있었다.

지나간 듯 보았던 그 기록에 있던 사람들을 정말 만나게 되다니…….

아사다로는 가슴이 서늘해졌다. 여기저기서 살점이 뚫리고 피부가 벗겨지는 소리가 들려왔다. 누가 아사다로의 팔을 잡아당겼다. 돌아보니 다케무라였다.

"여기서 피해야만 합니다! 힘으로는 도저히 이길 수가 없을 것 같습니다!"

고개를 끄덕인 아사다로는 다케무라를 따라 움직였다. 그런 와중에 이들에게 공격하라는 명을 내린 사람이 누군지 보았다. 20대 초반의 젊은 청년이었다. 그러나 아사다로를 놀라게 한 것은 그 옆에 있는 사람들이었다.

"아니?!"

그들이었다.

한국에 있는 신국병원에서 붉은 악마를 회복시키다가 만났던 바로 그들이었다.

비로소 아사다로는 사태의 전말을 알 수 있었다. 이들은 자신들이 침범한 이유가 단순히 군사적인 문제 때문만이 아니라는 것을 알게 된 것이다. 그래서 영능력자인 노승과 만해를 파견한 것일 터이다.

생각보다 치밀한 한국 정부의 대응 능력에 놀랐다.

노승과 만해 등이 일본으로 향하는 배에 몰래 숨어들어 타고 가다가 갑작스럽게 행보를 바꿨다는 건 꿈에도 모른 채 아사다로는 헛된 오해를 하고 있었다.

"이러다가 유령선 되겠군."

피와 살이 튀기는 갑판 위의 살육전을 보면서 중얼거리던 노승은 자신을 뚫어지게 바라보는 사내와 눈이 딱 마주쳤다.

"어디서 많이 봤는데……."

나이가 들어갈수록 기억력이 떨어지는 증상을 느끼며 노승은 사내를 기억하기 위해 안간힘을 썼다. 그러나 그럴 필요는 없었다. 사내가 자신에게로 다가왔기 때문이다.

"오래간만이군!"

"아니, 너는?!"

그제야 신국병원에서의 만남을 기억해 낸 노승은 깜짝 놀랐다.

"이제야 알아보는군. 이거 섭섭한데."

"여기서 만나다니!"

"원래 원수는 배 안에서 만난다고 하지 않았나."

사내는 음흉한 미소를 지으며 답했다. 그런 사내를 보며 노승이 뭐라고 하려는 찰나 옆에서 검 뽑는 소리가 났다.

스릉.

옆에서 만해가 혼월천검을 뽑은 것이다. 당장 필요하지 않은 것 같았지만 어쨌든 사내에게 보여주고 싶었던 것 같다.

"아니, 그건 못 보던 칼인데?"

예상대로 아사다로가 말하자 만해는 자랑스럽게 답했다.

"이것이 바로 오늘을 대비해서 만들어진 검이다. 혼월천검이라고 부르지."

"이름 따위는 알고 싶지 않다."

아사다로는 갑자기 두 손을 모아 수인을 만든 뒤 두 사람을 향해 뭔가는 날렸다.

거센 바람이 밀려왔다.

픽!

마침 사내에게 뛰어들던 흡혈인이 바람에 맞아 바다로 떨어졌다. 사내는 노승과 만해에게 날린 것이 아니라 자신에게 달려들던 흡혈인에게 장풍을 날린 것이었다.

"우리한테 날린 것이 아니었군."

"너희들에겐 이것이 통할 거라 생각하지 않지!"

"잘 아는군!"

노승은 거만하게 말했다. 그 와중에도 배 안은 흡혈인과 총을 난사하는 병사들로 인해 피 범벅이 되어가고 있었다.

아사다로는 주위를 둘러보며 입을 열었다.

"어처구니가 없군. 이 중요한 때에 너희가 나타나다니……."

"우린 원래 어처구니없게 사건을 해결하곤 했지."

노승은 자랑스럽게 말했다.

"너희들을 보고 싶어하는 분이 있지!"

그 말이 끝나기가 무섭게 뒤에서 스윽 나타나는 그림자가 있었다. 언뜻 보기에도 아주 건장한 신체로 바뀐 붉은 악마였다. 잠시 그를 보던 노승은 경악하며 입을 열었다.

"너, 너는?!"

붉은 악마는 살아 돌아온 자신을 알아보고 놀라는 그들을 보며 쾌감에 들떠 있었다.

"시뻘건 몸을 가졌구나? 문신인가?"

"엥?"

붉은 악마는 자신의 변모한 모습을 알아보지 못하는 노승에게 잠시 서운한 생각도 들었으나 자신이 워낙 많이 변한 뒤라 못 알아볼 뿐이라 자위했다. 자신의 입으로 정체를 밝히는 것이 약간 쑥스럽다고 생각하며 '나는 붉은 악마다! 놀랍지?' 라고 말하려 할 때였다.

"아니에요!"

만해가 큰 소리를 지르며 앞으로 나왔다.

"이제 알았군!"

붉은 악마는 반가움을 감추지 못했다. 원래 악마는 다른 사람이 알아줄 때 쾌감을 느끼는 것이지 스스로 소개를 하는 경우는 거의 없었다.

"저건 문신이 아니라 바디페인팅한 거예요!"

"……!"

붉은 악마는 더 이상 참을 수 없었다. 지금 배 안에서는 잔인한 학살극이 진행 중인데 이들은 자신도 못 알아보고 헛소리나 지껄이고 있었다.

"나는 붉은 악마다!"

"헉!"

노승과 만해는 놀라 숨을 삼켰다. 그러나 이내 정신을 수습하고 입을 열었다.

"못 보던 사이에 많이 컸군. 그런데 네 부모님과 다르게 생겼는데? 주워 온 자식인가?"

"뭐야!"

흥분했는지 붉은 악마의 몸이 더욱더 시뻘게졌다.

"난 그분들의 친자식이다! 그리고 부모님의 이름으로 네놈들에게 복수를 하겠다!"

지익… 직… 직.

말이 끝나기가 무섭게 붉은 악마의 손에 뇌전이 모이기 시작했다. 붉은색의 뇌전은 점점 커지고 있었다.

그 모습을 보며 아사다로는 뒤로 빠졌다. 그리고 난장판이 되어 있는 갑판을 지나 함장실 쪽으로 걸어갔다. 그에게 달려드는 흡혈인들이 있었으나 입으로 뭔가를 웅얼거리며 휘두른 손짓 한 방에 간단히 그들을 날려 버렸다.

콰쾅!

뒤쪽에서는 복수심에 불타던 붉은 악마가 발악하며 뇌전을 날렸다. 그러나 뇌전은 엉뚱한 곳에 가 떨어졌다.

긴장한 채 그것을 방어하기 위한 포즈를 잡고 있던 노승은 황당한 눈으로 붉은 악마를 바라보며 입을 열었다.

"이거 너무 정확도가 떨어지는데… 그동안 놀았던 거야?"

"세상을 혼란시킬 인물치고는 컴백이 너무 싱거운 거 아닌가요?"

만해가 되받아쳤다.

그 옆쪽에서 아무 말 없이 상황을 보고만 있던 단적은 좀 전에 사라진 아사다로의 뒤를 쫓았다. 흡혈인들에 대한 지휘는 강찬과 거민이 잘하고 있었고, 단적으로서도 마계의 악마를 처음 보았으나 생각보다 무섭진 않은 것 같아 노승 일행에게 맡겨두면 될 것이라 생각했다.

한 반장은 흡혈인들이 자신을 공격하지 않을까 긴장된 모습으로 주위를 살피느라 여념이 없었다.

그러나 흡혈인들은 오직 일본 병사만 공격할 뿐이었다. 이제 갑판 위에 남아 있는 일본 병사는 거의 없었다. 많은 병사가 죽어 있었고 또 살아 있는 병사들은 모두 아래쪽 선실로 도망쳐 내려간 것이다.

붉은 악마는 두 사람의 대화를 들으며 점점 열받기 시작했다. 명색이 악마인 자신을 앞에 두고 너무 태평한 소리를 지껄이는 그들을 보고만 있을 수 없었다. 분노가 치솟아오르자 붉은 악마의 붉은 머리카락도 같이 치솟기 시작했다.

그가 걸치고 있던 옷가지가 조각조각 찢겨 나갔다. 온몸의 붉은 기운이 더욱더 붉어져 마치 핏덩어리가 뭉쳐져 있는 것처럼 보일 정도였다. 좀 전에 손에서 내보인 뇌전의 기운이 붉은 악마의 온몸에 나타나기 시작했다. 그 뇌전은 붉은 악마의 온몸을 감싸며 불꽃처럼 번져 올랐다. 그 파장은 노승과 만해에게 그대로 전달되었다.

"저, 저건?"

만해가 손을 들어 외쳤다.

"뭐냐?"

듣도 보도 못한 엄청난 기운에 눌리던 노승이 물었다.

"에네르기파!"

"뭐?"

"일본 만화에 나오는 주인공의 필살기인데… 아무튼 그런 거 있어요."

"음… 붉은 악마 저놈이 일본에서 치료를 받더니 묘한 술수나 배워 왔군."

두 사람의 말에도 아랑곳 않고 온몸에 에네르기파를 장착한 붉은 악마는 두 손을 벌리더니 노승과 만해를 향해 조준하며 입을 열었다.

그 소리는 메아리가 퍼지듯 공명하며 들렸다.

"이번엔 정확히 조준되었다! 받아랏!"

촤아아!

에네르기파가 나오는 소리는 요란했다.

콰콰쾅!

엄청난 굉음이 바다 가득 퍼져 올랐다. 그러나 노승과 만해는 역시 멀쩡했다.

단지 위치가 바뀌어 있을 뿐이었다.

"조준만 똑바로 하면 뭐 하나? 우리가 피할 시간이 충분한데."

붉은 악마가 에네르기파를 끌어올리고 조준하고 발사를 하는 사이 노승과 만해는 재빠르게 피했던 것이다.

때문에 엄청난 파워를 지닌 에네르기파는 바다로 떨어지고 만 것이다. 순간 잔잔하던 바다에 해일이 인듯 바닷물이 거칠게 흔들렸다. 그 위력은 어찌나 대단했는지 바다 속에 있던 물고기들이 허연 배를 까뒤집은 채 떠오르고 있었다.

"으으……."

분노와 자괴감으로 인해 붉은 악마의 눈은 더욱 불타오르기 시작했다.

아사다로를 쫓아간 단적은 그가 함장실로 들어가는 것을 확인한 후

벽 쪽에 서서 귀를 기울였다.

아무리 멀리 있든, 무엇이 가로막고 있든 단적의 귀는 그것들과 상관없이 원하는 소리를 다 들을 수 있었다. 그것 역시 단적에게 부여된 능력이자 저주였다. 예전에 학평이 할아버지가 멀리서 한 말 중에 자신이 듣고 싶지 않았던 소리까지 들은 적도 있었던 것이다.

귀를 기울인 단적에게 엄청난 굉음이 들려왔다. 뭔가가 폭발하는 듯한 소리였다.

갑판에서 나는 소리였다. 노승과 만해를 떠올린 단적은 '아차' 하는 생각이 들었다. 마계의 악마를 너무 가볍게 본 것이 아닐까 하는 생각이 들었다. 그러나 이내 들려온 조준이 어쩌고 하는 노승의 목소리에 단적은 마음을 놓았다.

그리고 함장실 안에서 나는 소리에 정신을 집중했다.

"이대로 진격할 수 있겠나?"

"넷! 이지스함이 이까짓 일에 흔들릴 배가 아닙니다!"

"그렇다면 오히려 잘됐을 수도 있군. 본국으로 송신해. 배에 승선한 한국군에 의해 우리가 당하고 있다고 말이야. 이지스함이 침몰될 수도 있다고 말하면 뭔가 새로운 수가 나올 거야."

"그럴까요?"

"내가 정부 놈들의 속성을 잘 알지. 전함이 아깝기도 하지만 더 분명한 것은 그들도 피를 원하고 있다는 사실이야. 항상 한국을 칠 수 있을 만한 마땅한 핑곗거리를 찾고 있었는데 이제 기회가 온 거야!"

"알겠습니다!"

밖에서 듣고 있는 단적은 당황스러웠다. 여기서 이지스함을 비롯한 일본의 다른 전함들이 개입되기 시작하면 전면전으로 갈 수밖에 없었다. 그렇다면 군 장비의 열세인 한국군의 패배가 불 보듯 뻔했다. 무슨 일이 있어도 여기서 끝내야 했다. 이후 외교적인 차원에서 풀어가야 이번 사건은 이대로 마무리될 수 있는 것이다.

안에서는 얘기가 계속되었다.

"이제 우리 영웅들이 등장할 때군. 마계의 통로를 빨리 찾아야 하는데⋯⋯."

"아직 연락 없습니까?"

"아직은. 하지만 금방 찾을 수 있을 거야, 이전하고는 다르니까."

단적은 더 이상 듣고 있을 수가 없었다.

생각보다 놈들은 치밀하게 준비를 해온 듯했다. 이지스함은 여기서 전쟁을 유도하고 뭔지 모르겠지만 다른 팀들을 보내서 마계의 통로를 찾게 하고 있었던 것이다. 그야말로 현대전의 특성인 속전속결로 일을 처리하고 있었다. 위험한 인물이었다.

더 이상 듣고만 있을 수 없다고 판단한 단적은 바로 행동에 들어갔다.

쾅!

갑작스런 굉음에 안에서 얘기하고 있던 아사다로와 다케무라는 깜짝 놀라 문쪽을 보았다. 그러나 소리가 난 것은 문 쪽이 아니었다. 벽이 뚫린 것이다.

그것을 확인한 다케무라는 자신의 눈을 믿을 수가 없었다. 뚫린 벽은 철로 만든 벽이었기 때문이다. 비록 두껍지는 않더라도 쉽게 뚫리거나 부서질 벽이 아니었던 것이다.

그러나 엄연히 벽은 뻥 뚫려져 있었고 그 앞에는 한 사람이 서 있었다.

"누구냐!"

다케무라가 외쳤다. 상대에게서 아무 대답도 없었으나 아사다로는 그가 누군지 금방 알아보았다. 갑판 위에서 노승과 만해 옆에 있던 청년이었다.

그때는 신경을 쓰지 않아 잘 몰랐는데 지금 보니 눈빛이 아주 진중했다. 절대 평범하게 볼 상대는 아니었다.

"넌 누구지?"

그러나 단적은 그 말에 대답하지 않고 아사다로를 향해 돌진해 갔다. 눈에 보이지도 않을 정도의 빠른 속도였다. 오직 단 한 번의 공격으로 아사다로의 숨통을 끊어놓겠다는 의지로 보였다.

그러나 아사다로도 만만치 않았다. 단적이 도달했을 때 그는 이미 그곳에 없었다. 그가 있던 자리에 검은 연기만이 자욱했던 것이다.

"닌자술?"

단적은 놀라 중얼거렸다. 아사다로가 닌자들이 쓰는 술법을 쓴 것이다. 그 옆에 있던 다케무라도 아사다로가 갑자기 사라지자 놀랐는지 눈을 크게 떴다. 같은 밀교라 교류는 많았지만 서로 맡은 분야가 달랐기에 서로의 능력에 대해선 자세히 몰랐던 것이다.

게다가 다케무라는 젊은 날을 거의 자위대에서 보내고 그 이후로는 이지스함 안에서 보냈기 때문에 밀교의 전통적인 닌자술에 대해선 더더욱 몰랐다.

"이런 능력까지 있을 줄은……?"

다케무라가 중얼거렸다. 단적은 그런 다케무라를 돌아보았다. 다케무라는 단적이 자신을 주시하자 품에서 총을 꺼내 겨누었다.

"다가오면 쏜다!"

그러나 단적은 서슴지 않고 다가갔다.

탕!

가슴에 명중했지만 단적은 눈 한 번 끔뻑하지 않고 몇 걸음 더 걸어 나갔다.

탕! 탕! 탕!

연속해서 쏴대는 총탄이 계속해서 단적의 몸에 명중되었지만 그는 타격이 전혀 없는 듯 다케무라에게 다가가 목을 움켜쥐었다.

"컥!"

다케무라의 입에서 단말마의 신음 소리가 터져 나왔다. 단적은 주위를 돌아보며 말했다.

"이 안에 있는 것 알고 있다. 당장 안 나오면 이놈의 목을 분질러 버리겠다!"

단적의 눈은 냉정했다.

다케무라는 자신의 목을 잡은 단적의 손을 떼어내기 위해 발버둥 쳤다.

"나와라!"

그러나 아사다로는 기적도 없었다. 단적은 주저없이 다케무라의 목을 잡은 손에 힘을 주었다.

뚜뚝!

뼈가 부러지는 소리가 나며 다케무라의 머리가 90도로 꺾였다.

단적이 다케무라의 목을 잡은 손을 놓자 그 몸이 스르르 땅으로 쓰러졌다. 아시아 최고의 전투함인 이지스함의 함장이 너무나 허망하게 죽어버렸다.

자신의 손으로 목을 꺾어 죽였음에도 단적의 눈에는 일말의 동요도 없었다. 어차피 죽일 놈은 죽여 없애야 한다는 신념을 가지고 있는 것이다. 다케무라가 보고 싶어했던 강인한 군의 모습과 영생을 위한 야망이 순식간에 맞은 죽음으로써 부질없이 사라져 버렸다.

'이 안에 있다…….'

단적은 주의를 집중해 아사다로의 자취를 찾았다. 닌자술을 구사하는 놈이 은형무라고 구사 못할 리가 없었다. 벽이나 천장, 하다못해 바닥처럼 합일이 되어 숨어 있을 것이다.

한편, 공지는 서울의 임시 작전 본부에 각군의 참모총장들과 회의 중이었다.

이지스함이 영해를 넘은 후 곧바로 각군의 참모총장들이 비상 소집되어 상황표를 앞에 두고 지금까지 마라톤 회의를 진행 중이었다. 아까부터 의견은 두 가지로 나뉘고 있었다.

육군 참모총장은 지금이라도 당장 반격에 나서 놈들에게 본때를 보여주자는 의견이었고, 해군 참모총장은 현실적인 면을 고려한 의견을 내놓았다. 한국의 어떤 전함을 출동시키더라도 이지스함과 대적할 수 없다는 것이다. 그러자 공군 참모총장이 전투기 편대를 충돌시켜 이지스함에 폭격을 퍼부어 침몰을 시킬 수 있다고 흥분하며 말했다.

대통령도 일본 수상과 직접 통화를 하면서 합의점을 찾고 있었다. 일본 수상은 자신들의 부하가 개인적으로 일으킨 일이라며 발뺌을 하고 있었다. 하지만 뻔뻔스럽게도 이지스함을 침몰시키는 것은 절대 안 된다고 말하고 있었다.

진퇴양난에 처한 대통령은 어떤 결정도 하지 못했고, 임시 작전 본부의 장군들도 두 가지 의견으로 갈려 피 튀기는 공방을 계속하고 있었던 것이다.

공지는 그들에 비해 대통령의 비공식적 경호원에 불과하기 때문에 아직까지는 어떤 의견도 내놓지 못하고 있었다. 다만 그는 전면전으로 가는 데는 반대 입장이었다. 그게 바로 놈들이 원하는 거라고 짐작하기 때문이다. 공지가 궁금해하는 것은 단적이 말한 대로 놈들이 마계의 통로를 열기 위해 침략을 한 것인지에 관한 것이었다. 그것은 갑자기 걸려온 전화 한 통화로 풀렸다.

"여보세요?"

[예, 저 한 반장입니다!]

"그래? 어딘가?"

[독도 근처입니다. 지금 노승님과 함께 놈들의 배에 올랐습니다. 여기도 휴대폰이 잘 터지네요!]

"쓸데없는 소리 말고 지금 어떤 상황인지 말해 봐!"

한 반장은 공지에게 장황하게 설명하기 시작했다.

노승 일행은 단적과 함께 놈들의 배에 올랐고 지금 흡혈 바이러스를 전파하기 위해 일본으로 향하던 흡혈인들은 일본군을 해치우는 데 쓰고 있다는 것이었다.

계속 이어지는 한 반장의 말에서 공지가 궁금해하던 놈들의 목적을 알 수 있었다.

놈들이 붉은 악마를 데리고 있었고 지금 붉은 악마와 노승과 만해가 싸우고 있다고 알려준 것이다. 저놈들은 붉은 악마를 데리고 마계의 통로를 열기 위해 온 것이었다. 그리고 이를 계기로 전면전으로 확대되기를 바라는 게 확실했다. 그렇다면 더욱 전면전으로 가서는 안 되었다.

전화를 끊은 공지는 주위를 둘러보며 말했다.

"전면전은 필요 없습니다. 이지스함에 탄 놈들만 해치우면 됩니다."

공지의 말 한마디에 시끄럽던 회의장이 금세 조용해졌다. 공식적으로는 일개 경호원이지만 공지가 대통령의 심복이라는 것을 알고 있는 장군들은 그의 말을 무시할 수 없었던 것이다.

"어떻게 해치운단 말이오?"

육군 참모총장이 물었다.

"특공대라도 보낼까요?"

"그럴 필요 없습니다!"

공지는 단호하게 말했다.

"그곳에는 이미 위기에서 구해줄 인물들이 세계 평화를 위해 싸우고 있으니까요!"

"세계 평화?"

공지의 갑작스런 세계 평화타령에 장군들은 놀라 웅성거렸다.

세계 평화는 부시 혹은 독수리 오 형제나 지껄이는 말이지 공지의 입에서 나올 만한 단어가 아니었던 것이다.

장군들의 웅성거림을 뒤로하고 공지는 회의장을 나왔다. 여기서 일본 놈들에게 밀린다면 이 세상은 암흑의 세계가 되는 것이다.

자신들의 어깨에 세계의 평화가 달려 있다는 걸 아는지 모르는지 노승과 만해는 붉은 악마와 싸우는 데 여념이 없었다.

에네르기파를 너무 썼는지 붉은 악마의 몸은 용암덩어리 같이 검붉게 변해 있었다.

그러나 생각보다 별 효과가 없었다. 그 에네르기파는 노승과 만해를 맞히지도 못했고, 저편에서 한가로이 전화 통화를 하는 한 반장도 맞히지 못했다. 그 덕분에 이지스함 근처의 바다 위에는 잘못 쏴진 에네르기파의 영향으로 온갖 종류의 물고기들이 둥실둥실 떠다녔다.

갑판에서의 싸움은 이제 어느 정도 정리가 되었는지 흡혈인들은 얌전히 그 자리에 서 있었고 강찬과 거민은 돌아다니며 주변을 정리하고 있었다. 놈들의 무차별 총질에 팔다리가 떨어져 나간 흡혈인도 있었다.

"어르신께서 이들을 데리고 일본으로 가실까?"

거민이 강찬에게 물었다.

강찬은 고개를 저으며 답했다.

"글쎄, 어르신도 이번 일만 끝나면 일본인들을 용서하지 않을까? 예언된 침략이 이렇게 끝난다면 말이지."

"그랬다가 나중에 100년 뒤에라도 이들이 다시 쳐들어오면 어쩌지?"

"그때는 우리가 있잖아. 우리는 불사의 몸이야. 잊었어? 아니, 어르신도 있겠구나. 아무튼 우리 나라는 우리들이 있는 한 무적의 나라가 될 거야!"

강찬의 확신에 찬 말에 거민은 고개를 끄덕였다. 나라를 위해서 영생을 받은 것은 아니지만 자신이 할 일이 있다는 데 자그마한 기쁨을 느꼈다. 그것마저 없다면 영생은 얼마나 지루할 것인가.

그때였다. 갑판 저편에서 대치하고 있던 붉은 악마와 노승 일행 쪽에서 엄청난 포효가 들려왔다.

"으아아아아악!!"

에네르기로 온몸을 휘감고 붉은 악마가 폭주하듯이 두 팔을 치켜 올렸다. 포효 소리는 점점 커져 갔다. 그에 따라 붉은 악마의 몸도 같이 부풀어 올랐다. 두 팔을 마구 휘저었다. 그러자 몸에 맺힌 에네르기의 기운이 하늘로 오르기 시작했다.

마치 자신의 온 힘을 다해 세상을 뒤집으려는 몸짓 같았다.

노승과 만해는 그 모습을 두려운 얼굴로 지켜보았다.

붉은 악마는 자신의 온몸에 퍼진 에네르기의 기운을 담고 두 사람을 노려보았다.

"필생의 공격이다!"

붉은 악마는 점프를 하더니 노승과 만해 쪽으로 몸을 날렸다.

빛보다 빠른 속도였다. 그와 동시에 노승의 손이 품 안으로 들어갔다 나왔다.

"문. 방. 사. 우!"

노승의 입에서 커다란 외침이 터져 나왔다.

퍽!

붉은 악마의 몸과 뭔가가 충돌했다. 엄청난 붉은 빛이 산산조각나며 흩어졌다. 마치 불타던 나뭇재가 밤하늘에 점점이 흩어지는 모습 같았다.

불꽃은 이미 순식간에 굳어버린 찰흙 조각들이었다. 노승은 마지막 순간 커다랗고 질은 찰흙으로 붉은 악마의 공격 방향을 아주 미세하게 바꿔놓은 것이다. 에네르기파에 의해 찰흙은 굳어버렸지만 효과는 만점이었다. 그러나 찰흙 때문에 두 사람을 비켜간 붉은 악마는 폭주하던 몸을 스스로 제어하지 못했다.

촤아악.

붉은 악마의 몸이 엄청난 속도로 바다 속으로 빠져 들어갔다. 바다 속으로 들어간 붉은 악마는 때마침 그 앞을 지나던 향유고래의 몸통을 뚫고 지나갔다. 재수도 지지리 없는 고래의 몸에서 흘러나온 피가 바다를 붉게 물들였다. 그렇게 부딪치고서도 속도를 줄이지 못한 붉은 악마는 그대로 바다 밑까지 쏘아져 나갔다. 붉은 악마의 머리가 드디어 땅바닥에 닿았다. 뾰족한 돌 위였다.

딩동.

순간 이상한 벨소리가 들렸다. 그 소리는 바다 밑에서 시작되어 바다 위로 퍼져 나왔다.

"이게 무슨 소리지?"

갑판 위에서 붉은 악마가 사라진 바다 쪽을 보고 있던 노승이 중얼거렸다.

딩동.

그 소리는 서울의 임시 작전 본부에 대기하고 있던 공지의 귀에도 분명히 들렸다.

"뭐지?"

공지가 불안한 얼굴로 중얼거렸다.

그 시각, 역시 딩동 소리를 들으며 단적은 함장실을 쑥대밭으로 만들고 있었다.

아사다로가 숨은 곳을 찾기 위해서였다. 벽이면 벽, 천장이면 천장, 바닥이면 바닥처럼 변해 숨을 수 있는 은형무를 구사하는 놈이라면 어차피 육안으로 식별하기는 불가능했다. 흡혈인이 된 후 단적의 시력은 보통 사람의 열 배가 넘게 좋아졌지만 그래도 식별하기는 힘들었다.

그래서 생각한 방법이 이 안을 산산이 부수는 것이었다.

그러나 아직까지 놈의 꼬리를 잡진 못했다.

한편 아사다로는 미동없이 단적의 모습을 보고 있었다. 그는 숨조차 쉬지 못했다. 그가 유일하게 할 수 있는 일은 머리로 생각하는 일뿐이었다. 단적은 아사다로가 대적할 인물이 아니었다. 난데없는 딩동 소리가 들려왔지만 그게 뭔지 신경 쓰고 싶지 않았다.

'저런 놈이 있을 줄 알았으면 미리 제거하는 건데……'

그를 만든 731부대 관계자들인 선조를 탓하며 아사다로는 다케무라의 몸에 몸을 포개고 있었다. 아까 검은 안개로 눈을 속인 뒤 벽으로 화해 있다가 다케무라가 쓰러질 때 그 몸에 포개져 있는 것이다. 말이 포개져 있는 것이지 은형무를 쓴 덕분에 다케무라만 쓰러져 있는 것으로 보일 뿐 전혀 표시가 나지 않았다. 모든 것을 부숴 나가면서 단적은 다케무라를 들추어볼 생각은 미처 하지 못한 것이다.

그때 아사다로의 귀로 누군가의 목소리가 들려왔다.

여기서 뭐 하니?

아시쿠라의 목소리였다.

그러나 아사다로는 미동도 없이 가만히 있었다. 아시쿠라는 아사다로에게 다시 말을 했다.

잘 듣게. 마계의 통로는 바로 여기 있었어.

"옛?"

바로 여기 독도 밑의 해저에 마계의 통로가 숨겨져 있었던 거야.

"……!"

아사다로는 깜짝 놀랐다. 등잔 밑이 어둡다더니……!

진작 알았으면 59년 전 그때 마계를 열 수 있었을 텐데…….

회한에 찬 목소리로 아시쿠라가 말을 이었다. 그러나 후회해도 할 수 없는 일이었다. 이제라도 알았으니 빨리 행동에 옮겨야 했다. 어쨌든 백두산에 있다는 것보단 이렇게 가까운 곳에 있으니 훨씬 좋은 조건인 것이다.

'붉은 악마가 세상을 혼란시킬 인물이라 했으니…….'

붉은 악마도 마침 이곳에 있었다. 그가 마계와 인간계를 잇는 교두보가 될 것이라는 예언이 있었지만 그렇게 크게 믿은 것은 아니었다. 하지만 상황이 이쯤 되자 아사다로는 혹 그럴 수도 있을 거라는 생각이 들기 시작했다.

'그렇다면 어떻게 열 수 있는 걸까? 바다 속으로 들어가야 하나? 아니, 좀 멍청해 보이던데 붉은 악마가 과연 할 수나 있을까?'

아사다로는 이런저런 생각에 잠겼다.

그때였다. 단적이 뭔가 이상한 낌새를 챘는지 마구 부수던 행동을 멈췄다. 그리고 주위를 살폈다.

아시쿠라는 안 보이게 자신을 숨기고 있었기에 별 탈이 없을 줄 알았다. 그러나……. 단적의 시선이 다케무라의 시체에 머물렀다. 잠시 동안 실눈을 뜬 채 자세히 보던 단적이 성큼성큼 다가왔다.

순간 다케무라의 몸에서 순식간에 아사다로의 몸이 벌떡 일어나더니 어디론가 내달리기 시작했다. 단적은 아무 말 없이 무서운 속도로 그 뒤를 쫓았다.

혼신의 힘을 다해 갑판까지 도망쳐 나온 아사다로는 붉은 악마를 찾기 위해 두리번거렸다. 그러나 붉은 악마는 보이지 않고 아사다로의 눈에 다른 광경이 들어왔다. 아사다로의 눈은 순간 경악으로 부릅떠졌다.

용틀임이었다.

바닷물이 하늘로 치솟아오르고 있었던 것이다.

그러나 바닷물의 색깔이 파란색이 아니라 검은색이었다. 검은색의 물기둥이 회오리처럼 돌며 하늘 위까지 뻗어 오르고 있었다. 그 밑으로 바닷물이 갈라져 그 안이 훤히 보이고 있었다. 마치 모세의 기적을 실제로 보는 것 같았다.

바닷물 속 땅까지 적나라하게 보였다.

"앗!"

막 갑판으로 올라온 단적의 눈에 바다 속의 땅에 머리를 처박고 있는 붉은 악마의 엉덩이가 보였다. 순간 불길한 예감이 단적의 머리 속을 스쳤다. 단적은 아사다로를 내버려 둔 채 노승에게로 급히 달려갔다.

"어떻게 된 건가?"

노승 역시 놀란 얼굴로 단적을 보며 답했다.

"저놈이 에네르기파를 쏘며 별 짓 다 하더니 나중에는 통째로 날아가 저 안에 처박히고 말았네요."

"그럼 아까 딩동 소리는?"

"붉은 악마가 바다 속에 빠져 들어간 뒤 그 안에서 들리던데요."

"혹시?"

단적은 불안한 얼굴로 중얼거렸다.

"혹시……?"

노승 역시 단적의 얼굴을 보며 중얼거렸다.

그들의 불안함을 뒷받침해 주듯 저편에서 광소가 터져 나왔다.

"으하하하하! 마계의 통로가 열렸어! 드디어 마계의 통로가 열렸다고! 역시 이 밑에 있었군! 으하하!!"

아사다로가 미친 듯이 소리쳤다.

"마계의 통로?"

노승과 만해가 동시에 중얼거렸다.

"역시 예언이 맞았어! 붉은 악마가 그 통로를 열어 세상을 혼란하게 만든다는 것!"

노승이 만해를 보며 말했다.

그러나 아직도 믿을 수 없었다. 아무리 그렇다고 할지라도 붉은 악마가 저렇게 어처구니없이 통로를 열 줄은 꿈에도 예상치 못한 것이다.

"이럴 줄 알았으면 에네르기파인지 뭔지 그냥 한 방 맞아주는 건데……."

노승이 자책하듯 중얼거렸다.

그 말이 끝나기가 무섭게 붉은 악마는 땅에 박혔던 머리를 빼냈다. 아직 정신이 없는 듯 머리를 이리저리 흔들고 있었다. 그 옆으로는 바다가 마치 수족관의 유리로 막아놓은 것처럼 잔잔히 고여 있었다. 오직 붉은 악마가 있는 곳만 물이 한 방울도 남아 있지 않은 것이다.

붉은 악마가 박았던 자리에는 구멍이 하나 뚫려 있었다.

쉬이익, 쉬익, 쉭.

그 안에서 이상한 소리가 들려오기 시작했다. 그리고 검은 안개가 퍼져 나오더니 뭔가가 안에서부터 쏟아져 나왔다.

"세상에……!!"

이지스함에서 그 모습을 보던 모든 사람들의 입에서 자신도 모르는 경악성이 터져 나왔다.

마물들이었다. 상상으로 그린 그림에서나 보던 희한한 모습의 기생충 같은 마물들이 마구 쏟아져 나오고 있었던 것이다. 그 뒤를 이어 팔다리가 긴 악마와 이빨이 튀어나온 악마, 그리고 뿔 달린 악마들이 쏟아져 나왔다.

"으하하하하! 마물이다! 악마다! 이제 이 세상은 마계의 세상이다!"

아사다로가 미친 듯이 외쳤다.

그 소리에 마계의 통로에서 나온 마물들과 악마들이 아사다로에게 시선을 돌렸다.

결코 호의적인 눈초리가 아니었다. 이어 그들은 일제히 아사다로에게 달려들었다.

마물들과 악마들이 자신에게 달려드는 모습을 본 아사다로는 겁에 질려 외쳤다.

"아니야! 아니야! 난 너희들을 이곳으로 불렀어! 내가 부른 거라고!"

그러나 그런 사정을 봐주면 마계의 악마가 아니었다.

"으아아아아아!"

마물의 일부가 아사다로의 몸을 뚫고 지나가고 어떤 마물은 입으로 들어가 귀로 나왔다. 또 악마 중 하나는 팔을 뽑아 자신의 팔에 한번 붙여보고는 바다 속으로 던졌다. 이어 귀를 자르고 코를 베었다.

"으아아아아!"

자신의 갈가리 찢기는 몸을 보면서도 아직도 숨은 붙어 있는 듯 아사다로는 여전히 비명을 질러댔다.

"이… 자… 나기… 노미고토……!"

도움을 받을 수 있을까 하는 기대를 갖고 마지막으로 자신이 모시는 밀교의 신 이름을 외쳤다. 그러나 그 신은 끝내 오지 않았다. 단지 아사다로의 머리를 뽑기 위해 어깨에 올라타 있던 악마가 한마디 하는 것을 들었을 뿐이다.

"이자나기노미고토는 마계에서 가장 하질의 악마라 여기 오지도 못하는데 그놈을 왜 찾지?"

아사다로가 마지막으로 느낀 것은 절망이었다.

'젠장! 잘 알아보고 믿을걸……. 그렇게 능력없는 악마였다니!'

뚝!

아사다로의 목이 그 순간 뽑혀 나갔다. 목을 뽑은 악마는 그것을 가지고 축구를 하듯 공중에서 이리 차고 저리 차고 놀더니 바다 저편으로 날려 버렸다.

그 참혹한 모습을 보고 있던 노승과 만해 한 반장, 단적 등 살아 있는 사람들은 모든 일의 원흉인 아사다로가 죽어 기쁘기도 했지만 절망도 감출 수 없었다. 이렇게 어이없이 마계의 통로가 열려 버릴 것이라는 것은 상상도 하지 못했던 것이다. 비록 주동자들은 모두 죽었지만 마계가 열린 이상 이제 세상은 혼란스러워질 수밖에 없었다. 저 통로 안에서 지금도 계속해서 악마와 마물들이 쏟아져 나오고 있었고, 그 수는 점점 늘어가고 있었던 것이다. 일부는 노승 일행의 머리 위에 와서 빙빙 돌았다.

시간이 점점 흐르고 그 수는 늘어갔다. 하늘을 까맣게 덮을 정도였다. 악마들은 검게 빛나는 눈으로 아래에 있는 인간들을 바라보았다.

그 모습을 보며 노승이 중얼거렸다.

"여기서 막지 못하면 세상은 혼란을 넘어서 인간이 멸종될 수도 있어."

단적이 고개를 끄덕였다.

"나는 평생 동안 저놈들에게 시달려야 할 거야!"

그 말을 하며 강찬과 거민을 뒤돌아보았다. 영원한 삶을 악마들과 함께해야 한다니…….

강찬과 거민은 상상하기도 싫었다. 그들도 싸울 태세를 갖췄다.

스룽.

만해는 혼월천검을 뽑아 들었다.

"내가 세상을 구할 인물이라고 했어! 그리고 세상을 구할 수 있다는 혼월천검이 있어! 내가 구할 수 있을 거야!!"

붉은 악마가 세상을 혼란시킬 것이라는 예언은 맞았다. 이제 남은 것은 자신이 세상을 구할 것이라는 예언뿐이다. 그때였다. 노승이 만해 옆으로 슬쩍 다가와 입을 열었다.

"만해야."

"예?"

"내가 동굴에서 너를 처음 만났을 때 세상을 구할 인물이라고 말한 것은 뻥이었다. 그러니 너무 무리해서 싸우지 말아라."

"예? 그게 무슨 말씀인지?"

"그냥 퇴마하러 같이 다닐 친구가 하나 필요해서 그랬던 거다. 너는 세상을 안 구해도 된단 말이다."

"사부님!"

만해는 억울해서 눈물이 나올 것 같았다.

"미안하다. 이렇게 끝날 줄 알았으면 너를 꼬시지 않는 건데……. 그러니 세상을 구한다는 망상은 버리고 목숨을 귀하게 여겨라."

"사부님……."

자신의 목숨을 생각해 말하는 노승을 보며 만해는 기어코 눈물을 쏟았다. 한참 동안 눈물을 흘리던 만해는 고개를 들어 말했다.

"저를 위해서 제가 세상을 구하기로 예정되어 있는 것이 뻥이라고 말씀해 주시다니… 사부님의 배려에 감사드립니다!"

"뭐? 그게 아니라니까."

"어차피 세상은 제가 구하기로 되어 있어요. 구하고 죽든 능력 부족으로 못 구하고 죽든 저는 예언대로 싸우겠습니다!"

"어허! 네가 못 구한다니까."

"걱정 마십시오, 최선을 다하겠습니다!"

"이러언~"

노승은 만해의 오버에 어찌할 바 몰랐다. 뻥을 뻥으로 안 받아들이니 사태가 심각해진 것이다.

'진짜로 믿고 있잖아, 이놈?'

그러나 이제 설득하기는 틀렸다. 그리고 어차피 노승이나 만해나 위에 몰려드는 악마들로부터 목숨을 구하는 것은 이제 하늘의 뜻이었다.

붉은 악마는 머리에 붙어 있는 흙을 털며 바다 물속 땅에 그대로 서서 위를 올려다보았다. 자신과 같은 악마들이 셀 수 없을 만큼 많이 몰려 있었다. 자신도 그냥 저들 중의 하나였다. 자신의 존재 가치가 한없이 하락하는 것을 느끼며 붉은 악마는 시무룩해졌다.

아까 몸으로 발산한 에네르기파가 실패한 뒤 바다 속에 처박힐 때 느낀 돌의 촉감이 떠올랐다. 자신이 그 돌을 박음으로써 마계와 인간계는 하나로 합체가 된 것이다.

자신이 뭔가 엄청난 일을 저지른 것 같은데 생각보다 실감이 나지 않았다. 붉은 악마는 이지스함을 올려다보았다. 그 위에서 전투 태세를 갖추고 있는 노승 일행이 보였다. 왠지 하늘 위에서 돌고 있는 검은색의 악마들보다 그들에게 더 정이 느껴졌다.

"오래 봐서 그런가……."

붉은 악마는 중얼거리며 그 자리에 서 있었다.

한편 붉은 악마가 쏜 에네르기파 때문에 죽은 물고기와 고래가 둥둥 떠 있는 바다 위에서 일고 있던 흰 거품이 점점 커지고 있었다.

그 거품의 존재는 아무도 알지 못한 채 갑판 위의 인간들과 하늘 위의 악마와 마물들은 여전히 대치 중이었다.

"수호령이 깨지 않았으니 세상은 이제 마계 놈들 것이야!"

단적이 절망하듯 말했다.

휘익!

그 말에 화답하듯 악마 중에 눈이 단춧구멍만하게 생긴 놈이 갑판 쪽으로 날아들더니 멍청히 서 있던 흡혈인의 몸을 발로 낚아채 올라갔다. 그러나 그 흡혈인도 만만한 상대가 아니었다. 자신의 어깨를 잡고 가는 그 악마의 발을 물어뜯은 것이다.

"끼요오!"

악마의 입에서 묘한 비명성과 함께 검은 피가 흘러나왔다. 고통을 못 이긴 악마가 흡혈인을 놓자 흡혈인은 바다 밑으로 떨어졌다.

풍덩!

그것을 신호로 엄청난 수의 마물과 악마들이 갑판을 향해 동시에 진격해 들어왔다.

"이대로 죽는구나!"

한 반장이 긴장된 목소리로 말했다. 그동안 살아왔던 생애가 필름 지나가듯 스쳐 갔다. 딸 아름이, 영애와 부인의 얼굴이 떠올랐다. 순간 한 반장을 향해 공격해 오던 검은 악마가 보였다. 당황한 한 반장은 피할 수 있는 타이밍을 놓쳤다.

쉬익!

갑자기 흰 광채가 번쩍 하더니 한 반장을 노리고 날아오던 악마의 목이 뎅겅 잘라졌다.

만해였다. 만해가 혼월천검을 휘둘러 한 반장을 구한 것이다.

"고맙네!"

"고맙긴요."

만해가 싱긋 웃으며 말했다. 놀이공원에서의 연습은 어쨌든 효과가 있었다. 자신뿐만 아니라 다른 사람도 지킬 수 있을 정도로 검술이 발전한 것이다.

그러나 하늘을 본 사람들은 절망에 빠질 수밖에 없었다. 이미 악마들의 수는 헤아리기조차 힘들 정도였다. 뿐만 아니라 통로에서는 악마와 마물이 계속 쏟아져 나왔다. 아직 노승 일행 중엔 피해자가 없었지만 갑판 위에 있던 흡혈인들은 이미 반 이상 마물들에게 당한 뒤였다.

그때였다.

바다 저편에서 보글거리던 흰 거품이 엄청난 굉음을 내며 솟아올랐다. 아까 검은색의 바닷물이 용틀임한 것보다 더 큰 용틀임이었다. 그 용틀임은 하늘에 떠 있던 악마와 마물들을 쳐서 떨어뜨렸다. 그것에 맞은 마물들은 떨어지면서 그대로 소멸되어 버렸다.

"저건 뭐야?!"

누군가 외쳤다. 그 말에 화답이라도 하듯 그 안에서는 엄청난 소리가 퍼져 나왔다. 그러나 아직은 무슨 소리인지 알 수 없었다.

하늘까지 뻗은 용틀임은 점점 그 모습이 변하더니 급기야 흰 수염을 기른 사람의 형상처럼 변했다.

"저, 저건?!"

만해가 손으로 가리키며 놀라 외쳤다.

"왜 그러느냐? 뭐 아는 거라도 있어?"

노승이 묻자 만해가 고개를 갸웃거리며 말했다.

"어릴 적 읽었던 신령님하고 비슷하게 생겼는데요? 왜 그 금도끼 은도끼에 나오는 그 신령님요!"

그 말이 떨어지기 무섭게 용틀임 안에서 다시 소리가 들려왔다. 이번에는 일행이 똑바로 알아들을 수 있었다.

─그 주인공이 바로 나지!

그 안에서 나는 소리가 쩌렁쩌렁 울렸다.

"예에?"

엄청난 크기의 사람의 형상을 한 용틀임이 갑자기 하는 말에 일행은 어안이 벙벙해졌다.

─음. 내가 예전에는 산속의 조그만 연못에 있었는데 이제 스케일이 좀 커졌다!

"정말인가요?"

만해가 기어들어 가는 목소리로 물었다.

─그래! 나는 이제 마계의 통로를 지키는 수호령으로 진급해서 봉인되어 있었지.

"예에?"

놀란 일행은 동시에 외쳤다. 특히 단적의 놀라움은 이루 말할 수가 없었다. 그토록 원하던 수호령이 바로 마계의 통로 옆에 자리 잡고 있었다니…….

—그런데 아까 어떤 놈이 시끄럽게 구는 바람에 봉인이 풀렸어.

붉은 악마의 에네르기파였다. 그건 곧 붉은 악마가 아니었다면 수호령은 마계의 통로가 열리든 말든 세상모르고 있었을 것이란 말이었다.

아이러니하게도 붉은 악마는 마계의 통로를 열어 세상을 혼란스럽게 만들기도 했지만 수습할 수 있는 길도 함께 열어놓은 것이다.

"우리를 구해주십시오! 아니, 세상을 구해주십시오!"

단적이 수호령을 향해 간절한 목소리로 부탁했다.

그것을 필두로 갑판 위의 사람들은 수호령에게 저마다 같은 부탁을 하기 시작했다.

그러자 수호령은 난처한 기색으로 다시 말했다.

—그냥 도와줄 수 없지. 도와주려면 너희들이 내가 원하는 것을 한 가지를 해줘야 하는데…….

"그게 무엇인지 알려주면 안 되겠습니까?"

—알려주면 너희들이 해결하는 게 아니지!

"이를테면 퀴즈 같은 것이군요?"

평소 퀴즈 프로를 즐겨보던 한 반장이 말했다.

수호령은 고개를 끄덕였다.

난데없는 수호령의 주문에 일행은 고민에 빠졌다. '이를테면 퀴즈…'에 세상의 운명이 바뀔 수도 있는 것이다. 그러나 수호령의 말이 무슨 뜻인지 도저히 알 수 없었다. 그사이 통로를 통해 나오는 마물은 계속 늘어나고 있었고 호시탐탐 일행을 노렸다. 단지 놈들도 수호령의 존재를 인식하는 듯 눈치를 보며 가까이 오지 않고 있을 뿐이었다.

수호령은 자신 가까이 악마가 다가오더라도 본체만체하며 철저히 외면하고 있었다.

일행이 수호령이 원하는 것이 뭘까 고민하며 머리를 싸매고 있을 때 퀴즈에 약한 만해는 혼자 혼월천검을 가지고 연습을 하고 있었다. 우로 베보고 날아서 찔러보고 공중으로 던졌다가 잡아보고…… 그러다 내려오는 혼월천검을 잡았어야 하는데 그만 놓쳐 버렸다. 검은 갑판 위로 팅기더니 바다 쪽으로 떨어지고 말았다.

"아앗!"

만해의 얼굴이 파랗게 질렸다. 세상을 구하는 데 쓰일 검인 할아버지가 봉인된 명검인 혼월천검을 바다에 빠뜨린 것이다.

"으아아!"

만해는 다시 한 번 소리를 질렀다. 바다 속으로 뛰어들어 건져 오고 싶었지만 만해는 수영을 할 줄 몰랐다. 다른 일행은 '이를테면 퀴즈'를 고민하느라 만해의 검에는 신경도 쓰지 못했다. 만해의 눈에서 눈물이 글썽거렸다.

그때였다. 수호령이 바다 속으로 사라진 것이다. 이상하게도 포세이돈같이 거대한 몸집이 바다 속으로 들어가는데 조그만 여운 하나 남지 않았다.

　잠시 후 바다 속에서 수호령이 불쑥 솟아올랐다. 그 손에는 금으로 만든 검을 하나 들고 있었다.

　—이 검이 네 검이냐?

　눈물이 맺혀 있던 만해는 고개를 저었다.
　"아닌데요!"
　대답을 듣자 수호령은 말없이 다시 사라졌다. 잠시 후 또다시 불쑥 솟은 수호령은 은으로 만든 검을 들고 물었다.

　—이 검이 네 검이냐?

　만해는 고개를 더 크게 저으며 답했다.
　"아닌데요! 제 검은 금이나 은으로 만든 검이 아닌 철로 만든 평범한 검입니다!"

　—그렇군!

　수호령은 다시 바다 속으로 들어갔다.
　잠시 후 나온 수호령의 손에는 만해의 혼월천검이 들려 있었다.

　—이 검이 네 검이냐?

만해가 활짝 웃으며 말했다.

"예, 그 검이 제 것입니다!"

그러자 수호령은 고개를 끄덕이며 말했다.

—욕심을 부리지 않는 정직한 인간이군. 내 너를 어여삐 여겨 이 검들을 다 주마!

수호령은 금으로 만든 검, 은으로 만든 검, 혼월천검 모두를 만해에게 안겨주었다.

그리고 일행에게 말했다.

—저 착한 젊은이가 내가 원한 행동을 했으니 이제 마계의 통로를 막아주마!

"예에?!"

일행은 놀라 서로의 얼굴을 바라보았다. '이를테면 퀴즈'가 고작 그거였단 말인가?

그러니까 검 하나를 빠뜨리고 금 검, 은 검에 욕심 부리지 않는 모습을 보여주면 수호령이 도와주기로 되어 있었던 것이다.

어쨌든 수호령은 마계의 통로가 있는 곳으로 서서히 움직였다.

"음⋯⋯."

그 모습을 보며 노승은 신음 소리를 냈다.

결국 예언은 모두 맞은 것이다. 만해가 검을 빠뜨려 수호령의 마음을 움직였으니 세상을 구한 것이고, 세상을 구하는 데 쓸 것이라는 혼월천검은 바다에 빠진 것만으로 세상을 구하는 데 일조한 것이다.

만해는 만해대로 어처구니가 없었다. 멋있게 검을 휘두르며 세상을 구할 줄 알고 검술 연습을 열심히 했는데, 결국 혼월천검을 바다에 한 번 빠뜨린 것으로 세상을 구한 셈이 되어버렸다.

그러나 나머지 사람들은 그저 기뻐할 뿐이었다. 중요한 것은 수호령에 의해 마계의 통로가 봉인된다는 것이었기 때문이다.

묘한 소리가 나며 수호령에 의해 마계의 통로는 닫히기 시작했다. 통로가 닫힘에 따라 바닷물이 다시 그 빈자리를 메우기 시작했다. 붉은 악마는 자신을 덮쳐 오는 바닷물을 보면서도 그대로 서 있었다. 그 붉은 몸 위를 거대한 바닷물이 한꺼번에 덮쳤다.

한편, 이미 인간계로 나온 악마와 마물들은 자신들이 나온 마계의 통로가 닫히기 시작하자 우왕좌왕했다. 돌아갈 곳이 없어져 혼란스러운 것이다. 그렇다고 통로를 닫고 있는 수호령을 막을 힘이 없다는 것을 알고 있는 그들은 만해 일행을 노려보았다. 특히 만해를 매섭게 보았다. 그 가운데는 아시쿠라를 비롯한 혼령들이 자리 잡고 있었다. 그들은 주위의 악마와 마물들에게 만해와 일행을 공격하라고 충동질하고 있었다. 효과가 있었는지 수없이 많은 악마와 마물들이 먼저 만해를 향해 일제히 날아들기 시작했다.

"위험해!!"

노승과 단적이 외치며 만해에게 달려들었다. 만해도 두려움에 눈을 감으며 손에 들고 있던 세 개의 검을 동시에 들어 자신의 몸을 가렸다.

본의 아니게 세 개의 검이 크로스 되자 순간, 검에서 삼각형 모양의 빛이 나가기 시작했다.

그 빛은 하늘로 올라갈수록 점점 커지더니 만해에게 달려들던 악마와 마물들의 몸을 뒤덮었다.

"꿰에엑, 꿰, 꿱."

고통스러운 비명을 지르며 그 빛을 받은 악마들과 마물들은 사그라 지더니 가루가 되어 바다 위로 떨어져 내렸다.

"어?"

눈을 뜬 만해는 갑작스럽게 바뀐 상황에 놀라 자신의 손에 든 검들을 바라보았다.

수호령이 준 검들은 예사 검이 아니었던 것이다. 만해는 다시 크로스하여 아직 하늘에 남아 있는 다른 마물들을 향해 빛을 날렸다.

"꿰엑."

역시 비명을 지르며 가루가 되어 소멸해 갔다.

"만해야, 저기도!"

상황을 파악한 노승은 만해에게 어딘가를 가리켰다. 그곳에는 아시쿠라의 혼령들이 있었다. 아시쿠라는 만해의 크로스 검들이 자신들이 있는 곳을 향하자 재빨리 도망치려 했다.

으아악!

그러나 아무리 빨라도 빛의 속도를 따라갈 수는 없었다. 수십 년을 봉인되어 때를 기다려 온 아시쿠라와 혼령들은 그렇게 사라져 갔다.

그들이 사라진 후에도 만해는 부지런히 검을 움직이며 마물들을 소멸시키고 있었다. 단적이나 한 반장도 만해의 빛을 피해 배로 내려오는 마물들을 나름대로의 방식으로 해치우고 있었다.

시간이 얼마나 흘렀을까……. 하늘에서는 이제 마물의 그림자도 찾아볼 수 없었다.

그런 그들의 모습을 보며 수호령은 빙그레 미소를 지었다.

―자신의 일을 스스로 할 줄 아는군.

그리고 바다 속으로 서서히 사라져 갔다.

단적은 뱃전에 가만히 서서 그 모습을 지켜보았다. 이제 마계의 통로가 5천 년 만에 다른 곳으로 옮겨질 것이다. 또 언제 열릴 일이 벌어질지 모르지만 다음번에 마계의 통로를 열 시도를 하는 사람은 분명 제국주의에 빠진 미국인일 거라는 생각이 들었다.

"그때도 막아야지……."

자신에게 영생이 주어진 것은 바로 그 때문일 거라는 생각을 하며 단적은 자신의 뒤에 서 있는 강찬과 거민을 보았다.

타타타타타타!

멀리서 헬기 소리가 들렸다. 서쪽 하늘에서 헬기가 한 대 날아오고 있었다. 한눈에도 알아볼 정도의 태극기가 휘날리는 것을 본 일행은 손을 흔들었다.

이지스함 위에 착륙한 헬기에서 공지가 내렸다. 공지는 주위를 둘러보며 경악을 금치 못했다. 온 갑판이 시체들로 넘쳐 났다. 그뿐 아니라 이상한 물체도 간간이 있었던 것이다.

이 광경을 본 공지는 명한 눈으로 노승을 쳐다보았다.

"마물들이네. 가루로 변해 소멸되고 그나마 시체라도 남기고 죽은 놈들이지."

"마물들요? 그럼 마계의 통로가 열렸다는 말씀이신가요?"

공지가 깜짝 놀라 노승에게 물었다. 노승은 고개를 끄덕이며 답했다.

"열렸었지……."

잠시 후, 살아 있는 일행을 태운 헬기가 이륙했다. 이곳의 뒤처리는 조금 전에 도착한 구축함이 맡아 처리하기로 했다.

헬기가 떠오르자 아래를 내려다보고 있던 노승과 만해는 감회에 잠겼다. 다른 일행 역시 이지스함을 보면서 말이 없었다. 한 반장은 딸 사진을 꺼내놓고 사랑스러운 눈으로 바라보고 있었다.

이지스함이 점점 멀어져 보이지 않자 만해는 혼월천검을 꺼내 쓰다듬었다. 그러던 만해가 고개를 들어 노승을 바라보며 물었다.

"우리가 세상을 정말 구한 거예요?"

노승은 고개를 끄덕였다.

"우리가 아니라 네가 구한 거다. 내, 너를 처음 봤을 때 세상을 구할 인물이라고 얘기했지 않았느냐?"

만해는 노승의 말에 고개를 끄덕였다. 동굴 안에서 면벽참선을 하며 인생의 의미에 대해 탐구하던 스님 지망생 만해가 슈퍼맨이나 할 수 있을 줄 알았던 세상을 구하게 된 것이다.

그런 만해를 보는 노승은 노승대로 감회가 남달랐다. 악귀에게 쫓기다 우연히 당도한 동굴 안에 웬 인간이 하나 있어서 그저 퇴마행을 할 때 말동무나 하려고 악귀사수대란 이름을 붙여 제자로 삼은 것인데, 그런 만해가 정말 세상을 구하기로 예정된 자였다니…….

노승은 이 기적 같은 일이 그저 운명이겠거니 생각하기로 했다.

검을 내려놓은 만해는 노승을 보며 입을 열었다.

"사부님, 우리 이제 뭐 하죠? 예정대로 세상도 구했는데!"

"글쎄다. 이 이 후는 생각해 보지 않았는데."

노승이 머리를 긁적이며 답했다.

"저… 그럼 먹을 거나 가지러 갈까요?"

"먹을 거라니? 누가 준다냐?"

"우리가 세상을 구했으니까 우린 어디서든 먹을 자격이 있죠. 우리 아니었으면 먹을 것들이 남아 있기나 했겠어요? 안 그래요?"

나름대로 논리적인 만해의 말에 노승은 어이가 없었지만 이번만은 고개를 끄덕였다. 지금은 아껴두었던 비상금을 털어서라도 만해가 먹고 싶어하는 걸 마음껏 먹게 하고 싶었다.

"밥 먹고 우리 또 악귀 잡으러 가나요?"

"그렇지! 악귀로부터 인간을 사수하는 퇴마행은 계속될 거야."

끊임없이 계속되는 두 사람의 대화는 헬기의 요란한 소리에 묻혀 공중으로 흩어져 갔다.

〈완결〉

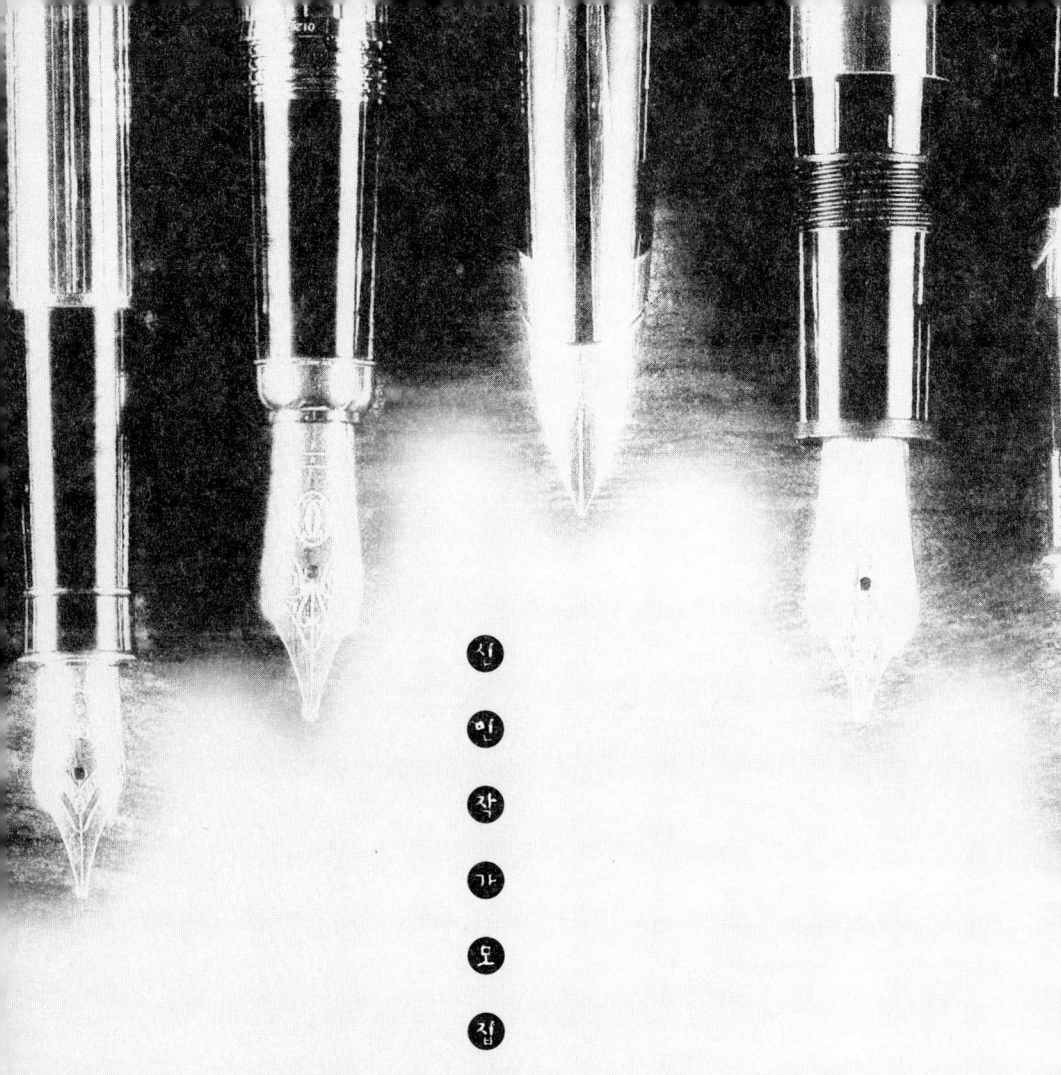

신인작가모집

시작이 반이라고 했습니다.
작가의 길에 대한 보이지 않는 벽을 과감히 깨뜨리십시오!
청어람은 작가 지망생 여러분들의
멋진 방향타가 되어드리겠습니다.

저희 도서출판 청어람에서는
소설 신인 작가분들을 모집합니다.
판타지와 무협을 사랑하시는 분들의 많은 참여를 바랍니다.
소정의 원고(A4용지 150매)를 메일이나 우편으로 보내주시면
검토 후 출판 여부를 알려드리겠습니다.

주소:경기도 부천시 원미구 심곡1동 350-1 남성B/D 3F 우편번호420-011
TEL:032-656-4452 · **FAX**:032-656-4453
http://**www.chungeoram.com**
e-mail:chungeoram@chungeoram.com